KYM GROSSO

LUCA

Traduzido por Janine Bürger de Assis

1ª Edição

2019

Direção Editorial:	**Modelo:**
Roberta Teixeira	Fabian Castro
Gerente Editorial:	**Fotografia:**
Anastacia Cabo	Rafael Catala
Tradução:	**Arte de Capa:**
Janine Bürger de Assis	Dri KK Design

Revisão e diagramação: Carol Dias

Copyright © 2018 by Kym Grosso
Copyright © The Gift Box, 2019
First Publishcd by The Gift Box
Translation rights arranged by The Tobias Agency and Sandra
Bruna Agenda Literaria, SL
Todos os direitos reservados.

Nenhuma parte do conteúdo desse livro poderá ser reproduzida em qualquer meio ou forma – impresso, digital, áudio ou visual – sem a expressa autorização da editora sob penas criminais e ações civis.

Esta é uma obra de ficção. Nomes, personagens, lugares e acontecimentos descritos são produtos da imaginação da autora. Qualquer semelhança com nomes, datas ou acontecimentos reais é mera coincidência.

Este livro segue as regras da Nova Ortografia da Língua Portuguesa.

CIP-BRASIL. CATALOGAÇÃO NA PUBLICAÇÃO
SINDICATO NACIONAL DOS EDITORES DE LIVROS, RJ
Leandra Felix da Cruz - Bibliotecária - CRB-7/6135

G922L

Grosso, Kym
 Luca / Kym Grosso ; tradução Janine Bürger de Assis. - 1. ed. - Rio de Janeiro : The Gift Box, 2019.
 218 p.

 Tradução de: Luca's magic embrace
 ISBN 978-65-5048-014-1

 1. Romance americano. I. Assis, Janine Bürger de. II. Título.

19-61075   CDD: 813
              CDU: 82-31(73)

Este livro é um romance erótico paranormal com cenas de amor e situações maduras. Ele é destinado para leitores adultos, maiores de 18 anos.

KYM GROSSO

CAPÍTULO UM

Pelado. Amarrado. Luca levantava seus pulsos e tornozelos, procurando um alívio das algemas de prata que queimavam sua pele mais fundo a cada movimento. O som de pele fritando ecoava pelo ambiente com o menor dos movimentos. Luca estava deitado, preso em um altar de pedra, seu corpo abusado e atormentado com dores. Seus braços estavam abertos para os lados, as correntes em seus pulsos enroladas em volta da base dura do pedestal. Seus pés estavam amarrados juntos e apertados, imobilizando-o efetivamente.

Em que porra de lugar eu estou? Olhando em volta, Luca percebeu que estava em um local abandonado, uma Igreja Católica. Ele podia ver as fases da Crucificação pintadas nas paredes desbotadas e descascadas. Raios de luz brilhavam através de um vitral quebrado. A igreja cheirava a mofo, urina e sangue. Seu sangue. Seringas cirúrgicas usadas estavam jogadas pelo chão. Um elástico estava amarrado em seu braço. Como não tinha marcas em seus braços, ele acreditava que estava curado. *Alguém estava drenando meu sangue.*

A última coisa que ele lembrava era de acompanhar as bruxas para o clã. Um ataque, um jato cegante de prata passou rapidamente em sua cabeça. Luca não conseguia lembrar por quanto tempo ficou inconsciente. *Fraco, tão fraco.* Sacudir os braços custou tudo que ele tinha. A prata queimava e drenava suas energias ao mesmo tempo em que uma sede incontrolável dominava seus pensamentos.

Ele gritou na catedral isolada, torcendo que alguém o escutasse.

— Me ajude! — Nenhuma resposta.

Seus olhos queimavam em fúria, sabendo que era difícil alguém aparecer. Há quanto tempo ele estava amarrado sem sangue? Seus captores retornariam para torturá-lo? Em seu estado diminuído, estava surpreso que eles não o tivessem estaqueado. Por que ele ainda estava vivo e não morto? Gritando em agonia, novamente encontrou silêncio como resposta. Era inútil.

Deitado no altar em seu sangue seco e fedorento, ele se sentia como um animal. Olhando pela estrutura destruída, não podia achar nenhum meio viável para escapar. Ele fechou os olhos e se concentrou, rezando para conseguir fazer uma conexão com o seu criador, Kade. Kade não sossegaria sabendo que algo aconteceu com ele, seu melhor amigo e confidente. Luca rezou para a deusa fazer uma conexão com ele logo. Sentindo sua vida escapar como ar de um balão vazando, não tinha muito tempo de sobra. Se não fosse resgatado logo, morreria.

Os olhos de Kade abriram de repente, sentindo que Luca estava consciente. *Ele está vivo.*

Sydney se mexeu nos braços de Kade e deu um beijo em seu peito. Ela o sentiu tencionando embaixo dela. Algo não estava certo.

— Kade, o que está errado?

— É o Luca. Ele está vivo. Eu posso senti-lo. Eu preciso me concentrar e ver se nós podemos fazer contato.

— Meu Deus, Kade. Onde ele está? — ela perguntou nervosamente. Luca estava desaparecido há mais de uma semana. Tentativas de encontrá-lo foram em vão.

— Shhhh, amor. Me dê um minuto para focar nele. Fique parada. — Kade fechou os olhos, deixando sua mente vaguear. Fixando seus pensamentos em Luca, ele mentalmente procurou por Nova Orleans. Desde que Luca tinha desaparecido, Kade não conseguiu estabelecer contato com seu descendente.

Enquanto ele estava na Filadélfia com Sydney, Ilsbeth, uma aliada local e bruxa poderosa, o tinha contatado com a notícia de que eles foi atacados no retorno ao clã. Tanto Ilsbeth quanto a recentemente transformada bruxa Samantha chegaram salvas em casa. Luca, no entanto, tinha sido capturado. Kade, o líder dos vampiros de Nova Orleans, e sua noiva, uma detetive da polícia, tinham procurado na área do ataque por dias e não encontraram nenhuma pista de sua abdução. Imediatamente após a luta ocorrer, o clã foi fechado completamente, então nenhuma das bruxas podia descrever o abdutor ou prover alguma assistência para encontrá-lo. Kade tentou várias vezes alcançá-lo Luca psicologicamente. Através dos tempos, eles tinham sempre compartilhado uma conexão. Mas, desde o ataque, somente um murmúrio silencioso da existência dele permanecia. Kade não podia sentir a morte de Luca, mas também não podia sentir sua localização. Era como se ele tivesse sumido da face da terra.

Kade chegou à conclusão que a falta de comunicação significava uma de duas coisas: ou Luca estava incapacitado e prestes a morrer, talvez preso com prata, ou ele tinha deixado a área de propósito, recusando-se a contatá-lo. Luca foi um amigo leal desde que o transformou no início do século dezenove, então tinha certeza que ele nunca iria embora sem aviso. Por causa disso, a primeira conclusão o preocupava bastante. Se Luca estava machucado, seria praticamente impossível localizá-lo.

No que meditava pensando em Luca, uma centelha de vibração ressoou para ele, alertando-o novamente da presença dele. Parecia que Luca estava longe do *Garden District,* mas ainda dentro dos limites da cidade. *Luca, você pode me escutar? Onde você está?*

Quase inconsciente, Luca sentiu que Kade estava ali com ele. Ele não tinha certeza se estava alucinando ou morrendo, mas mexeu os lábios, tentando falar na escuridão. Não importava o quanto ele tentava falar, mais nenhuma palavra podia ser dita em voz alta, estava fraco demais. Seus pensamentos corriam. *Por favor, deixe isso ser real. Me ajude. Uma igreja abandonada. Mofo. Eu não… eu não vou durar muito.*

Kade xingou.

— Merda. Eu o senti, mas ele está perdido para mim novamente. Ele deve estar inconsciente ou muito ferido. Eu escutei algo… algo sobre uma igreja abandonada. E mofo. Mas, merda, isso pode ser em qualquer lugar por aqui. A única coisa que eu posso sentir é que ele está dentro dos limites da cidade. Não no nosso distrito, mas não está longe. — Ele passou os dedos pelo cabelo em frustração. — Porra. Eu devia ter enviado alguém com ele para acompanhar as bruxas tão perto de toda a confusão com a Simone e o Asgear. Isso pode ser relacionado a eles, ou talvez alguém tentando me atingir. — Ele especulou.

Sydney levantou correndo da cama, colocando uma calça jeans desbotada e uma camiseta.

— Não se culpe. Isso não é sua culpa. Nós não sabemos se tem alguma relação com o Asgear ou Simone. Nós vamos pegá-lo de volta — ela disse, determinada. — Onde pode ser a igreja? Existem centenas de prédios abandonados pós-Katrina. Mas já ocorreu bastante limpeza. Onde poderia ainda existir uma igreja? *Lower ninth ward*[1]?

— Não, eu o sinto mais perto. Nós precisamos entrar no carro e sair dirigindo por aí. — Kade se vestiu rapidamente, colocando um par de jeans escuros e uma camisa polo preta. Enfiou os pés em sua bota de couro e começou a andar de um lado para o outro, esperando ansiosamente para retomar sua busca. — Isso não é nada bom, Sydney. Se ele não se alimen-

---

1   **Bairro de Nova Orleans**

LUCA

tou, ele pode ser perigoso. Estou só te avisando caso nós o encontremos. Ele precisará de sangue humano imediatamente. Você terá que fazer o que eu digo, sem questionamento, está bem? Parece que ele está se esvaindo... mas ainda não está morto para nós.

Sydney queria confortar Kade. Um bando de merda aconteceu nas últimas semanas, ela estava determinada em ajudar a encontrar Luca. Ele se sentia inútil por não conseguir localizá-lo e se culpava por não antecipar o ataque. Ela não tinha certeza de como fazê-lo se sentir melhor, exceto confortando-o da única maneira que sabia. Enrolando seus braços no pescoço de Kade, ela o beijou suavemente, deixando-o saber que estava ali para ele.

— Kade, farei o que você precisar que eu faça. Prometo que encontraremos Luca. Eu te amo.

— Mas Sydney... — Ele não estava convencido. Nos quase duzentos anos desde que o tinha transformado, eles nunca ficaram tanto tempo sem se falar. Kade sentia Luca morrendo, eles precisavam agir rápido.

— Mas nada. E eu falo sério. Eu faria qualquer coisa por você. Sem exceção. Você sentiu o Luca. Talvez tenha sido fraco, mas ele está aqui em algum lugar. Agora, vamos lá buscá-lo.

Kade acelerava pelas ruas do *Garden District*, dirigindo fervorosamente na direção do *bairro francês*.

— Está ficando mais forte. Ele não está longe.

— Ele está no *bairro francês*? — Sydney perguntou.

— Não, um pouco mais longe. Talvez em *Foubourg Marigny*? — Kade chutou.

— Hummmm... perto da água? Bom, isso explicaria o cheiro que Luca descreveu. — ela respondeu.

— Sydney, nós não sabemos quem o abduziu ou se existe algum perigo onde estamos indo. Por favor. Pelo amor de Deus, deixe-me entrar antes. Nós não podemos arriscar nada. — Ele sabia que Sydney tinha a tendência de agir antes e pensar depois.

— Sério? Nós vamos fazer isso novamente? Eu tenho minhas armas comigo. E eu preciso lembrá-lo que é você que está mais fraco durante o dia e não eu? Que tal... nós entramos juntos e eu fico atrás de você? — Ela sorriu timidamente para Kade, sabendo que ele não poderia recusá-la durante o dia. Ela jurou que faria o que ele mandasse, mas isso não significava que ela não se garantia.

— Está bem. Mas nada de heroísmo e, como prometido, você faz o que eu disser. Nós vamos entrar, pegar Luca, colocá-lo no carro e sair correndo de lá. Ele provavelmente precisará de atendimento de emergência. Etienne, Dominique e Xavier estão atrás de doadores para alimentá-lo quando voltarmos.

Sydney se retraiu com o termo "doadores". Ela sabia que existiam muitos humanos que doariam sangue voluntariamente em troca do prazer da mordida de um vampiro. Dado que a maioria dos humanos gozavam durante a experiência, ela não conseguia entender como alguém poderia deixar um vampiro estranho lhe morder, independentemente do prazer garantido. Ela suspirou.

— Eu prometo que vou me comportar. Só me avise se você sentir algum vampiro ou bruxa. Eu detesto surpresas.

Kade esticou o braço e passou as costas de sua mão na bochecha de Sydney. Ele a amava tanto. Ela era corajosa e linda. E concordou em ser sua esposa.

Sydney sentiu arrepios percorrerem seu corpo e direto para seu ventre. Deus, como ela amava esse homem. Ela não queria preocupá-lo, mas, depois de toda a confusão com Asgear e Simone, ela aprendeu sua lição. Vampiros são criaturas realmente perigosas e ela estava preocupada em como Luca reagiria ao cheiro de sangue humano após ter sido ferido. Luca era intimidador em um dia bom, imagine ferido.

No que eles se aproximaram do bairro perto do rio, Kade diminuiu a velocidade do carro.

— Ali! — ele gritou apontando para uma igreja.

Sydney notou os grandes cadeados quebrados na calçada de concreto.

— Parece que alguém tem vindo à igreja. Os cadeados estão quebrados — ela observou.

O enorme prédio de pedras deve ter sido bonito em seus dias de glória. Três grandes arcos decoravam a fachada, mostrando imensas portas duplas de madeira. Gárgulas esculpidas estavam empoleiradas no topo da estrutura, guardando a entrada, enviando um sinal gótico para pessoas más e desocupadas. Restos de vitrais acentuavam a igreja em tons quebrados de azul e verde.

Kade estacionou o carro, mas o deixou ligado.

— Sydney, você fica atrás de mim. Lembre o que eu te disse. É possível que o Luca não tenha se alimentado em dias. Se ele estiver ferido, ele não será o mesmo.

— O que você quer dizer? Luca sempre foi tão agradável e amigável

LUCA

com nós humanos. Caloroso e carinhoso me vêm à mente — Sydney brincou sarcasticamente, sabendo que Luca não gostava muito de humanos. Ela fez uma careta.

Kade franziu a testa.

— É mais do que não ganhar o concurso de mister simpatia. Eu espero que ele vá querer ver você, mas não necessariamente para conversar. É mais do que possível que o cara não tenha se alimentado desde que foi capturado. Você é comida. Preciso explicar mais? — Ele sacudiu a cabeça, sabendo que seu amigo não estaria em bom estado. — Você pode me seguir e me ajudar se, e esse é um grande se, eu precisar de ajuda. De outro modo, só fique longe. Eu vou pegar o Luca. Por favor, Sydney. Eu preciso que você me obedeça nisso.

Sydney acenou com a cabeça. Ela esteve em mais de uma confusão com vampiros recentemente e não queria virar o jantar de Luca. Ela era a mais durona que poderia ser, mas sabia que ele não seria o vampiro calmo e comportado que conhecia. Pessoas eram avisadas para nunca tocarem em animais selvagens feridos, porque eles podem atacar por medo ou dor, e você poderia se machucar tentando ajudar. Um Luca ferido e faminto poderia ser como um grande e perigoso leão. E ela não era uma domadora de leões. Por mais que quisesse ajudar, precisava ser cuidadosa. *A estrada para o inferno é cimentada de boas intenções e todas essas coisas.* Ela decidiu seguir à risca as direções de Kade.

Kade saiu do carro. A morna brisa de verão passou por seu rosto. Suas narinas dilataram, concentrando em achar Luca dentro da igreja.

— Eu posso sentir o cheiro dele. Algo está errado.

Sydney colocou a mão em seu ombro para confortá-lo.

— Kade, ele ficará bem. Luca é forte. Vamos lá. Eu prometo ficar longe. — Ela pegou sua *Sig Sauger* e tirou a trava de segurança.

Com um forte empurrão contra as portas decrépitas e gastas pelo tempo, Kade tropeçou dentro do vestíbulo. Um ar fétido e com cheiro de mofo os engasgava e poeira dançava pelos feixes de luz, pulsando pelos vitrais quebrados. Não sentindo ninguém além de Luca, Kade entrou com cautela na antecâmara. Olhando para Sydney, ele levantou a mão, lembrando-a de ficar atrás. Ela acenou com a cabeça em concordância no que Kade entrou na igreja. Com uma velocidade sobrenatural, Kade correu para o altar de pedra e chiou com a visão de Luca acorrentado à pedra.

— Sydney, venha rápido. Ele está preso com prata. Preciso de você agora.

Sydney correu pelo corredor, chocada em ver o belo rosto de Luca agora incrustado de sangue seco. Seu corpo antes muscular parecia emaciado, com queimaduras sangrando por causa das correntes de prata.

— Ai, meu Deus. O que fizeram com ele? Luca... nós estamos aqui. Vamos cuidar de você. — Ela começou a remover as pesadas correntes de seus membros. Sydney esperava que ele fosse reagir, mas o vampiro continuava absurdamente parado, sem responder à dor. As correntes caíram no chão, espalhando as agulhas usadas e folhas secas que entraram pelas janelas quebradas. — Kade, olhe todas essas agulhas. Que porra é essa? Quem faria isso?

Kade não demonstrou nenhuma emoção enquanto circulava o altar, observando a bagunça em volta. Ele aguardou pacientemente Sydney remover a prata.

— Filhos da puta. Eles provavelmente tiraram sangue do Luca para vender no mercado negro. — Raiva surgiu enquanto ele chutava as agulhas para o lado, silenciosamente prometendo vingança aos perpetradores.

Desde que os vampiros ficaram sendo conhecidos pelo público, tanto companhias farmacêuticas quanto empreendedores têm tentado capitalizar com a imortalidade dos vampiros. Mas, por mais que eles tentem, nenhum progresso foi feito em direção à vida perpétua sem ocorrer o sórdido efeito colateral de virar um vampiro. Enquanto vários vampiros vendiam para ter lucro, isso não impedia as gangues de sequestrar e drenar alguns para vender o sangue no mercado ilegal por um preço mais em conta.

Kade passou a mão carinhosamente no rosto de seu velho amigo, tentando limpar o sangue seco.

— Luca — ele sussurrou. — Você está a salvo agora. Nós vamos cuidar de você.

Luca e Kade eram amigos há mais de dois séculos, conhecendo-se no início dos anos mil e oitocentos. Enquanto Luca tinha nascido na Grã-Bretanha, foi criado na Austrália. Veio para a América na Guerra de 1812. Quando foi gravemente ferido e estava morrendo no campo de guerra, Kade o transformou. Estava em dívida com Kade. Eram parceiros, melhores amigos.

Kade estava furioso. Quem quer que tivesse feito isso, pagaria.

— Sydney, você dirige. Eu vou deitar na parte de trás da caminhonete e alimentá-lo. Não chegue perto da gente. Quando ele acordar, pode ser perigoso. — Kade franziu a testa. — Olhe o que fizeram com ele. Está faminto.

— Ele ficará bem? — Sydney não sabia muito sobre a medicina de vampiros, exceto que o sangue deles tinha propriedades curadoras. Elas

LUCA

eram mais efetivas em humanos e lobisomens, mas tinham mínimos benefícios para outros vampiros. Ela sabia que ele precisava de um doador mortal.

— Sim, ele vai se curar, mas precisamos arranjar sangue humano para ele. Ligue para Dominique e diga para trazer os doadores para casa e deixá-los prontos. Ela sabe o que fazer. — Kade rapidamente colocou suas mãos sob os joelhos e cabeça de Luca, trazendo-o para perto de seu corpo. Levantou-o e carregou-o para fora da igreja.

— Abaixe o banco de trás —ordenou.

Sydney apertou a trava dos assentos, empurrando até que eles tivessem retos. Kade deitou Luca no porta-malas e entrou pela porta traseira. Com suas mãos embaixo dos braços de Luca, puxou-o cuidadosamente para dentro do carro. Graças a Deus eles vieram na *Escalade*. Seria apertado com dois machos grandes deitados na parte de trás, mas caberia.

Kade suspirou ao virar de lado, segurando a boca de Luca. Com uma mão no queixo e a outra segurando uma de suas bochechas, ele vagarosamente abriu os lábios rachados de Luca.

Sydney ligou o carro e olhou rapidamente Kade mordendo o próprio pulso. Não importa quantas vezes ela assistisse um vampiro alimentando alguém, ou se alimentando de alguém, ela sempre ficava fascinada pela intimidade do ato. Parecia quase intrusivo assisti-los juntos. Ansiosa para chegar em casa, ela voltou os olhos para a rua e dirigiu.

Kade segurou a cabeça de Luca e pressionou seu pulso para baixo. As gotas rubras escorreram pelos lados do rosto de Luca, mas ele não estava engolindo. Kade se comunicou com sua mente, encorajando Luca a beber. *Por favor, deusa, deixe-me alcançá-lo. Beba, Luca, beba.*

Luca tremeu nos braços de Kade quando uma simples gota do sangue restaurador foi absorvida por seu corpo. Mas mesmo assim ele não acordou. Ele não podia se mover. Imobilizado nos braços de seu amigo, a consciência de Luca acordou. *Seguro. Kade. Amigo.* Ele tentou se mover, mas não pode fazer nada além de engolir uma vez.

— Isso, Luca. Beba —ordenou.

Alívio preencheu sua mente, ele estava preocupado com a habilidade de Luca para se recuperar. Enquanto vampiros somente precisavam de uma pouca quantidade de sangue com poucos dias de intervalo, eles precisavam se alimentar regularmente. Ficar sem se alimentar podia colocá-los em um frenesi, o que podia fazê-los perder o controle e matar um humano. Ficar vários dias sem se alimentar podia acabar com eles.

Entrando no complexo de Kade, Sydney viu Dominique aguardando impacientemente perto da entrada da mansão. Dominique, outra vampira, era uma velha empregada e amiga de Kade. Sydney a descrevia como uma fashionista durona. Elas inicialmente bateram de frente quando se conheceram há um pouco mais de um mês. Mas, desde então, forjaram uma amizade baseada em respeito mútuo e um amor por couro.

Estacionando o carro, Sydney circulou o mesmo e abriu a porta devagar. Ela entendia que Luca podia ser perigoso, então moveu-se vagarosamente, sem movimentos bruscos. Mas, olhando seu tronco fraco e ferido, não podia imaginar que mal ele poderia causar nesse estado. Enquanto tipicamente ele era bem composto, o ar ficou preso na garganta de Sydney ao vê-lo. Ela não podia resistir à necessidade de prover conforto para Luca e Kade. No que ela ia tocar Luca, seus olhos abriram de repente e ele tentou se livrar de Kade. *Sangue humano.*

— Não toque nele! Saia daqui agora, Sydney! — Kade chiou para ela.

Sydney pulou para trás, assustada com a sede de sangue nos olhos de Luca. Ele era perigoso. Faminto. Ela pensou que deveria parecer como água no deserto para ele. Acatando a ordem de Kade, correu para dentro da casa para ver no que poderia ajudar.

Dominique interveio, ajudando Kade a segurá-lo.

— Porra, que inferno aconteceu com ele? — Dominique questionou.

— Ele estava preso com prata, faminto. Possivelmente foi torturado. Não tenho certeza ainda de tudo que fizeram. Mas sei que tiraram o sangue dele. Tinham agulhas pelo maldito lugar todo — cuspiu.

Tantos anos se passaram desde que ele tinha sido transformado. Às vezes, ficava impressionado com o quão pouco a humanidade alcançou. Maldade, ódio e tortura ainda batiam fortemente no coração de muitos. *Como eles podiam ter feito isso com ele?*

Suspirou cansadamente.

— O sangue de Sydney o está deixando louco. Nós precisamos levá-lo para dentro. Onde estão Xavier e Etienne? Nós temos doadores? — Kade segurou Luca fortemente enquanto tentava tirá-lo devagar da caminhonete. Luca ainda não tinha condições de andar e não correria o risco de ele escapar.

— Eles estão a caminho. Tenho um quarto preparado no andar de cima. Posso ajudar a carregá-lo — disse, olhando em volta para ter certeza de que Sydney não estava mais ali. Como Kade, ela não podia confiar em Luca para não atacá-la. Eles tinham doadores humanos aguardando e iriam monitorar de perto a alimentação para ele não drenar nenhum deles.

— Onde está Sydney? — Kade perguntou.

Dominique olhou em volta.

— Parece que sua mulher teve senso o suficiente para sumir quando ele olhou para ela como se ela fosse um prato de lagostas. Não se preocupe, ela ficará bem. Esse não é o primeiro rodeio vampiro dela.

— Eu sei. É só que ela não está acostumada a ver Luca desse jeito. Nem eu estou. — Ele sacudiu a cabeça. Vendo Luca em um estado tão animalesco serviria como um lembrete para Sydney de que ela estava casando com este modo de vida. Ele precisava achá-la e ter certeza de que estava bem.

Kade levantou Luca facilmente, com seus braços abaixo da cabeça e da dobra dos joelhos. Os olhos de Luca estavam arregalados, mas ele ainda não estava falando. Kade não tinha certeza de que Luca entendia o que estava acontecendo enquanto o levava para o quarto de hóspedes. Dominique gesticulou para Kade entrar no banheiro, onde ela tinha uma banheira cheia de água morna.

— Kade, aqui. A água morna vai ajudar a aumentar a temperatura corporal dele.

Ele colocou o corpo enfraquecido de Luca na água morna.

— Merda — disse quando água caiu pelos lados da banheira e no chão. Sem nem perder tempo em se despir, Kade cuidadosamente entrou na banheira e deitou ao lado de Luca para segurá-lo enquanto ele se alimentava. Completamente preocupado com o estado de Luca, acenou para Dominique.

— Onde está o doador? Nós precisamos dele agora! — Ele ordenou.

Ela apontou para um homem sem camisa, perto dos vinte anos, que aguardava no quarto.

— Você, venha aqui, ajoelhe-se ao lado da banheira.

— Sim, senhora — disse o doador, rapidamente atendendo à ordem dela, e estendendo o braço.

Doadores eram fáceis de serem encontrados esses dias. Eles se cadastravam em clubes de sangue, esperando vivenciar um encontro sexual com um vampiro. No mínimo, tinham esperança de serem escolhidos para uma mordida, sabendo das propriedades orgásticas que podiam ser dadas por um vampiro.

Issacson Securities, a empresa de Kade, tinha contrato com a *Sanguine*

Services para arrumar doadores quando preciso. Dominique ligou antecipadamente para achar dois homens que poderiam doar sangue suficiente para Luca. Ela só esperava que fosse suficiente para tirar Luca de seu estado atrofiado. Ela nunca viu um vampiro tão mal e ainda não estava convencida de que poderiam salvá-lo. Mas ela não queria dar ainda mais preocupações para Kade, então manteve suas dúvidas para si mesma.

Dominique gentilmente segurou o pulso do doador e sorriu rapidamente para ele.

— Olá, qual o seu nome? — perguntou.

— Milo — respondeu obedientemente.

— OK, escute, Milo. Essa pessoa aqui, ele é um grande amigo meu. O nome dele é Luca. Ele não se alimenta há dias, então isso pode ser um pouco complicado no início, mas eu prometo que você está a salvo. — Ela esperava que estivesse, de qualquer modo.

Kade tentou se comunicar com Sydney mentalmente para mandá-la ficar longe. A comunicação telepática deles ainda estava em desenvolvimento, mas sem poder gritar por ela, ele precisava mandar algum aviso para se manter afastada de Luca. Sentindo que estava na casa, mas não perto deles, respirou aliviado. Estava na hora de começar. Ele acenou com a cabeça para Dominique.

Ela trouxe o pulso de Milo para seus lábios finamente pintados de coral. Sua língua saiu, lambendo a parte interna sensível do pulso. Ela resistiu à vontade de brincar com a comida, sabendo que Luca precisava do sangue o mais rápido possível. Prontamente, suas presas afiadas furaram a pele e ele gemeu em voz alta, sexualmente excitado pela mordida.

Inclinando-se na direção dos lábios de Luca, com o pulso do doador em sua boca, ela transferiu facilmente o pulso sangrando de Milo para a boca dele. Outro alto gemido de excitação ressoou pelas paredes de granito quando Luca começou a se alimentar vorazmente.

Kade tinha seus braços fortemente seguros em volta do torso de Luca, prevenindo que ele fizesse um ataque violento ao doador.

— Isso, meu amigo. Beba. Você ficará bem e nós descobriremos quem fez isso com você — disse, olhando diretamente nos seus olhos. Ele podia dizer que Luca estava começando a ficar completamente consciente, mas não podia dizer se a cognição de Luca estava estável. A conexão mental deles ainda estava interrompida.

Um alto gemido emanou de Milo, indicando uma liberação sexual. Dominique já tinha preparado o segundo doador quando Kade tirou Milo de perto de Luca. Eles estavam sendo bem cuidadosos para garantir que

LUCA

17

Luca não matasse os doadores. Luca grudou no segundo doador e estava começando a recobrar cor e temperatura. Mesmo estando próximo de receber sangue o suficiente, algo não estava certo com ele.

Kade soltou Luca no que ele removeu o segundo doador. Luca fechou novamente os olhos e seu físico parecia regenerar diante dos olhos de todo mundo. Kade saiu da banheira e pegou uma toalha enquanto Xavier e Etienne entravam no banheiro.

— Legal da parte de vocês de se juntarem a nós. Por favor, cuidem dos doadores e garantam que eles cheguem em casa seguros — ele disse enquanto secava seu cabelo vigorosamente com a toalha, irritado que eles chegaram na mansão somente agora.

— Desculpe estarmos atrasados, Kade. O tráfego no centro é uma merda essa hora da noite — Etienne explicou. — Ele está parecendo bem, não?

— Aparências podem enganar. Alguma coisa não está certa. Nossa conexão mental está desligada. Ele também não está respondendo verbalmente. Mas teve o suficiente de sangue humano e vampiro para trazê-lo de volta fisicamente. — Kade estava preocupado com Luca.

Xavier se inclinou e tocou na cabeça de Luca.

— *Mon ami*, o que aconteceu com você? — Xavier tentou se comunicar com ele mentalmente e também falhou. — Vejo o que você quer dizer. Você sabe o que está acontecendo? Ele está aqui, mas não está presente.

— Não tenho certeza. Talvez precise de tempo para descansar. Por agora, vamos nos mover, pessoal. Tirem os doadores daqui. — Ele olhou para Dominique. Ela tinha uma única lágrima vermelha como sangue descendo por seu belo rosto.

— Dominique, olhe para mim — ordenou. Ela obedeceu, olhando nos olhos dele. — Luca vai se curar. Termine de banhá-lo e coloque-o na cama. Tome conta dele até eu retornar. Vou chamar um médico e preciso achar Sydney. Ela talvez possa ajudá-lo...

— Mas como, Kade? Olhe para ele... Não está respondendo a nós. — Ela chorou.

— Confie em mim. Eu estou aqui há muito tempo. Sei o que precisa ser feito, mesmo que eu não esteja feliz sobre isso.

Sydney não conseguia parar de pensar no que aconteceu ao lado do carro. Luca e Sydney tiveram um início difícil. Porque ela era humana, o que equivalia à fraca e vulnerável aos olhos dele, ele não ficou feliz com ela trabalhando junto a eles no caso das mortes Vudu. Mas os dois forjaram uma amizade profunda durante a batalha. Sydney era uma detetive durona da Filadélfia, então já tinha visto a maior parte das coisas ruins que o mundo podia mostrar. Mas isso não acabava com a dor em seu coração ao ver um amigo ferido. Como também não acabava com a surpresa que sentiu ao ver os sentimentos nos olhos dele. Ela podia sentir o puxo mental dele, querendo se alimentar dela.

Ela estava confusa de como isso era possível. Sydney vinha bebendo pequenas quantidades do sangue de Kade desde que ficaram noivos. Compartilhamento de sangue era uma incrível experiência íntima e sexual. Como resultado do vínculo deles, estava começando a sentir uma conexão mental com Kade. Nesse momento, podia sentir palavras soltas ou sentimentos dele, mas ele disse a ela que em breve ela seria capaz de mandar e receber mensagens. Ela pensou que essa conexão seria somente com Kade.

No entanto, hoje no carro, os olhos de Luca penetrou sua alma, clamando por ajuda. Era como se ela pudesse escutá-lo falando. Com medo, ela obedientemente entrou correndo na casa quando Kade mandou. Não estava com medo de Luca atacá-la. Não, estava com medo da mensagem que ela sentiu vindo dele. Ele precisava do seu sangue.

LUCA

CAPÍTULO DOIS

 Doutora Sweeney, a médica pessoal de Kade, verificou a saúde de Luca. Mesmo tendo recebido sangue humano, existia a possibilidade de que talvez não retornasse ao que era antes. A médica estimou que ele ficou sem sangue por pelo menos sete dias, o que era um período longo o suficiente para matar facilmente um vampiro mais jovem. Ela disse que tinha uma chance de que se recuperaria completamente após se alimentar várias vezes, mas eles talvez tivessem que esperar mais de um mês antes de saberem com certeza. Devastado com a notícia, Kade foi procurar por conforto em Sydney.

 Sydney estava curvada, com o rosto nas mãos, sentada na suíte principal quando Kade a encontrou. Ele nunca se acostumaria com a sensação de seu coração apertando no peito quando estava próximo a ela. Detetive Sydney Willows era sua mulher, sua noiva: forte, sensual, amável. Ela era tudo que ele precisaria nesta vida, mas teria como arriscá-la para salvar seu amigo?

 — Sydney, amor. Você está bem? O que está errado? — questionou, ajoelhando-se na sua frente.

 Sydney sacudiu a cabeça silenciosamente.

 — Você não pode se esconder de mim. Nós precisamos conversar sobre o que ocorreu no carro... Luca — ele sussurrou. Kade tirou sua calça e blusa molhadas. Ele então se ajoelhou novamente na frente de Sydney e subiu a mão por suas panturrilhas. Ele nunca se cansaria dela, de sentir a força do corpo de sua mulher.

 Ela levantou a cabeça para olhar nos olhos de Kade, sua cabeleira de cachos loiros caía por seus ombros. Um arrepio de excitação sexual correu pelo corpo de Sydney, mas ela tentou segurar o sentimento por causa do que acabou de acontecer com Luca.

 — Como ele está? — perguntou, sabendo que Kade continuaria estoico em um momento de crise. Esse era o tipo de homem que ele era: autoritário, confiante e corajoso. Ele seria forte para Luca, para Sydney.

 — Dra. Sweeney veio aqui e o consultou. Diz que ele provavelmente vai se recuperar. Pode demorar um mês antes que tenhamos certeza. Mas você conhece Luca, ele é forte. Ele está bem... fisicamente — ele respondeu.

Ela segurou o rosto dele em suas mãos e se inclinou para um rápido beijo. Ela precisava do calor de Kade, precisava confortá-lo.

— O que você quer dizer, querido? Ele disse o que aconteceu, quem fez isso com ele? — Ela se deu conta que entrou em modo detetive. Parando, ela mudou de tática. — Kade... no carro... ele... — *Como ela podia contar para Kade?*

— O que aconteceu no carro, amor, foi que Luca sentiu o cheiro do seu sangue e estava simplesmente ávido por sangue humano, estava faminto. Ele nunca machucaria você. Eu juro com a minha vida. Mas talvez ele ainda precise de você...

Como ele poderia pedir a ajuda de Sydney?

Sydney levantou da cadeira, passando a mão pelos cabelos e começou a andar de um lado para o outro. Ela estava confusa, assustada. Estava com medo por ela mesma e de como Kade reagiria.

— Kade, algo aconteceu no carro. Luca. Eu não sei como explicar. Nossa conexão mental. De algum jeito, Luca... Quando ele olhou para mim... Ele precisa de mim. — Ela ficou parada, esperando Kade responder.

Kade a amava tanto. Detestava ter que contar para ela o que talvez ajude Luca a se curar. Mas, de algum jeito, Luca se comunicou com ela ao invés dele. Correndo para abraçar Sydney, Kade se deixou aproveitar brevemente a sensação de seus seios macios contra seu peito desnudo, o cheiro de morangos em seu cabelo. Soltando-a, ele a beijou, de forma suave e amável.

— Sydney, eu não sei como ele se comunicou com você. Talvez a conexão pelo sangue. Ele é meu... eu que o transformei. Por favor, não tenha medo.

Sydney levantou o queixo, fingindo coragem.

— Eu? Com medo? Sério? — Ela então riu nervosamente, sabendo que estava sim com medo. Mas ela não queria que Kade tivesse que se preocupar com ela além de Luca. Isso era demais.

Ele sorriu, deixando passar.

— Minha brava detetive, eu sei que você é a mais durona possível. E eu te amo por isso. Mas precisamos ser honestos um com o outro. Isso é sério, entendeu?

— Ok. Estou com um pouco de medo — ela sussurrou.

— Ele precisa de você. Mais especificamente, ele precisa se alimen-

LUCA

tar de você. O seu sangue... é especial. Você tem meu sangue vampírico em você, e a sua própria, especial e doce essência mortal. — Kade estava confiante no relacionamento deles. Ele a amava incondicionalmente, e ela a ele. Mesmo assim, queria que Sydney se sentisse segura. Claro, ela sabia os perigos e a realidade do mundo dele, mas ainda era uma novata. Ele sabia que ela estava somente começando a ficar confortável perto de outros vampiros.

— Sim — ela respondeu baixinho, incerta de onde ele estava indo com a explicação.

— Você sabe como é quando eu te mordo, certo? — Ele precisava ter certeza de que ela entendia o que podia acontecer e que não teria nenhum remorso. — Sydney, se você fizer isso, eu estarei lá com você. Você estará segura. Mas eu preciso ser claro, isso pode ser... bem, de natureza sexual, você sabe como é... — Suas palavras sumiram.

Antes de conhecer Sydney, Kade e Luca compartilharam mulheres com frequência. Ele até compartilhou uma rápida dança com Sydney e Luca, no *Sangue Dulce*, um clube local de *bondage*, onde eles estavam investigando um crime. Mas ele não tinha nenhuma intenção de compartilhar Sydney com Luca, nunca. Isso não era uma opção... até agora.

Kade observava Sydney no que ela o soltou e voltou a andar de um lado para o outro. Ele podia ver seus pensamentos rodando em sua cabeça. Ela ficou atraída por Luca naquela noite no clube, mas isso não significava que queria que algo mais acontecesse. Adicionando o fato de que não era uma grande fã de vampiros, será que iria se arrepender de deixar outro homem mordê-la?

Kade bufou. Ele detestava apressá-la, mas sentia que eles estavam ficando sem tempo.

— Sydney, você não precisa fazer isso se não quiser. Mas se concordar, eu quero deixar completamente claro que não estou pedindo para transar com Luca. Você deve saber que eu sou bem possessivo em relação a você. — Ele sorriu e chegou perto dela, procurando por seu toque. — Mas você precisa saber que talvez o Luca a toque, e você em retorno, talvez sinta vontade de tocá-lo. E eu não quero você se sentindo culpada ou desconfortável com isso. Essa é a nossa natureza.

Sydney fechou o espaço entre eles e colocou os braços em volta do pescoço de Kade.

— Eu te amo, Kade. Eu te amo tanto que às vezes dói. Eu faria qualquer coisa por você ou para salvar Luca. E eu quero que saiba que não estou com medo, porque eu sei que irá me proteger. Sou completamente segura em nosso relacionamento. Sei que nós somos feitos um para o outro. Então se eu fizer isso por ele, qualquer sentimento sexual que ocorrer durante essa... essa alimentação... é somente um sentimento que ocorre. Como no clube... — Ela corou, lembrando como se sentiu no meio de toda a sexualidade masculina de Luca e Kade.

Kade acenou com conhecimento.

— Sim, eu lembro. — Ele sabia que sua reservada detetive ficou excessivamente excitada ao dançar com dois homens.

— Aquela noite foi avassaladora... dançar tão intimamente com você e com o Luca. Eu nunca pensei que iria gostar de uma caminhada no meu lado mais devasso, mas gostei. Mas também sei que amo você... você e somente você. Então não planejo fazer amor com Luca quando nós fizermos isso... Não importa quão gostosa seja a mordida dele — brincou.

Kade apertou os braços em volta da cintura de Sydney.

— Como se eu fosse deixar você fazer amor com outro homem. Você é minha. — Rosnou. Kade capturou os lábios de Sydney, sua língua passando sobre a dela, bebendo seu doce néctar. Ela era a mulher mais maravilhosa e sensual. Ele queria fazer amor com ela ali naquele momento, mas Luca estava esperando. Relutantemente parou de beijá-la. — Está bem, acontecerá assim. Eu vou dirigir o show, entendeu?

Sydney acenou com a cabeça concordando. Estava ansiosa para ajudar Luca.

Kade e Sydney ficaram parados na entrada do quarto de Luca observando Dominique trabalhar. Ela estava colocando toalhas usadas num cesto de roupa suja e ajustando os lençóis da cama como se isso de algum modo afetasse Luca. Sydney sabia que ela estava simplesmente tendo dificuldades em manter sua mente longe do fato de que Luca não estava responsivo. Apesar de seus comentários irreverentes e duro exterior, Dominique gostava muito dele.

O vampiro estava descansando calmamente na cama, com somente um lençol de algodão branco cobrindo suas pernas e região da virilha. Seu peito largo e musculoso, agora restaurado, subia e descia tranquilamente enquanto dormia em paz. Seu cabelo escuro, na altura do ombro, estava jogado na fronha branca. Parecia calmo, descansado e saudável. Mas eles sabiam que não estava.

Kade, ainda sem camisa, estava vestido em uma calça jeans larga e desgastada. Queria estar confortável quando fizessem isso. Sydney tinha nervosamente se trocado em um vestido preto casual, de alças finas que podia ser facilmente confundido com uma camisola, decidindo que precisava estar usando roupas confortáveis também. Ela não tinha certeza da logística, mas já que Luca ainda estava na cama, ela imaginou que ficaria numa cadeira ou ajoelhada ao lado da cama.

Ela estava prestes a fazer uma pergunta quando Kade interrompeu seus pensamentos.

— Dominique, deixe-nos a sós. Nós vamos cuidar dele — ordenou.

Entendendo o que ele queria dizer, Dominique rapidamente saiu do quarto e fechou a porta.

— Sydney, você está pronta? — perguntou.

— Sim, onde você quer que eu fique? — respondeu.

— Não esqueça, Sydney, eu estou no comando aqui. Luca não será perigoso. Você está à salvo com a gente. Mas você deve escutar a mim, sem perguntas. Estou no controle — disse com naturalidade.

Sydney admitiu que essa era uma das coisas que amava em Kade. Ele era cem por cento um macho alfa. Dava ordens, não o contrário. E ela sempre se sentia segura dando a ele o controle sexualmente. Na maioria dos dias, ela estava sob pressão, liderando times e investigações. Sexualmente, desejava ser submissa a ele ocasionalmente. Não era de sua natureza ser assim, mas, deusa, esse homem aflorava coisas em sua personalidade que ele nunca soube existir.

— Sydney? — A voz dele trouxe seus pensamentos de volta para Luca.

— Desculpa. Sim, estou pronta. — Ela escutou atentamente as instruções.

Kade pegou a mão dela e beijou a palma.

— Luca está descansando, então nós precisamos acordar os sentidos dele o suficiente para se alimentar... para morder você. O melhor lugar para ele morder seria o seu pescoço. — Ele traçou o lado de sua face com os dedos, descendo pelo pescoço. — Venha.

Sydney sentiu o corpo tremer em antecipação com o que iria acontecer. Ela confiava em Kade, mas porra, ela estava nervosa. *Que porra eu estava pensando, dizendo a Kade que deixaria Luca se alimentar de mim?* Mas prometeu ajudar Luca. Para o bem de ambos, eles precisavam dele de volta.

— Deite de lado, perto do Luca. Eu estarei logo atrás de você, amor. — Direcionou. — Suba na cama. — Colocou a mão na cama.

Sydney subiu, seus seios lutando para ficar dentro do vestido enquanto ela deitava perto do braço de Luca.

— Está bom assim?

— Chegue mais perto, Sydney. Coloque seu braço em cima do peito dele. Fique mais grudada nele sem ficar em cima. Ele sentirá você. Concentre-se. Chame por ele mentalmente. Ele está aí. — Kade se deitou atrás de Sydney e colocou seus fortes braços protetoramente em volta de sua cintura. — Assim, amor. É isso... sinta ele. Ele sabe que estamos aqui. O motivo de estarmos aqui. Não resista, Sydney. Só relaxe. Não se preocupe em perder o controle, ok? Lembre—se de que estou aqui. Você ficará bem.

Na mente de Luca, ele podia escutá-la chamando-o. *Sydney.* Mas como podia ser? Então Luca escutou outra voz. *Kade.* Ele lutou para escutar. Sabia que estava na casa de Kade, mas não podia falar ou se mover. O que estava ocorrendo com ele? O aroma de morangos chegava em seu nariz. Mãos quentes e macias em seu peito. Mãos femininas. *Samantha?*

Não, não era Samantha. Sydney. Ele podia sentir Kade também. O cheiro doce do sangue de Sydney chamava por ele. Não era somente sangue humano. Não, sangue mortal misturado com o sangue de seu criador. Ele precisava disso para sobreviver. O desejo de viver era forte.

Ramificações de consciência percorriam por seu corpo, acordando seus sentidos. *Alimente-se.* O comando vindo de Kade era forte. Mesmo assim, não fazia sentido que ele iria compartilhar Sydney. Não, ele não faria isso com seu amigo. Sydney pertencia à Kade. *Alimente-se.* Luca começou a sacudir a cabeça, seus olhos abriram.

— Não — ele implorou. Suas primeiras palavras desde o ataque.

Alimente-se. Dessa vez era Sydney. Ele podia ouvi-la falando telepaticamente. Estava se oferecendo para ele. Não, não podia ser. Ele não conseguia entender porque isso estava acontecendo. Confuso, ele olhou para baixo e a viu acariciando seu peito, aconchegada ao seu lado, olhando em seus olhos.

— Sim, Luca. Sou eu, Sydney. Nós sabemos do que você precisa. Está tudo bem. Kade e eu estamos aqui. — Ela levantou a mão e acariciou seu rosto, colocando os dedos em seus lábios.

— Luca, alimente-se. Escute o que Sydney diz. O sangue dela é especial. Ela está oferecendo o sangue livremente para você, assim como eu. Agora alimente-se — Kade ordenou novamente. Sabia que Luca iria resistir, mas ele iria força-lo se fosse necessário. O sangue dela iria restaurá-lo.

As presas de Luca desceram ao escutar o comando. Ele virou de lado e olhou nos olhos dela, querendo ter certeza de sua permissão. Olhou para Kade, que acenou com a cabeça. *Alimente-se.*

Luca sempre achou Sydney incrivelmente sensual, mas sempre res-

LUCA

peitou que ela era a mulher de seu amigo. Mas agora ela estava na cama com ele, oferecendo-se para ele. Passou o braço em volta da cintura dela, sentindo a parte de trás da mão de Kade segurando-a gentilmente. Luca sussurrou para Sydney.

— Obrigado. — Com essas palavras, ele deixou seus lábios encostarem nos dela, beijando-a suavemente, pressionando seu peito no dela. Ele recuou um pouco. — Eu prometo ser gentil, Sydney.

Ela suspirou quando sentiu o corte feito pelas presas de Luca em seu pescoço.

— Kade… — Foi tudo que ela conseguiu falar enquanto umidade encharcava seu centro. Ela doía por um clímax no que Luca a segurava ainda mais perto, sugando seu sangue. Sentia-se estranhamente em paz tendo dois machos fortes em volta dela de um modo tão íntimo. *Kade. Luca.* Ela aceitou sua mordida, percebendo que tinha perdido o controle.

Luca gemeu quando o sangue, o nutritivo sangue dela desceu por sua garganta. Uma mistura mágica de sangue humano com o do seu criador acordou sua consciência. Memórias das duas últimas semanas passaram na frente de seus olhos. A morte de Simone e Asgear. Tocar o cabelo macio de Samantha, confortando-a no porão da casa de Kade. Viajar para o clã. Um ataque. Preso em prata. Sangue removido. Atormentado. Desnutrido. Morrendo. Um turbilhão de energia impulsionou por todo o seu ser no que ele vorazmente bebia o presente de Sydney, seu sangue. Euforia crescia dentro de Luca enquanto suas conexões emocionais regeneravam.

Kade assistia intensamente enquanto Luca sugava o pescoço de Sydney, cuidando para que ficasse sob controle. Ele detestava o pensamento de compartilhá-la com outro homem, mas estava desesperado para salvar o amigo. Assistindo-o se alimentar de sua noiva, sentiu a excitação de Sydney crescer com a mordida. O beijo sombrio de Luca poderia causar um êxtase erótico ou agonia, dependendo de suas intenções. Ele tinha carinho por ela, então, claro, Luca tentou fazer isso ser prazeroso. Sentindo o desejo de Sydney, Kade relutantemente também ficou excitado. Perdido no momento, levantou o vestido de Sydney e escorregou as mãos por sua barriga chapada para segurar um de seus seios. Começou a roçar sua ereção na bunda dela e ansiava por fazer amor com ela enquanto Luca bebia.

— Ah, sim, Kade. Por favor, eu preciso… — Sydney se viu implorando, mexendo-se entre a dolorosa ereção de Kade em suas costas e a desnuda ereção de Luca em sua barriga. Precisava de alguma coisa, mas não podia articular seus pensamentos. Lutava por controle, em uma tentativa de acabar com sua dor.

— Sydney, amor. Você está segura. Lembre-se de quem está no controle. Eu cuidarei de você — lembrou-a. Kade abriu sua calça e se despiu rapidamente.

Colocando a calcinha fio—dental de Sydney para o lado, seus dedos escorregaram em suas dobras molhadas e achou sua área mais sensível. Começou a esfregar o clitóris dela firme, mas gentilmente em círculos.

— Sim, Kade — ela gritou no que ele a tocou.

Sabia, em sua mente, que não deveria estar fazendo isso com dois homens, mas também entendia que vampiros eram sexuais em seu interior. Na essência de sua natureza, eles eram capazes de infligir extraordinário prazer ou dor. Na melhor das circunstâncias, podiam segurar a necessidade de um clímax e somente se alimentar. Exaurido de toda nutrição, Luca sofreu tremendamente. Ele não era capaz de se segurar. Precisavam restaurá-lo, cuidando de todas as suas necessidades físicas e emocionais.

Kade entendia que ela se sentiria conflitante. Ela ainda era bem humana, não estava acostumada com os modos dos vampiros.

— Isso Sydney. Não lute contra o que você sente, deixa acontecer — persuadiu. — Pegue Luca em sua mão. Está tudo bem.

Sentindo que Luca tinha bebido o suficiente do sangue de Sydney, Kade o dirigiu para parar de se alimentar. Ela ficaria muito fraca se não parasse agora. — Luca, solte Sydney. Basta.

Luca fez como foi mandado, lambendo os furos em seu pescoço. Ele chiou quando Sydney começou a acariciar sua ereção. Sua testa caiu no ombro dela enquanto cuidava dele. Luca acariciou o seio dela com uma mão enquanto Kade dava atenção para o outro.

Sydney estava completamente perplexa. Isso era tão errado, mas tão certo. Nunca fez nada como isso em sua vida. Queria salvar Luca, mas como ela tinha se colocado em uma situação como essa? Pior, ela admitia para si mesma que não queria parar. Ela só precisava de um orgasmo.

— Kade! — gritou quando ele entrou nela por trás de uma única vez. Ela se sentia cheia com ele, mas mesmo assim precisava de mais.

— Sydney, tão apertada, quente. Eu não vou demorar desse jeito — ele sussurrou em seu ouvido.

Kade começou a sair e entrar de seu calor úmido. Ele se sentia tão conectado com Sydney e Luca nesse momento único. O amor de sua vida. Seu melhor amigo. Kade sentiu Luca falar com ele: *Obrigado, amigo.*

Sydney não podia segurar seu orgasmo por muito mais tempo. Estava agarrando a nuca de Luca, puxando-a para seu ombro enquanto Kade entrava nela por trás e ela acariciava Luca. *Muita coisa. Não posso aguentar.*

LUCA

Escutando a urgência dela, Kade pressionou seu dedo contra o botão sensível dela.

— Isso, amor. Goze para mim. Tão bom. Entregue-se.

Com as palavras dele, Sydney começou a convulsionar contra Luca e Kade, percorrendo as ondas de seu clímax. Kade entrou uma última vez em Sydney, segurando-a apertado contra seu corpo e liberando seu sêmen fundo dentro dela.

No que Luca gozou junto com eles, um único pensamento escapou seus lábios e ele gritou.

— Samantha!

Kade rapidamente deslizou de dentro de Sydney e a virou para poder segurá-la. Ele a olhou nos olhos, realizando a gravidade do que eles tinham acabado de fazer. Ele estava preocupado em como ela se sentiria agora que acabou.

— Eu te amo tanto... Mais do que a vida. — Ele salpicou os olhos fechados dela com beijos. — Isso entre a gente, aqui, não acontecerá nunca mais. Mas não se engane, nós ajudamos o Luca a voltar para a gente, e eu serei eternamente grato pelo que você fez hoje.

— Sem arrependimentos, ok. Nós o ajudamos, certo? Ele está bem? —perguntou baixinho. *Sim, nós com certeza o ajudamos.* Ela revirou os olhos pensando no que acabaram de fazer. Ela esperava que Luca estivesse curado depois de tudo isso.

— Sim, amor, ele está curado — Kade respondeu.

Sydney se sentiu envergonhada, mas não queria deixar transparecer. Ela queria ir embora e dar espaço para eles. Sentou-se e virou-se e olhou para os dois vampiros completamente pelados deitados na cama.

— Ok, quem está com fome? Eu sei que vocês vampiros só precisam de sangue, mas uma garota como eu precisa de comida de verdade —brincou, precisando desesperadamente da leveza.

Kade e Luca olharam um para o outro e gargalharam. Kade começou a levantar e Luca colocou a mão em seu braço.

— Kade. Sydney. Eu não sei o que dizer, então eu direi somente "obrigado". Obrigado por me resgatar. Obrigado por isso, agora. Eu não sei o que dizer. Depois que eu recebi o sangue do doador hoje, ainda não conseguia funcionar. Era como se eu estivesse ali, mas sem estar presente. Sei que vocês dois se arriscaram me alimentando. — Ele olhou os lençóis em volta. — Era um risco, sabendo que poderia ser mais do que só me alimentar. — Ele sorriu deliberadamente.

Luca se sentia renovado, mas com raiva, enquanto relembrava todos os detalhes de seu ataque e captura. Lembrando os sentimentos que viu no rosto de Samantha quando foram atacados, ele precisava saber se ela estava a salvo. Desde o momento em que a conheceu, ele se sentia protetor em relação a ela.

— Escuta, eu sei que estava fora do ar, mas e Samantha? Eu desmaiei logo antes dela e Ilsbeth... — Luca questionou.

— Hummm... Ela deve estar em sua mente, né, Luca? — Sydney sorriu, interrompendo seus pensamentos. — Eu sei que você não gosta muito de nós mulheres humanas, mas talvez essa esteja marcada na sua pele ? Afinal, você falou o nome dela ao invés do meu. Estou arrasada — ela brincou e pulou da cama em direção à porta, sabendo que Luca sentia alguma coisa por Samantha. Sorriu, pensando que seu amigo podia realmente estar atraído por uma mortal. *Será que o coração de Luca estava realmente amolecendo?*

Kade levantou da cama, deixando Luca apoiado na cabeceira. Ele assistiu Sydney sair do quarto, colocou a calça e virou para o amigo. Uma expressão séria tomou seu rosto.

— Luca, vamos ser claros. Você é meu melhor amigo. Mas saiba que eu não vou compartilhar Sydney com você no futuro. O que nós fizemos hoje... — Ele olhou para a cama e depois olhou nos olhos de Luca. — Nós fizemos isso para curar você, para te trazer de volta. E enquanto eu estou grato que você parece estar bem, preciso que você fique longe de confusão. Não tenho certeza de que poderia fazer isso novamente.

Luca sorriu. O que não era comum para ele, dado sua natureza séria.

— Entendido, Kade. Sydney é realmente bonita, mas eu sempre soube que ela era sua e somente sua. Foi bem difícil para mim aceitar o sangue sabendo que ela pertencia a você. Obrigado novamente por me encontrar, me curar. — Luca levantou. Percebendo que estava nu, enrolou o lençol na cintura. — Mas eu preciso saber. Samantha e Ilsbeth estão a salvo?

— Sim, foi a Ilsbeth que me ligou para dizer que vocês foram atacados. Desde que você sumiu, ela ligou algumas vezes para me dizer que Samantha foi purificada e continua sendo treinada. Ela ainda está no clã.

— Kade. — Ele pausou, pensando nos eventos do sequestro. — Quem quer que seja que fez isso comigo, não estava atrás de mim. Quer dizer, eles podiam ter me matado, mas não mataram. Quem quer que tenha nos atacado, sabia que você ia trazer o inferno para eles nessa cidade se me matassem. Sabiam quem eu era e me deixaram vivo. Não era a mim que eles queriam. Não, eles estavam atrás das bruxas.

— Talvez — Kade ponderou. Será que Asgear estava trabalhando com mais alguém além de Simone? — Eu não sei, Luca. Por que eles iriam que-

LUCA

29

rer a Samantha? *Ela* não sabe o que é. Ilsbeth tem bastante poder, mas não posso imaginar quem seria idiota o suficiente para tentar capturá-la em sua casa. Além da barreira mágica, ela podia literalmente se transportar para longe do captor.

— Kade, tem algo sobre Samantha. Eu não sei... — Luca estava preocupado. Alguma coisa não estava certa. Por que não o mataram? — Converse com a Sydney. Veja a impressão dela sobre o que aconteceu. Eu planejo descansar enquanto o sol está céu, mas hoje à noite vou para o clã para ver Ilsbeth e a garota.

— Luca, meu amigo. Você se refere à Samantha como uma garota, mas não pode negar que ela é uma mulher. Talvez tenha outra razão para você se sentir compelido a vê-la? — perguntou.

— Uma humana? Sem chance, Kade. Você sabe que não estou interessado em mulheres mortais. Dê um tempo. Eu estava drenado e faminto por mais de uma semana. Estou puto para cacete e deve ter uma porra de uma razão para isso ter acontecido. Quem sabia que eu estava transportando as bruxas? E quem também sabia dos planos de Asgear e Simone para tomar a cidade? E se tiver mais coisas relacionadas com a Samantha do que nós sabemos? Ilsbeth agora já deve saber qual a porra do tipo de mágica que a garota tem. E essa magia é real? Mais de uma semana se passou e eu preciso saber que porra está acontecendo lá. Algo não está certo com o que aconteceu. — Luca estava furioso.

Luca suspirou. *Samantha.* Lembrando-se da primeira vez que a encontrou, ele se perguntava por que ela dominava seus pensamentos. Algo sobre a mulher humana agitava suas emoções e mesmo assim não conseguia entender por que iria se preocupar. A pequenina mulher, de pele alva e bela, quase não tinha noção da realidade da última vez que a viu. Depois de ter sido enfeitiçada pelo mago maligno, Asgear, que a transformou em uma submissa e a espancado enquanto prisioneira, descobriu que a mágica se infiltrou em sua essência. Ela agora era uma bruxa. Mas era, tecnicamente, uma mera mortal que não sabia nada sobre bruxaria.

Na última vez que a viu, ela estava sob "proteção" na mansão de Kade. *Proteção.* Merda, quem ele estava enganando? Depois de a resgatarem de uma existência em amarras, eles a emprisionaram novamente, desta vez numa jaula de ouro. Contaminada pelo mal, infundida por mágica, ela não podia voltar para casa. Em vez disso, Ilsbeth, uma confidente próxima de Kade e respeitada bruxa, insistiu que Samantha fosse com ela para o clã para ser purificada e aprender um novo caminho na vida.

A primeira vez que viu Samantha, ela estava trabalhando no *Sangre Dul-*

ce. Ele e Kade estavam trabalhando em um caso naquela noite. Ela estava pelada na frente deles, servindo bebidas para o seu grupo de vampiros, e Luca ficou instantaneamente atraído pela bela ruiva submissa. Samantha, que foi apresentada com o nome falso Rhea, se ofereceu para "jogar". Luca tinha dito não. Ele estava lá para trabalhar no caso, achar pistas para um assassino, não para foder. E tinha ainda o inegável fato de que ela era humana. Não era sua primeira escolha para se divertir. Humanos eram bons para se alimentar, mas muito emocionais e quebráveis. Não, quando o assunto era sexo, ele preferia uma sobrenatural sem nenhuma ligação. E amor simplesmente não era uma opção.

Quando viu Samantha uma segunda vez, ela estava machucada e espancada, só a casca da mulher que conheceu no clube. Ele questionou como uma mulher tão frágil sobreviveu trancada naquela cela de prisão suja e desolada. Quando quebrou as algemas de metal que prendiam o corpo nu dela, Luca xingou o monstro que a tinha machucado. Mais tarde na casa de Kade, seu coração se apertou ao acompanhá-la e entender o que aconteceu. Sem nenhuma memória do clube ou de suas ações, ela tomou conhecimento de seu futuro como uma bruxa.

Estava chocada ao descobrir que nunca retornaria para seu trabalho, seus amigos, sua vida. Vulnerável e abalada, concordou em ir para o clã com Ilsbeth... como se tivesse escolha. Sua alma estava contaminada. Kade nunca a deixaria retornar sem purificar a alma.

Luca olhava para si mesmo no espelho do banheiro. As linhas duras de seus músculos faziam parecer como se ele estivesse acabado de voltar da academia. Não tinha nada para indicar que esteve à beira da morte. Tocou seu rígido abdome, escorregadio de suor. Ele gostava de ser um vampiro, de ser indestrutível. *Quase*. Verdade, ele era um puro macho alfa, talvez até mais forte que Kade, mas não tão velho. E apesar de ser um vampiro, seu tempo na Terra quase acabou. Não tinha tempo para pensar em como quase morreu. Ao contrário, contemplava porque tinha sido atacado. *Por que eu ainda estou aqui? Quem queria Samantha?*

Seus pensamentos voavam quando entrou no chuveiro. Precisava ver Samantha somente mais uma vez. Dessa vez, sem choro... só conversa. Ela estaria calma. Teve uma semana para se acostumar. Talvez não muito tempo para um humano, mas seria melhor do que da última vez quando não conseguia parar de choramingar. Humanos, criaturas tão fracas. Luca não tinha nem tempo e nem paciência para os surtos deles. O único humano que ele tolerava era Sydney, e claramente isso era por causa da influência de Kade. Ela provou suas habilidades guerreiras, lutado ao lado deles e ganhado seu respeito.

Uma mulher humana em sua vida era o suficiente. Decidiu que iria até o clã, investigar o que aconteceu e saciar sua curiosidade. Questionaria a pequena amável humana e descobria quem exatamente estava por trás da tentativa de sequestro.

No que ele enxaguava o sabonete de seu corpo, seu pau estremeceu com o pensamento de vê-la novamente. *Merda.* Ele se advertiu pelo pensamento, mas ao mesmo tempo, enquanto acariciava sua ereção, não podia driblar a visão dela. *Samantha.*

CAPÍTULO TRÊS

Samantha abriu a porta da cabana, agradecida por estar de volta à Pensilvânia. Ela tentou pensar em alguma outra coisa, qualquer coisa que não fosse o que aconteceu em Nova Orleans. Ela se sentia suja. Violada. Sem identidade.

Devia ter escutado àqueles que disseram para ela não ir para Nova Orleans. Sua família avisou que a cidade era perigosa. Ignorando a preocupação deles, foi de qualquer maneira. Naquela hora, ir para a conferência de computadores pareceu uma ótima forma de ter umas "férias de trabalho". Depois de um dia de palestras e *workshops*, seus colegas de trabalho a tinham convencido a ir em um clube BDSM local. Ela escutou que os sobrenaturais supostamente frequentavam o clube. Samantha tinha esperado talvez conhecer um vampiro ou um lobisomem. Pensou que eles dançariam, talvez assistiriam algumas cenas interessantes e se divertiriam. Era tudo que deveria acontecer. Uma noite de diversão.

Agora a vida dela estava destruída. Nenhum amigo com quem ela podia conversar sobre o que aconteceu. Sem trabalho. Sem vida. Sem Samantha. O homem que ela tinha conhecido no clube, James, se revelou como um mago. O nome real dele era Asgear. Lembrava vagamente dele espancando-a depois de ter tentado fugir do covil dele. Um espancamento que ela mal podia lembrar era algo que podia superar. Ela treinou karatê quando era mais nova e ganhado sua cota de hematomas.

Não, isso era muito pior. Memórias trancadas, roubadas. Ela não podia lembrar nada do que aconteceu ou do que fez. Sendo levada para a mansão de um vampiro, Kade Issacson tinha mostrado para ela a repugnante evidência de sua violação. Nua. Submissa. Ela estava sob o controle de Asgear e tinha feito o que ele mandava. Seu corpo foi usado. Sua mente também foi dominada, mas as memórias se recusavam a aparecer. Apesar de terem dito que ela foi enfeitiçada e vendo a evidência fotográfica, não podia aceitar que o que tinha feito era real.

Ela foi estuprada? Fez sexo com outros por vontade própria? Machucou alguém? Não tinha ideia. Disseram que talvez ela tenha machucado uma vampira. Mas isso não era ela. Era um pesadelo, que ela só podia escapar fugindo.

Bruxa. Ela detestava a palavra. Enquanto Ilsbeth não tinha sido nada além de gentil, ela se recusava a acreditar que era uma. Não queria ser uma. Isso não estava acontecendo. Ela tiraria a licença médica que solicitou no trabalho e aproveitaria um longo descanso nas montanhas, depois tentaria ter sua vida de volta. Talvez lembrar o que aconteceu. Talvez não. De qualquer maneira, estava determinada em se curar.

Ninguém tinha uma vida fácil garantida, ela sabia disso. Você trabalhava pesado, e colhia o que plantava. Trabalhar em um ambiente lotado de homens em sua empresa de tecnologia não foi fácil no início. Uma programadora trabalhava dobrado para provar seu valor. Ela tinha feito exatamente isso, recebendo seu cargo como uma das melhores engenheiras. A palavra desistir não estava em seu vocabulário. Ela preferia lutar no caso de uma adversidade. Samantha se preparou e decidiu que nada a destruiria.

O chalé que alugou nas montanhas era um alívio bem-vindo no lugar das intensas sessões de treino que vivenciou na última semana. O tempo estava bom, assim como a vegetação era bonita. Sendo final de agosto, as noites estavam começando a esfriar, chamando o outono. Depois de ficar no tempo quente e úmido de Nova Orleans, Samantha aproveitava a mudança de temperatura.

Ela abriu as portas de correr para verificar a lenha. A imobiliária garantiu que o chalé estaria completo, o que significava que poderia acender a lareira numa noite fria. Admirando o ambiente tranquilo, sentou-se numa poltrona de madeira, respirou o ar puro da montanha e olhou na direção do extenso lago situado na propriedade. Tirando a pequena área aberta no caminho para ele, a casa era envolta em árvores. Samantha estava feliz que ela era isolada, conforme prometido.

Enfim sozinha. Nada de vampiros. Nada de lobisomens. E nada de bruxas. Enquanto Ilsbeth era amigável, ela não foi bem recebida pelas outras. Elas a tinham encarado, ressentindo seu recém-descoberto poder. A maioria das bruxas nascia com poderes, não eram acidentalmente infundidas com eles. Para as outras, ela era uma aberração que foi contaminada, não abençoada.

Ilsbeth tinha sentado com Samantha, gentilmente removido todo o mal e depois explicado como ela podia chamar o poder de dentro dela. Por respeito à Ilsbeth, ela tentou. Sem sucesso. Noite após noite, ela se sentou no quarto calmante, meditando e entoando, mesmo assim nada acontecia.

Cansada dos insultos das outras e da sua aparente falta de poderes, Samantha resolveu ter sua velha vida de volta. Ela era agradecida a Kade,

Luca, Sydney e Ilsbeth por a resgatarem. Não queria parecer ingrata, mas estava de saco cheio do lado místico da vida. Precisava de normalidade. Era como um terrível pesadelo que não conseguia acordar. Finalmente, sim, finalmente ela estava se sentindo como antes, relaxando na selva.

Samantha acendeu uma vela de citronela que estava na mesa. Riu para si mesma, os únicos sugadores de sangue aqui eram os mosquitos. *Sem chance de vocês me pegarem hoje.* Os grilos e cigarras cantavam uma relaxante canção de ninar. Convencida de que estava finalmente encontrando paz em seu santuário rústico, Samantha expirou profundamente, fechou os olhos e dormiu, respirando o ar fresco.

— Ela o quê? — Luca mal podia acreditar no que estava escutando, em pé na frente da sempre etérea Ilsbeth. — Ela foi embora? Para que porra de lugar ela foi?

O cabelo dourado de Ilsbeth brilhava à luz das velas que iluminavam o vestíbulo do clã. Mesmo tendo mais de cem anos, ela parecia ter por volta de vinte. Mas não tinha como confundir o poder que corria dentro da bela bruxa. Ela era graciosa como um cisne; linda e geralmente calma, mas podia matar em um instante se provocada.

— Luca — falou em um tom sem emoção. — Por favor, entre e tome um chá.

Ela indicou para que entrasse na sala de visitas. O cômodo era confortavelmente ventilado, quase como um spa, decorado em tons de bege e azul. Uma vela larga, com mais de um metro de altura, estava na frente da lareira. Sua chama parecia dançar no ritmo da música *new age* que tocava suavemente ao fundo.

Luca entrou na sala e virou em direção à Ilsbeth. Ele estava enraivecido que o clã tinha perdido Samantha.

— Há pouco mais de uma semana, eu a trouxe aqui para ficar aos seus cuidados. Você falhou em ver ou entender a seriedade do meu ataque? Ela está em perigo.

— Luca, por favor, sente. — Ela gesticulou para ele se sentar. Poder emanava dela, preenchendo o ambiente com um ruído suave e calmante.

Luca se sentou relutantemente numa cadeira larga e coberta de linho. Ilsbeth andou com elegância através da sala e se sentou no sofá em frente a ele.

— Luca, eu entendo a sua preocupação, mas você precisa considerar dois fatores. Enquanto Samantha pode ter sido o alvo do ataque, igualmente pode ter sido eu ou você. Como bem sabe, também tenho minha cota de inimigos e você também. — Ela fechou os olhos, respirou fundo e os abriu novamente. — Segundo, e talvez mais importante, não posso manter a Samantha aqui contra a vontade dela. Depois de purificá-la, fui obrigada pela deusa a deixá-la seguir seu próprio caminho. Ela pediu para ir embora, sabendo do perigo, e eu não tive outra escolha a não ser permitir.

Luca não estava nem aí para o que a Deusa queria.

— Eles podiam ter me matado, Ilsbeth. Mas não o fizeram. Não, eles a queriam. Ela é especial. Tem algo... algo que eu não tenho certeza. — Luca passou as mãos por seus cabelos pretos. Eles estavam soltos hoje e caíam em seus olhos.

— Eu não discordo, Luca. Ela é, realmente, especial. A deusa sabe que não vemos uma humana transformada em bruxa com frequência. É extremamente raro. Mas ela deveria ter mais poderes. A magia já deveria ter aparecido. Ela é atraída pela sua bruxa, sabendo onde ir, querendo ser utilizada. Mas Samantha não conseguia concentrar, simplesmente não havia nada. Estava frustrada com o próprio progresso. Isso pode ter sido causado pelo estresse. Você sabe, mesmo que os ferimentos físicos tenham diminuído, ela está bem vulnerável emocionalmente. O que aquele terrível homem fez com ela... — Ilsbeth cerrou os dentes com raiva, seus olhos acesos como fogo. Ela rapidamente se recompôs, seu rosto se transformando novamente em sua plácida expressão. — Você precisa saber que ela não aceitou completamente o novo dom. Não deseja ter magia. Eu me arrependo de não poder fazer mais, mas ela é uma mulher crescida. Sabe que pode retornar a qualquer momento. Talvez sair do estado a manterá longe do perigo — especulou.

Os pensamentos de Luca voavam. Seria possível que ficaria segura fora de Nova Orleans? Era verdade de que estaria longe da fonte da magia, mas ele lembrou que Asgear foi capaz de estender seu alcance até a Filadélfia. Ele não estava fisicamente lá, mas foi capaz de canalizar sua magia para outros na área, fazendo com que fizessem coisas terríveis. Não, ela precisava voltar para a segurança do clã onde as barreiras mágicas a protegeriam. Ficaria a salvo com suas irmãs. Ilsbeth era a bruxa mais poderosa da Costa Leste. Nem mesmo um rato podia entrar em seu jardim sem permissão. Luca soube naquele momento que precisava trazê-la para casa.

— Eu vou buscá-la, explicar o perigo. Ela não pode me recusar. Para onde ela foi? — perguntou autoritariamente.

Mesmo Ilsbeth sendo poderosa, Luca era mais velho e emanava sua própria energia. Ele não podia acreditar na completa idiotice das regras do clã. Não fazia sentido que porque uma pessoa não queria estar ali, ela podia simplesmente sair pela porta sem nenhuma preocupação com a segurança. E o clã se despediria e a deixaria fazer o que quisesse, porque assim disse a deusa. *Fodam-se as regras do clã.* Ele iria buscá-la e trazê-la de volta. Fim da história.

Ilsbeth se levantou lentamente do sofá. Ela consentiria desta vez. Luca parecia se preocupar com a humana, sua irmã bruxa. *Interessante*, pensou. Todos que conheciam Luca ficariam surpresos em saber que se preocupava com uma mulher mortal.

— Tudo bem, Luca. Faremos como você deseja. Mas saiba que eu não a manterei aqui contra sua vontade. Se ela se recusar a ficar no clã, estará aos seus cuidados —explicou. Ilsbeth não iria contra as regras da deusa.

— Mas é claro. Isso não será um problema. Ela retornará após eu falar com ela.

— O que faz você dizer isso, Luca? Quando ela foi embora, estava bem determinada a não voltar para Nova Orleans. Está bem traumatizada, sabia? — ela disse suavemente.

— Lembra o que aconteceu? — Luca perguntou, recordando como Samantha não conseguia parar de chorar naquela noite na casa de Kade, hematomas em seu rosto.

Ele queria matar o filho da puta que fez isso com ela, mas Kade já tinha resolvido o problema. Infelizmente, não podia consertar o dano emocional deixado como consequência de Asgear. O melhor que ele pode fazer naquela noite foi escutar e confortá-la, colocando a mão em seu ombro.

— Não, eu não lembro. Qualquer coisa que ela compartilhou comigo, é história dela para contar.

— Entendido. Não importa. Ela precisa retornar para a segurança do clã — Luca disse sem emoção. Andou em direção à porta da frente e segurou a maçaneta.

Ilsbeth seguiu e colocou a mão na dele. Luca virou em sua direção.

— Luca, seja gentil com a garota. Ela é nova e está assustada. Isso não é uma boa combinação. — Removeu a mão, foi para a mesa e começou a escrever o endereço que Samantha disse a ela.

— Ilsbeth, eu posso não ser muito fã de mulheres humanas, mas posso certamente colocar uma em um avião de volta para Nova Orleans. Não sei quem tentou atacá-la, mas de jeito nenhum eu vou ficar sentado e assisti-la ser sequestrada novamente. Ou pior, morrer. Não — ele disse sacudindo a cabeça. — Está decidido. Eu vou buscá-la. No meio tempo, Kade e Sydney

LUCA

podem procurar por pistas de que porra está acontecendo aqui, quem me abduziu.

— Está bem, Luca. Por favor, ligue se precisar da minha ajuda. Eu posso trabalhar em feitiços à distância. Também, ligue se ela mostrar algum sinal de magia. — Entregou a ele um cartão de visitas com um endereço escrito atrás. — Ela está na Pensilvânia. Nas montanhas. Que a deusa esteja com você em sua jornada.

Pegando o cartão de sua mão, ele saiu no ar quente e úmido, respirou fundo e virou.

— Obrigado, Ilsbeth. Fique bem.

Luca tinha um endereço. *Samantha*. Iria até lá agora. Pegaria o jatinho e estaria lá em questão de horas. Por um segundo, ele se perguntou se teria algo a mais sobre essa mera mortal que estava atraído. Ignorando o pensamento, pegou o celular e ligou para Tristan. Ele era a pessoa fisicamente mais perto de onde ela estava.

— É o Tristan — atendeu bruscamente.

— Tristan, sou eu, Luca.

— *Mon ami,* é tão bom ouvir a sua voz. Kade me disse que você parecia um peru amarrado com prata — brincou. Deixe para o lobo aliviar o clima sobre seu ataque.

— É, foi complicado, para dizer o mínimo. Mas estou de volta. Sydney e Kade salvaram a minha vida — ele disse indiferentemente. Não queria discutir a alimentação com Tristan, sabendo quão íntima era. — Infelizmente essa não é uma ligação social. Estou precisando da sua assistência, Alfa. — Luca usou o título deliberadamente, como um sinal de respeito.

— É só perguntar, Luca. O que é?

— É a Samantha. Ela saiu do clã. Aparentemente as coisas não foram bem com o treinamento, então ela foi embora — disse, descontente por ela ir embora.

— Ah, a bruxinha que você resgatou. Como ela conseguiu fugir da Ilsbeth?

— É uma longa história, mas, para encurtar, ela saiu por vontade própria, então a Ilsbeth tinha que deixá-la ir. Ela escapou para os seus lados. Montanhas Pocono. Você acha que teria como achá-la e guardá-la... como lobo até eu chegar? — Luca perguntou. — Eu não quero que ela suspeite que estou a caminho, senão ela provavelmente fugirá novamente. Talvez também não reaja bem a outro sobrenatural indo buscá-la. Depois de tudo que passou, é melhor se esconder na natureza e espiá-la de longe. Cuide dela e não a deixe ir embora.

— Sem problemas. Eu estava querendo correr um pouco mesmo. Isso me dá uma desculpa. Se me lembro bem, ela é uma bela moça. Corpo gostoso e uma juba flamejante em que você pode passar os dedos — Tristan brincou, sentindo o interesse pessoal de Luca em encontrá-la. Amava Luca, mas não podia resistir em provocá-lo, já que ele era sempre tão sério.

Luca rosnou.

— Alfa, não toque nela. Ela já passou por bastante coisa. — Que porra ele estava fazendo, dizendo ao Alfa o que fazer em seu próprio território? Luca se forçou a relaxar, abrindo o punho e recriando sua compostura. — Desculpe, Tristan. Eu não tentei te dizer o que fazer. É que ela está vulnerável neste momento. Ilsbeth disse que ela não conseguiu achar sua mágia. Está com medo. E precisa da nossa ajuda.

— Não se preocupe, Luca. Vou cuidar disso. Também sei que você passou por maus bocados recentemente. Me mande uma mensagem com o endereço, e eu vou encontrá-lo lá. Vou tentar me manter como lobo, mas, se ela me vir, não contarei que você está a caminho.

— Obrigado, Tristan. Te vejo mais tarde. — Luca desligou o telefone. Ele iria hoje à noite e estaria de volta amanhã. E então ajudaria Kade e Sydney a encontrar quem o sequestrou, e arrancaria o pescoço deles.

LUCA

CAPÍTULO QUATRO

Visões de sangue escorrendo da boca anuviavam seus pensamentos. Ela estava acorrentada, espancada e nua em uma cela de concreto que fedia a urina e fezes. Puxando seus braços para a frente, uma dor intensa tomou seu corpo, as duras algemas cortavam sua pele. Gritando a plenos pulmões, ninguém veio. Fria e sozinha, ela estava sentada no escuro aguardando a morte, rezando para o tormento acabar logo.

A única memória que ela tinha era um pesadelo recorrente. Samantha acordou suando frio, aterrorizada, como em todas as noites desde que foi resgatada. Ao perceber que estava do lado de fora do chalé, ela pulou da poltrona. *Puta que pariu. Eu caí no sono do lado de fora.*

— Excelente. Provavelmente terei centenas de picadas — ela disse em voz alta para si mesma. Samantha começou a esfregar seus braços e pernas, procurando por picadas em sua pele. — Hummmm... a vela deve ter funcionado.

No que ela virou para assoprar a vela de citronela, escutou um galho quebrar. Travou e olhou para a escuridão. *Olhos.* Respirou lentamente, forçando-se a relaxar. Estava a somente alguns passos da casa, conseguiria entrar. Mas, ao invés de entrar, andou para a frente, movida pela curiosidade. Talvez um animal estivesse na floresta. *Um veado?* Olhos apareceram novamente e ela segurou a vontade de gritar. Tentou alcançar a maçaneta atrás dela sem olhar. E sentiu alguma coisa... um interruptor.

— Não terei medo — sussurrou para si mesma. Não, já estava de saco cheio de ficar com medo. E já estava cansada de se sentir como um rato do campo esperando a águia atacar. Era uma mulher crescida e podia encarar o que estivesse na floresta. Afinal de contas, estava nas montanhas. *Não há nada a temer.*

Ela bufou e ligou o interruptor. Luz iluminou as margens da floresta e ela viu o que pensou ser um cachorro. *Um cachorro? Que porra é essa?* Samantha amava cachorros, mas tinha algo de estranho no imenso vira-lata parado entre as árvores. Os olhos do cachorro brilhavam um âmbar profundo, e seu pelo era preto. *Ele quase se parece com um... lobo?*

Não, não poderia ser. Ninguém tinha visto um lobo na Pensilvânia há mais de vinte anos. Ursos, sim. Coiotes, também. Lobos, não. *Então, logicamente, tinha que ser um cachorro*, ela disse para si mesma. Talvez seja uma raça que se pareça com um lobo — um Malamute do Alasca ou um Cão-lobo-checoslovaco? Ela segurou o nervosismo, um cachorro ela dava conta.

Samantha se moveu vagarosamente, descendo as escadas. Se o cachorro estivesse perdido, talvez tivesse uma coleira com identificação. Ela levantou a mão, com a palma para cima e falou com uma voz fina, como se estivesse falando com um bebê.

— Ei cachorrinho? O que você está fazendo aqui na minha floresta, sozinho? Você está perdido, bebê?

O cachorro sentou calmamente, como se tivesse entendido o que ela estava falando.

Ela se aproximou com cuidado, sentindo que o animal não estava machucado e nem era agressivo.

— Venha aqui, garoto. Está tudo bem. Você está com fome? — Ela mandou beijos para ele, como se fosse um Shih Tzu de cinco quilos. — Venha cá, não tenha medo.

Ela parou quando o grande cachorro veio em direção a ela. Por que motivo ela não podia ter entrado na porra do chalé? *Ok, eu posso fazer isso.* Samantha se agachou em direção ao chão para parecer menor para o animal. Mais uma vez, ofereceu a mão para ele.

O cachorro foi em direção à Samantha e deitou na frente dela. Ela esticou a mão, deixando-o cheirar, e então acariciou sua cabeça e orelhas.

— Esse é um bom garoto. Ah é, quem é um bom cachorro? Você é um bom cachorro. — Ela o elogiou enquanto acariciava seu pelo macio. — Agora, como você foi parar na floresta, cachorrinho? Eu tenho alguma comida na casa. Você está com fome? — Samantha perguntou. O cachorro inclinou a cabeça e uivou. — Está bem. Vamos entrar. Venha. Talvez tenha alguma corda lá dentro para fazer uma coleira. Vou ajudar a encontrar o seu dono... — No que ela virou para tentar colocá-lo na casa, ela olhou para trás. *Cadê o cachorro?* — Ei cachorrinho, onde você foi? — Samantha chamou. Na escuridão, um lindo, e completamente pelado, homem saiu da floresta. — Que porra é essa? — Samantha gritou e correu o mais rápido que podia em direção ao chalé.

Mãos largas seguraram seus braços, mantendo-a parada. *Ah, Deus, de novo não. Isso não pode estar acontecendo comigo.*

— Acalme-se, *petite sorcière*. Está tudo bem. Você está a salvo comigo.

Tristan já esperava que a pequena bruxa não reagiria bem à sua chegada. O medo dela inundava seus sentidos. Ele precisava acalmá-la sem

LUCA

41

revelar que Luca o enviou. Ele estava esperançoso de que não seria visto. *Aquela porcaria de galho.* Quando ela o viu, ele não podia resistir ir em sua direção. Receber um belo carinho era o benefício de fingir ser um cachorro, mas de jeito nenhum ele ia deixá-la colocá-lo em uma coleira. Se transformar em humano era seu próximo plano.

— Meu nome é Tristan. Eu vim a mando da Ilsbeth — ele a assegurou. Samantha respirou fundo, relaxando em seus braços.

— Ilsbeth? Por quê? — Ela olhou para cima e estudou seu rosto, e então seus olhos desceram para a virilha de Tristan e subiram novamente. Seu rosto ficou vermelho. — Ai, meu Deus. Você está pelado. Você é um... um lobo — ela sussurrou, quase não acreditando nas palavras que estava dizendo.

— Sim, em ambos os casos. Agora, a não ser que você decida ficar nua comigo, não é justo que eu fique pelado para o seu proveito. Vamos entrar, e aí podemos conversar. — Ele deu uma piscada e abriu a porta de vidro, gesticulando para ela entrar.

Surpresa com seu flerte, Samantha entrou na casa. Ela tentava entender por que Ilsbeth mandaria um lobo para ela na Pensilvânia.

— Tristan, por favor, eu não entendo. Por que ela o mandaria para cá? Eu estou completamente segura. Ela está bem?

Tristan se acomodou, pegando uma coberta no sofá e enrolando-a na cintura. Samantha não tinha como não olhar. Parecia ser possível quicar uma moeda em seu tanquinho bronzeado. Ele tinha mais de um metro de noventa e uma beleza rústica. Parecia um surfista californiano com seu cabelo loiro platinado na altura dos ombros.

E enquanto ela o achava atraente, sentia uma dor em seu peito. O conhecimento do que fez na *Sangre Dulce* a comia por dentro. Ela duvidava que ficaria atraída por alguém em um modo sexual por um longo tempo.

Tristan se sentou no largo sofá de couro italiano. Sentia pena da garota. Ela não fazia ideia do tipo de perigo que estava correndo ou de que iria voltar para Nova Orleans amanhã. E, pior de tudo, não sabia que Luca estava a caminho. Pensou que poderia pelo menos tentar amolecê-la para Luca. Talvez deveria plantar algumas ideias que iriam fazer o que estava para acontecer mais palatável.

— *Petite sorcière*, eu sou o Alfa dessa área, então eu sei de tudo que acontece aqui. E todo mundo que entra no meu território faz o que eu digo. Você está entendendo? Eu quero explicar algumas coisas para você... explicar o motivo de Ilsbeth me enviar aqui. Agora sente — ele ordenou enquanto colocava a mão no sofá ao lado do dele.

Como se ela tivesse alguma escolha. Andou em direção ao sofá e sentou-se, rígida. Ela o encarou, os lábios apertados em uma linha fina.

— Agora está melhor, *mon cher*. Por favor, entenda umas coisas importantes. Antes de mais nada, você está a salvo comigo. Não deixarei ninguém pegar você. E a razão de eu lhe estar assegurando que você está a salvo nos leva ao segundo tópico. Não tem outro jeito de falar isso, mas você ainda está correndo perigo. Nós temos razões para acreditar que eles estão atrás de você. — Tristan podia ver o rosto de Samantha empalidecer de medo. Ele colocou a mão em seu joelho.

— Olhe para mim, Samantha — comandou.

Ela obedeceu silenciosamente.

— Lembre-se do que eu disse no início. Eu irei protegê-la.

— Mas... — ela interrompeu.

— Samantha, eu estava lá no dia que a resgatamos do Asgear. Eu sei o que fizeram com você. Agora, não te conheço muito bem, mas se você foi forte o suficiente para sobreviver ao que lhe fizeram, pode sobreviver isso. Você não está sozinha.

Ela queria acreditar nele, mas as imagens de Asgear a espancando passaram por sua mente. Ela não podia sobreviver novamente. Olhou para a porta da frente e lutou contra o instinto de fugir. Ele disse que a protegeria. Samantha respirou fundo, forçando-se a relaxar por tempo suficiente para escutá-lo. Precisava saber por que achavam que ela ainda corria perigo.

— Eu preciso saber. Quem está atrás de mim? Quer dizer, Asgear está morto. O que alguém poderia querer de mim? Dizem que sou uma bruxa, mas aparentemente não consigo fazer nada. Se você falou com Ilsbeth, então sabe que eu não senti nada, não fiz nada... de magia. Se eu realmente tenho magia em mim, então eu sou uma bruxa de quinta categoria. Honestamente, eu só quero sair desse pesadelo. Foi por isso que vim para cá. Preciso ficar longe de toda a loucura. — Ela colocou o rosto nas mãos, suspirou e lutou contra um soluço. Recusava-se a derramar mais uma lágrima que fosse por causa do que Asgear fez com ela.

Tristan segurou suas mãos, mandando ondas de poder calmante sobre ela.

— Não sei quem pegou o Luca ou porque eles queriam você. Mas Kade e Sydney estão trabalhando nisso no momento. Enquanto isso, vou te manter a salvo. De manhã... Bom, nós pensaremos nisso quando chegar lá. Agora, que tal eu pegar uma bebida para você? Conhaque? — Samantha olhava silenciosamente para Tristan, sentindo um entorpecimento tomar seu corpo. — Ok, você não precisa dizer nada. Só sente. Eu já volto.

LUCA

Tristan se levantou e foi para o outro lado do cômodo, rapidamente encontrando uma garrafa de whisky em um dos armários. *Quase a mesma coisa.* Pelo menos tinham alguma coisa para beber. Ele podia escutar o coração dela acelerado lá do outro lado da sala, provavelmente tanto de medo quanto de raiva. Porra, se contasse que amanhã ela irá voltar para Nova Orleans, ela provavelmente desmaiaria. Não, ele deixaria essa bela novidade para Luca.

Depois que Tristan entregou o copo para Samantha, ela tomou um longo gole do líquido dourado. Imediatamente, teve um ataque de tosse, levantando as mãos para avisar que estava tudo bem. Recompondo-se, olhou para o Alfa sentado na frente dela.

— Um pouco forte, né, Tristan? Sabe de uma coisa, lobo? Eu não tenho a mínima intenção de ser uma vítima novamente. Sem chance. Se um dos capachos de Asgear está vindo atrás de mim, eles não vão me pegar viva — determinou.

— Esse é o espírito da coisa, *ma petite sorcière* — Tristan respondeu.

— *Petite sorcière?* — Samantha questionou.

— Ah, sim. Pequena bruxa. É quem você é agora. Você sentindo seu poder ou não, ele está aí. Eu posso literalmente sentir o cheiro de magia emanando da sua pele.

— Bom, isso talvez seja verdade, mas não consegui criar nem uma pequena fagulha quando eu estava no clã. Não consegui nem acender uma vela. Bela bruxa que eu sou. Deixa eu te dar uma dica, eu sou bem melhor com computadores do que sou com essa coisa que supostamente está dentro de mim. Você sabe, eu era boa em alguma coisa, realmente boa. Agora, estou com medo de não poder nem voltar para isso. — E ela bufou.

— Quando isso tudo acabar, Samantha, você pode recomeçar. Existem muitos sobrenaturais nessa área. Posso te ajudar a arrumar um emprego com computadores na região da Filadélfia com um pessoal que compreende... que sabem quem e o que você é. — Ele sorriu, tomando outro gole de whisky.

A cabeça de Samantha estava rodando. *Ele acha que ela deveria trabalhar para sobrenaturais? Fala sério. Sem chance, lobo Alfa.* Ela revirou os olhos e jogou a cabeça para trás, apoiando no sofá.

— Obrigada pela oferta, mas isso não vai acontecer tão cedo. Eu estou de licença no trabalho, para poder colocar minha cabeça em ordem. Me curar. E é exatamente isso que eu planejo fazer. Depois vou voltar para a minha vida pacata e nada mágica. E mal posso esperar. — Colocou o copo vazio na mesa de canto e continuou falando, determinada a não deixar o medo dominá-la. — Escuta, já que não tem nada que eu possa fazer se alguém resolver invadir o chalé, vou acreditar na sua palavra de que vai me proteger. Então aqui está o plano: vou na cozinha achar uma faca grande e levá-la para cama comigo. Estou esgotada, com raiva e totalmente infeliz no momento. — Ela gesticulou para o sofá. — O sofá é seu, Alfa. Falo com você pela manhã.

Com essas palavras, ela foi para a cozinha, selecionou a maior e mais afiada faca que pode encontrar e caminhou pelo corredor em direção ao quarto. Sim, ela estava com medo. Mas não ia ser sequestrada novamente sem uma bela de uma luta. Despiu-se, colocou uma camiseta confortável e subiu na cama com lençóis frescos. Colocou cuidadosamente a faca embaixo do travesseiro, fácil de pegar se precisasse, e fechou os olhos, rezando para os pesadelos não aparecerem.

Uma forte batida na porta ressoou pelo interior de madeira do chalé. Tristan foi até a porta, cobertor ainda em volta de seus quadris, e a abriu. Do lado de fora, Luca o encarou, notando que não estava vestindo quase nada.

— Que foi? — Tristan perguntou. Ele deu de ombros, andou de volta para o sofá e esticou-se, colocando o pé na mesa de centro.

Luca o seguiu, fechando a porta.

— Que foi? Sério, lobo? Eu pedi para você protegê-la, não para dar uma aula de anatomia masculina.

Tristan gargalhou.

— Porra cara, eu não tenho culpa se as moças adoram ver o que tenho. Além do mais, sou um lobo. Não posso exatamente carregar roupas comigo.

Luca se sentou e suspirou profundamente.

— Ok, só me explique. Onde ela está? Por que você não está peludo?

— Ela estava dormindo na varanda. Então eu vigiei e aguardei. Quando ela acordou, escutou alguma coisa e acendeu os holofotes. Mas não se preocupe. Ela lidou super bem com o lobo. E não posso mentir, Luca, a mulher é boa em acariciar —brincou. Ele acenou com a cabeça em direção ao corredor. — Samantha está dormindo.

— Bom, eu aprecio você ter vindo aqui e a protegido. Amanhã, nós retornaremos para Nova Orleans. O jatinho está pronto esperando. — Luca ficaria aliviado quando estivessem de volta em casa.

Tristan sorriu e sacudiu a cabeça.

— Bem, sobre isso. Sabe, talvez você queria esperar alguns dias antes de a levar de volta. Talvez dar um ou dois dias para ela. Conhecê-la melhor, ganhar sua confiança.

— Que porra é essa, Tristan? Você está de sacanagem comigo?

— Não, *mon ami*. Eu estou completamente sério. Só me escute. A garota passou por maus bocados. Conversei com ela hoje, fiz entender que ainda está em perigo. Mas você precisa ir com calma. Ela nem sabe que você está vivo.

— Sem chance. Nós vamos voltar amanhã. Ela vai ter que lidar com isso. Olha, eu não sou terapeuta e nem babá. Sinto um senso de responsabilidade com a bruxa? Sim, mas só porque o Kade inicialmente me colocou como responsável por ela. — Luca sabia que provavelmente existia outra razão para ele ter a necessidade de manter a garota a salvo, mas não ia compartilhar isso.

Tristan apertou os olhos e a boca. Seu amigo parecia não escutar o que ele estava falando.

— Luca. Tente lembrar o que aconteceu e como isso deve ter sido para ela. Eu sei que isso tem um bom tempo para você, mas tente lembrar como é ser humano. A garota foi drogada, enfeitiçada, espancada, possivelmente estuprada e, para fechar com chave de ouro, ela não lembra praticamente nada, a não ser estar deitada nua em uma cela de prisão. Ah, e não vamos esquecer terem dito que ela é uma bruxa, uma que não consegue conjurar nada, e que a vida como ela conhece está prestes a acabar. Você não vê? É coisa para cacete — Tristan pleiteou.

Luca esfregou os olhos, pensando nos argumentos de Tristan. Ele não tinha que ficar ali. Essa era para ser uma viagem simples. Voar para a Filadélfia, pegar a bruxa, retornar para Nova Orleans. Fácil. Não. Mas Luca não podia negar a empatia que sentia por ela, que puxava as amarras de seu coração. Não ter que carregá-la chutando e gritando para o jatinho seria mais fácil se conseguisse que ela concordasse em voltar para casa com ele. Se isso falhasse, "chutando e gritando" era sempre uma opção.

— Está bem. Irei conversar com ela e ficar aqui por um dia... no máximo. Ela deve acordar em breve e terei o dia todo para fazê-la enxergar a realidade. — Ele detestava que Tristan estivesse certo, mas ele sabia que pegaria leve com ela. — No caminho de volta, eu vou parar no seu clube para me alimentar. Se eu ficar perto dela por mais de um dia, tenho certeza que vou ficar tentado a prová-la dela. E essa é a última coisa que eu, ou ela, precisamos. Duvido que esteja disposta a doar sangue. — Ele sacudiu a cabeça ao se imaginar pedindo para ela deixá-lo mordê-la. Ela iria provavelmente surtar e tentar escapar mais uma vez. Não, ele iria esperar para se alimentar no clube de Tristan e manter as coisas em paz. Estava arduamente tentando evitar complicações.

— É, não acredito que tudo ia acabar bem se você pedisse para ela ser sua doadora. Seria embaraçoso. — Tristan riu. Ele levantou e removeu o cobertor, sem se preocupar com a nudez, e andou para a porta de trás.

Luca desviou o olhar em um esforço para não olhar para ele. Era uma coisa boa que o lobo pelado estava saindo. O pensamento de que Tristan mostrou seu corpo generosamente formado para Samantha surgiu em sua mente e fez seu estômago doer com raiva. Ele acabou de sentir ciúmes? Não, isso não era possível. Rapidamente controlou suas emoções, não querendo que Tristan sentisse seus sentimentos.

— Lembre, Luca, seja cuidadoso com ela. Ela mudará de opinião. Vejo você em um ou dois dias. — No que Tristan fechou a porta de vidro, ele se transformou em um lobo preto e correu fora de vista.

LUCA

CAPÍTULO CINCO

Luca andou de um lado para o outro na sala. Como ficaria ali por um dia que fosse com a bruxa? Será que ela se lembraria dele? Teria medo? Iria lutar? Mesmo sendo sempre contido, estar aqui no chalé e saber que ela estava no quarto ao lado aguçava sua curiosidade. O que ela usava para dormir? Estava com frio? Com medo? *Eu devia checar se ela está bem.* Ele podia escutar sua respiração suave à distância. Sabia que ela estava bem, mas queria vê-la novamente. Não mais tarde, agora. Que mal poderia causar só uma olhadinha?

Descendo o corredor, ele sabia que o que estava para fazer não era certo. Sentia-se como um pervertido, olhando uma mulher que mal conhecia. Mesmo assim, sentia-se compelido a ir em frente. Chegando na porta, apoiou a palma da mão nela e respirou fundo. Olhando para o relógio, confirmou que eram cinco horas da manhã, ela devia ainda estar dormindo e provavelmente não acordaria. *Eu vou realmente fazer isso.* Rodou a maçaneta devagar e abriu a porta.

Luca lutou para controlar seu instinto de tocar a adorável mulher esparramada na cama. Foi imediatamente tomado por desejo, sua respiração presa, olhando-a dormir. Vestida em uma camiseta branca de algodão e shorts rosa, seus seios firmes aparecendo sob o fino material. Com seu cabelo longo, ruivo e ondulado espalhado no travesseiro, ela parecia quase sorrir enquanto dormia. Era ainda mais bonita do que lembrava.

Na mansão de Kade, logo após tê-la resgatado, ela parecia frágil, seu corpo magro marcado de hematomas e cortes. O cabelo estava liso e pintado de um vermelho vibrante. Questionado na época se era a cor real de seu cabelo. Ela pareceu uma vítima lutando para ganhar algum sentido de normalidade, dignidade. Não, deitada na frente dele estava uma mulher saudável, resplandecente, sedutora e muito humana.

Seu último pensamento o trouxe de volta para a realidade. *Humana.* Não, ele nunca se apaixonaria por nenhuma mulher, quanto mais humana. Simplesmente não era uma opção, não importava o quanto o seu pau subindo dizia outra coisa. Ele se recusava a reconhecer que tivesse qualquer tipo de sentimento pela mortal deitada na cama na frente dele. Mesmo assim, seu corpo reagia como se devesse possuí-la ali mesmo. *Que porra está errada comigo?*

Luca revirou os olhos e suspirou suavemente. O que iria fazer? Não estava ali para trepar com ela, estava ali para levá-la de volta para o clã. E, mesmo assim, sentia a necessidade de ficar perto dela, de protegê-la. Precisava ficar perto dela, hoje.

Vendo uma cadeira reclinável de couro no canto quarto, foi em direção a ela, sentou-se e colocou os pés no pufe. Decidiu que não ia deixá-la sozinha. Podia facilmente vigiá-la da sala. Ficar com ela no quarto era somente uma desculpa para preencher seus sentidos com ela. Ele a via com seus olhos, cheirava o perfume de sua pele. Rezava para que, o que quer que seja que estivesse sentindo, acabasse.

Ele não fazia sexo há um bom tempo. Bem, há algumas semanas. O que aconteceu com Kade e Sydney mais cedo não podia ser chamado de sexo exatamente. Tinha se sentido fora de controle com eles. Ainda não podia acreditar que Kade o deixou se alimentar de Sydney, quanto mais beijá-la, tocá-la. Ela era uma bela mulher e uma guerreira durona, que ele respeitava imensamente, mas não pertencia a ele. Nem ele a queria. Sydney foi um meio para ficar saudável, nada mais, nada menos. E ele era grato a ambos por tê-lo trazido de volta da beira da morte.

Samantha se mexeu na cama, virando para o outro lado. Ele gemeu em silêncio, admirando sua bunda perfeita. Ela estava torturando-o. Ajeitando-se, ele tentou aliviar um pouco a tortura de sua ereção. *Repita para si mesmo, "Samantha é humana"*. Luca estava feliz que tinha planejado passar no clube de Tristan no caminho para o aeroporto. Ele ia achar uma doadora para satisfazer sua vontade por sangue e sexo. Se conseguisse matar sua vontade, seria capaz de se controlar perto da Samantha. Relaxou um pouco, sabendo que bolou um plano para tirar a diabólica bruxinha de seus pensamentos.

Nua. Batida de música. Estapeada no rosto. Dor cegante. Uma poça de sangue em um piso de pedra. Samantha tentou puxar o ar, levantando-se rapidamente na cama. Outro pesadelo. Ela se jogou para trás, focando nas vigas de cedro do teto. Estava a salvo. Longe de Nova Orleans e dos vampiros. Fechou os olhos, praticando a respiração profunda que aprendeu com Ilsbeth. Tencione os ombros, inspire profundamente, expire, relaxe os ombros. Quando ela chegou nos dedos dos pés, seus batimentos cardíacos estavam mais lentos e considerou voltar a dormir. Seus pensamentos voltaram a voar novamente quando se lembrou do pesadelo. Ela estava nua em um clube noturno e depois presa em uma cela. *O que eu fiz em Nova Orleans? Eu quero minha vida de volta.*

Pensando em correr e depois tirar um cochilo, decidiu se levantar. E então lembrou que Tristan estaria sentado na sala. Por que eles não podiam deixá-la em paz? Por que pensavam que alguém estava atrás dela? O ataque podia ser para a Ilsbeth, não para ela. Decidiu que não importava o que Tristan dissesse, ela não iria concordar em voltar para Nova Orleans. Tinha tirado uma licença no trabalho para colocar sua vida no rumo certo e poder voltar para ele e para sua vida de antes. E isso era o que ela iria fazer.

No que ela sentou, seu coração disparou. Um homem enorme estava sentado no canto escuro do quarto. Por um momento ela relaxou, achando que Tristan veio para seu quarto, mas então notou que seu cabelo não era loiro. Não, não era Tristan. Alguém veio atrás dela. Seu coração batia acelerado e adrenalina jorrava em suas veias. Ela não iria se entregar sem lutar.

Silenciosamente, colocou a mão embaixo do travesseiro e segurou o cabo da faca que levou para a cama como forma de proteção. O homem estava parado, seus pés apoiados no pufe. Na escuridão do amanhecer, ela não podia ver seu rosto. Samantha não queria ser uma vítima. Não, dessa vez ela seria o agressor. Ela não sobreviveria sendo sequestrada novamente. Ela mataria antes de ser pega outra vez. Arrastou as pernas na cama em um movimento suave e jogou-se em direção ao estranho com a faca em punho.

Luca escutou Samantha ofegar, observou-a se sentar abruptamente, direto de seu sono. Queria ter ido em direção a ela para acalmá-la. Mas quando ela se deitou novamente, escutou seu coração desacelerar. Então decidiu observar e proteger. Ele não podia arriscar tocá-la enquanto estava quase nua e numa cama. Depois de sua excitação mais cedo, não confiava em si mesmo para simplesmente confortá-la. Seu aroma doce chamava por ele como o sangue de nenhum outro humano fez anteriormente, e mesmo assim ele jurou não se envolver com a bruxa.

Assim que deitou novamente a cabeça na cadeira, confiante de que ela ia voltar a dormir, ele sentiu movimento. Samantha o tinha visto e estava vindo com uma faca afiada em sua direção. Ele segurou ambos os pulsos dela e puxou-a em sua direção, então ela se sentou em seu colo. Gentilmente, ele aplicou pressão no dedão dela e ficou aliviado quando ela derrubou a faca sem incidentes. Sentindo o cheiro de seu medo, ele tentou assegurá-la de sua segurança.

— Samantha, sou eu, Luca.

— Luca... você está vivo! — exclamou. Samantha estava aliviada.

Naquele dia, no clã, ela estava convencida de que nunca mais o veria. Ver Luca a inundou com uma torrente de emoções. Ele foi tão gentil e cuidadoso com ela na casa de Kade, e depois lutou valentemente para salvar a ela e a Ilsbeth quando foram atacados.

Com os olhos arregalados e tremendo, Samantha estendeu as mãos e as colocou nas bochechas de Luca. Ela não conseguia acreditar que ele estava vivo e com ela no chalé. No que a visão de Samantha se ajustou na luz fraca, ela ficou cativada pelos olhos verdes-escuros e penetrantes de Luca. Seus cabelos pretos, na altura dos ombros, estavam soltos em volta de seu rosto escultural. Sentiu sua forte mandíbula tencionando em suas mãos miúdas, sua barba espetando seus dedos.

Luca travou quando Samantha o tocou. As mãos queimavam sua pele, e ele sentiu como se estivesse pegando fogo, desejo crescendo dentro dele. No momento em que a pele dela tocou a sua, ele instantaneamente soltou suas mãos, libertando-a. Por que ele estava tendo uma reação tão visceral a ela? Tinha esperança de que ela pularia para longe dele e estava começando a se arrepender de tê-la colocado em seu colo. Suas mãos quase quebraram os braços da cadeira de tão forte que segurava. Sangue corria em direção à sua virilha. Respirou fundo, tentando controlar o crescimento de sua ereção. *Jesus, preciso voltar para Nova Orleans.*

— O que você está fazendo aqui, Luca? — Samantha perguntou. Ao invés de soltá-lo, ela chegou mais perto e apoiou a testa na dele.

Com seus rostos a centímetros de distância, ele respirou fundo e lutou para responder.

— Samantha, eu vim te buscar. Você não está segura. Eu vim para levá-la para casa.

Samantha procurou pela verdade nos olhos dele. Sentindo que ele estava completamente sério, chegou ainda mais perto, deu um beijo de leve em seus lábios, e levantou. Virou para olhar para ele quando entrava no banheiro.

— Luca, por mais que eu aprecie tudo o que você fez por mim, não tem a mínima chance de eu voltar para Nova Orleans. — Com isso, fechou a porta do banheiro.

Chocado com o beijo, Luca jogou a cabeça para trás em frustração. Colocou dois dedos nos lábios. Como ele vai levá-la de volta para Nova Orleans sem fodê-la até perder os sentidos? Ele xingou sua ereção e novamente se ajeitou ao levantar da cadeira e sair do quarto. Não queria estar ali quando Samantha terminasse de usar o banheiro. Sua "proteção" de

LUCA

51

dentro do quarto acabadou oficialmente. Não podia confiar em si mesmo. Iria aguardá-la na segurança da sala de estar e falar com ela lá.

Samantha recostou a cabeça na porta do banheiro e suspirou. Depois de ser espancada e aprisionada, ela achou que nunca mais iria pensar em sexo. Mesmo assim, vendo Luca agora, ela o beijou e estava definitivamente pensando nisso. Talvez ela estivesse atraída por ele porque ele a resgatou do mago e novamente do ataque. Talvez ela tenha algum tipo de complexo de herói? Não, era outra coisa. Ele foi gentil com ela naquela noite na mansão e depois, no clã, lutou valentemente contra seus agressores. Era como se tivesse uma pequena parte de Luca que entendia o que ela tinha passado. Ela podia sentir, por seus gestos e seu toque, que ele se importava. E mesmo agora, ao invés de acordá-la e carregá-la para fora do chalé, o que ela sabia que ele era capaz de fazer, ele aguardou silenciosamente, protegendo-a. Era óbvio para ela que ele estava observando-a dormir, aguardando que ela concordasse em ir por vontade própria.

Olhando fundo em seus olhos, ela sentiu tristeza, hesitação, mas também desejo. Desde o segundo em que tocou seu rosto, sentiu a química entre eles, e logo depois sentiu-o endurecer fisicamente sob ela. Mas aí ele disse que realmente só queria que ela voltasse para Nova Orleans, e isso ela não podia fazer. Ela entendeu quando Tristan disse que ela estava em perigo, mas queria tempo para descobrir outra maneira de escapar. Qualquer coisa a satisfaria, se não tivesse que voltar para Nova Orleans.

Samantha bufou e se olhou no espelho enquanto escovava os dentes. Ela se perguntava se seus pesadelos iriam acabar um dia. Por um segundo, contemplou fugir do chalé, mas sabia que seus esforços seriam uma fútil tentativa de liberdade. Tinha aprendido que vampiros podiam sentir o menor som ou cheiro. Mesmo que de alguma maneira ela conseguisse sair da casa sem Luca escutá-la, ele logo perceberia que seu cheiro não estava mais ali e a seguiria.

Samantha colocou um par de calças de yoga e, por cima, colocou uma camiseta azul real. No que se olhou no espelho novamente, decidiu ficar e lidar com Luca. Ela se recusava a correr. Ao contrário do que ele pensava, não era seu dono. Ela ia explicar calmamente que iria ficar na Pensilvânia e convencê-lo a deixá-la em paz.

Luca estava olhando para o lago quando Samantha entrou na sala. Ele a sentiu entrar, mas escolheu não olhar em sua direção. O que ele precisava dizer seria melhor se não estivesse distraído.

— Samantha, nós precisamos conversar seriamente. Talvez quando eu disse que precisava voltar para Nova Orleans, você tenha pensado que era um pedido. Mas eu te garanto que não é. Basicamente o contrário. — Luca virou em direção a ela, seu rosto ficando sério. — É simplesmente um fato. Amanhã de manhã nós retornaremos para Nova Orleans. Você pode vir ou não por vontade própria, mas voltará comigo.

Os olhos de Samantha brilharam de raiva na direção dele enquanto ela pegava uma maçã em uma sacola no balcão.

— Que porra isso significa, Luca? Como você pretende me colocar em um avião se eu não for *por vontade própria*? Você vai me sequestrar do mesmo jeito que Asgear fez? Me enfeitiçar? — continuou a reclamar, andando de um lado para o outro da cozinha. — Ah, eu sei o que vocês vampiros fazem. Como vocês chamam? Me encantar? Sem chance, Luca, ninguém vai brincar com a minha mente. Eu pensei que você era diferente dos outros. — Levantou e sacudiu a cabeça em desânimo. Estava começando a colocar os pensamentos em ordem e agora ele também estava a ameaçando. Ele era igual ao resto.

As palavras de Samantha machucaram profundamente. Talvez ele não ligue para humanos, mas ele não era insensível como ela o descreveu. Por que ela não podia ser razoável e enxergar o perigo? De qualquer jeito, ele sentia que devia a ela a verdade.

— Eu sou um vampiro, Samantha. Nada mais, nada menos. Não vou mentir para você. Se dada a opção entre deixar você aqui desprotegida ou levá-la de volta em segurança, eu vou encantá-la para colocá-la naquele avião. Desculpe-me se você está com raiva de mim, mas é como deve ser. Quando o perigo passar, você pode voltar para essa área e Tristan irá ajudá-la a se situar, vivendo como uma sobrenatural. — Luca se sentia mal por ter que ser tão rígido com ela, mas precisava mantê-la longe do perigo. Aproximou-se devagar e colocou o dedo embaixo do queixo dela, levantando seu rosto. Seus olhos se encontraram. — Confie em mim, Samantha. Vai ser melhor assim. Por favor, volte para Nova Orleans por vontade própria, até descobrirmos quem te atacou. Prometo fazer tudo o mais prazeroso possível. Não quero encantar você. Só preciso que esteja a salvo.

Uma lágrima escorreu do olho de Samantha no que ela olhava para Luca.

— Está bem, Luca. Eu vou. Mas não quero voltar para o clã. Talvez ninguém tenha lhe contado, mas não consigo fazer nada remotamente relacionado à bruxaria. As bruxas nem gostam de mim lá e, francamente, não

LUCA

53

quero estar lá. Ilsbeth é tranquila, mas não fico confortável no clã. Posso retornar para a casa do Kade e da Sydney? Talvez eu possa ficar com eles até nós resolvermos isso?

Luca não achava que era uma boa ideia ela retornar para a casa de Kade com Dominique estando por lá. Quando Samantha foi enfeitiçada, ela prendeu Dominique com prata em uma mesa no *Sangre Dulce*. Dominique não ligava que Samantha não tinha controle, e ela queria muito rasgar sua garganta e drená-la pelo que fez. Estava incrédula que Kade a tinha salvado e levado para o clã. Se Dominique visse Samantha, provavelmente sangue iria correr.

— Não, não tem como você ficar *em segurança* na mansão com Kade e Sydney. Por mais que a Sydney fosse amar ter outra humana visitando, Dominique está toda hora na casa deles, e ela está procurando vingança. Ela provavelmente não te matará, já que o Kade deixou claro que você está fora dos limites, mas eu não confio nela para não te atacar — Luca continuou sabendo que ia se arrepender de suas próximas palavras. — Mas você é bem-vinda na minha casa. Eu moro ao lado de Kade, dentro de sua propriedade. Tem espaço suficiente e eu tenho um quarto extra.

Samantha acenou com a cabeça, aliviada.

— Obrigada, Luca. — Ela brincou com a maçã em suas mãos e desviou o olhar. — Você deve entender que as coisas estão fora de controle para mim. Só preciso ter algumas coisas que eu possa controlar, como onde eu moro. — Ela revirou os olhos. —Não posso acreditar que isso esteja acontecendo comigo. Sabe, nem contei para a minha família. Minha mãe e meu pai vivem perto de Baltimore e nem fui visitá-los desde que voltei. Só liguei para a minha irmã, Jess, para contar que fui vítima de um "assalto" pela história que a Sydney arranjou com a polícia e com meu emprego. Falei para ela dizer para os meus pais que eu estava em Nova Orleans como consultora em um trabalho e iria ligar para eles quando tivesse chance. Estou mentindo para ela... mentindo para todo mundo. O que devo dizer para eles? — Ela andou para longe de Luca, olhando para o chão, procurando seus sapatos. — Luca, você não precisa dizer nada. Sei que não causou isso. Só estou frustrada e preciso pensar.

Luca não podia mais resistir. Ela lembrava um filhote ferido, mesmo que um sensual. Andou com confiança em direção a ela e colocou os braços em sua volta, passando a mão pelos cabelos dela ao mesmo tempo em que trazia o rosto para seu peito. Colocando os lábios na sua cabeleira, beijou o topo de sua cabeça. Ele colocou o outro braço em volta de sua cintura e falou gentilmente.

— Samantha, querida, tudo vai ficar bem. Nós vamos achar quem está por trás do ataque e você vai ter sua vida de volta. Eu prometo.

Surpresa com o delicado abraço de Luca, Samantha o abraçou de volta, desfrutando da sensação dos músculos definidos em suas costas. De algum jeito, envolta em seus braços, sabia que podia confiar nele. Ele a fazia querer sentir novamente: desejo, luxúria, amor. Mas ele era um vampiro. Forte e letal. Com quase dois metros, podia facilmente dominá-la e arrastá-la de volta para Nova Orleans, fazê-la se submeter a ele. Mas, ao invés, ele a estava confortando do melhor modo que sabia... com palavras, com um abraço.

O crescente desejo dentro de seu peito a assustava. Como ela podia estar tão atraída por Luca? Riu por dentro, sabendo que não era difícil ficar fisicamente atraída por ele. O vampiro era bonito de um modo rústico, não numa beleza clássica como um garoto. Não, nada dele parecia de um garoto, ele era puramente um macho viril. Samantha podia sentir seu firme abdômen contra o dela e queria ver os fortes planos de seu peito sem roupa tampando a visão. Mesmo sendo cheio de músculos, ele era magro, com uma construção atlética.

Relutantemente, saiu dos braços dele e se sentou no pufe, tendo dificuldades em entender o que estava acontecendo com ela quando estava perto dele. Corou no que se atrapalhou para colocar os tênis de corrida.

— Obrigada, Luca. Hum... por me confortar — gaguejou, tentando amarrar os sapatos o mais rápido possível.

— E onde você pensa que vai? Parecia que um minuto atrás nós tínhamos chegado num acordo — disse, levantando uma sobrancelha questionadora para ela.

— Caminhar em volta do lago — respondeu enquanto andava em direção à porta de vidro que saía na varanda na parte de trás do chalé. — Nosso acordo é que nós vamos embora amanhã. Então, por hoje, vou dar o meu melhor para relaxar. Você está convidado para vir comigo. Se não, pode ficar aqui ou me encontrar no píer quando eu terminar. Prometo gritar se vir algum urso — brincou.

— Eu vou te olhar da varanda. Não estou sentindo nenhum sobrenatural na área agora, então você ficará bem. Mas fique perto do lago e eu vou encontrá-la no píer em dez minutos. Só preciso fazer algumas ligações. Quero avisar Kade e Sydney de quando iremos chegar. Também tenho que ligar para Tristan.

— Ok, eu te encontro lá. — Samantha mordeu a maçã, andou para a parte de fora do chalé, fechou a porta e foi em direção ao lago.

LUCA

Vigiando Samantha como uma águia, Luca respirou fundo, pegou seu celular e ligou para Kade. Explicou que voltaria no dia seguinte e deixou de fora, de propósito, a parte de que Samantha iria ficar na casa dele. Não podia acreditar que tinha oferecido para ela ficar com ele, mas, ao mesmo tempo, ele secretamente queria passar mais tempo com a bruxinha.

Depois de ligar para Tristan para avisá-lo que iriam passar no clube dele cedo pela manhã, abriu a porta e foi em direção à água. Ele não gostava de ter que passar no *Eden*, o clube do Tristan, mas ele precisava se alimentar e Tristan prometeu manter um doador esperando por ele. Não ia se alimentar na Samantha, ela passou por muitos traumas nas últimas semanas. Suas presas alongaram só de pensar em provar seu doce, mágico sangue. *Puta que pariu. Tenho que me controlar.* Retraiu seus dentes afiados, não querendo arriscar que Samantha os visse.

Na metade do caminho, observou-a se alongando na doca. Parou, admirando sua bunda firme no que ela se inclinou para segurar a panturrilha. Seu pau cresceu no que ele fantasiou sobre rasgar suas roupas e fodê-la de quatro ali mesmo no píer de madeira. Ninguém veria, concluiu, olhando em volta para a floresta isolada. Saindo da fantasia, suspirou. Não podia se envolver com essa humana. Sabia quão frágil eles eram, quão facilmente podiam morrer. Luca se recusava a deixar isso acontecer novamente.

Quando pensou que tinha conseguido se controlar, ficou boquiaberto. De costas para Luca, Samantha cruzou os braços na frente do corpo e removeu sua fina camiseta. *Jesus, o que ela está fazendo?* Continuou a observar maravilhado enquanto ela tirava o tênis, colocava os dedos na cintura da calça e removeu-a até estar completamente nua na beira da doca. Ela levantou a mão e soltou a cabeleira flamejante, os fios sedosos espalhados por seus ombros pálidos, alcançando o final de suas costas. Os globos perfeitos de sua bunda chamavam por ele, sua ereção pressionando contra seu zíper.

Luca não podia acreditar que ela se despiu na sua frente e de todas as criaturas da floresta. Não pode controlar o sorriso quando ela se jogou da doca em um mergulho perfeito. Ela sabia que ele estava vendo? Como poderia não saber? Ele falou que iria ficar de olho no lago. Pequena tentadora, o que ela estava fazendo?

Com uma velocidade preternatural, ele chegou às docas no mesmo momento em que as mãos dela encostaram na água azul escura. Samantha subiu para a superfície e virou na direção dele. Ele quase não podia acreditar na imprudência que demonstrava, já que ficou presa em um clã desconhecido há menos de uma semana. Ela era resiliente, jovem e cheia de energia, representando uma vontade de viver que ele havia há muito esquecido.

Samantha sorriu e acenou para ele se juntar a ela no abismo profundo. Chamou por ele.

— Venha cá, Luca! A água está ótima! — Ela gargalhou e mergulhou novamente, seu traseiro branco aparecendo por um segundo antes de submergir novamente.

— Querida, eu não tenho roupa de banho. Além do mais, vampiros não nadam. — Ele queria desesperadamente ir atrás dela, mas sabia que isso levaria a muito mais do que uma nadada matinal.

— Você tem as roupas de quando nasceu. Por favor, não vai fazer uma garota nadar sozinha, vai? — Ela ronronou.

— Está gelado? — Ele estava começando a amolecer em sua firme decisão de ficar em terra firme.

— Nada, está bem aquecida. É final de agosto, tempo suficiente para ficar quente. Venha! — Ela implorou.

— Você é uma boa nadadora? — Luca perguntou.

— Sim. Por que você está perguntando? — respondeu.

— Porque eu vou te pegar! — Perdendo total controle, Luca rapidamente tirou sua camiseta branca e começou a se despir.

Enquanto ele abria suas calças, Samantha gritou de brincadeira e começou a nadar para longe. Completamente pelado, Samantha admirou seu abdômen definido de canto de olho. Ela sabia que ele iria pegá-la.

Entrando na água, Luca xingou.

— Merda, está frio. Você mentiu para mim, mulher. Melhor você nadar rápido, pois estou indo te pegar!

Luca mergulhou novamente, determinado a pegar a mulher bem escorregadia e completamente nua que o convenceu a pular em um gelado lago na montanha no meio do dia. Tinha pelo menos cem anos que ele não cedia a uma atividade tão infantil, mas simplesmente não conseguia resistir a ela. Enquanto vampiros podiam se expor à luz do sol, ele estava enfraquecido ao estado de um humano durante o dia. Subindo para a superfície, procurou por ela e viu pés batendo vários metros à frente. Mergulhou novamente, sabendo que logo pegaria sua presa.

Samantha ofegava por ar após fugir de Luca. Ele rodou em círculos, movimentando-se enquanto procurava por ele. O lago parado não dava nenhuma pista de onde ele estava. Ela sabia que ele estava em algum lugar. Algum lugar perto. Olhando em direção ao chalé, gritou alto quando mãos seguraram a sua cintura.

Luca a puxou para perto e começou a fazer cócegas sem dó.

— Ah, bruxinha, você mentiu para mim. A água está congelante. E

LUCA

já que eu não posso espancar você na água, essa é a sua punição. — Ele continuou a fazer cócegas enquanto ela gargalhava histericamente, mexendo-se na água.

— Desculpa — implorou. — Eu desisto! Eu desisto!

Luca parou de fazer cócegas, mas não a soltou. Ao invés disso, deixou suas mãos moverem da cintura para logo abaixo dos seios dela, circulando suas costelas. Samantha relaxou encostada nele, deixando a cabeça apoiar no seu ombro no que ambos boiavam de costas na pacífica reserva.

— Estou feliz que você se juntou a mim. Eu amo isso aqui no meio da mata. É tão pacífico. — Samantha envolveu seus braços em volta do dele, completamente ciente de onde os braços dele a estavam dando apoio. No que eles se moviam como um na água, podia sentir a ereção dele roçando em seu traseiro. Mas não estava com medo. Estava excitada e feliz que ele se juntou a ela em uma atividade tão humana.

— Estou feliz que você me convenceu a nadar com você — Luca respondeu. — Não faço isso há tanto tempo. Tinha esquecido o quão maravilhoso é nadar pelado.

— O quão velho você é, Luca?

— Bem velho, realmente, minha querida Samantha. Fui transformado nos anos mil e oitocentos. Então tenho mais de duzentos anos... mais ou menos.

— Você sente falta de ser humano? — Samantha perguntou.

— Não, querida. Ser humano é tão ordinário. E agora que é uma bruxa, você se juntou ao nosso pequeno clube de sobrenaturais. Posso sentir o seu medo. Mas prometo para você que tudo ficará bem. Na verdade, você vai provavelmente amar quando descobrir sua magia. — Luca a apertou e beijou seu ombro.

— Ah, mas aí está o problema, meu amigo. Não tenho magia. Nada. Ilsbeth parece pensar que tem algo em mim, mas não consigo fazer nada. Acredite em mim, eu tentei. Nada acontece. — Samantha bufou.

— Vai aparecer, Samantha. Posso sentir o cheiro da mágica em você, e ela é doce como mel. Está lá. Talvez ainda não tenha se mostrado, mas vai.

— Você parece tão confiante, Luca. Queria ser como você. Sinto-me tão derrotada. Sério, Luca. Eu fui sequestrada, forçada a trabalhar em um clube de sexo, espancada e depois disseram que eu era uma bruxa. Tive que tirar uma licença da minha vida real. Não posso contar para nenhum humano o que realmente aconteceu comigo. E agora, para completar, você acha que eu estou em perigo, e tenho que voltar para aquela cidade abandonada por Deus onde tudo começou. Só quero boiar nesse lago e esquecer-me de tudo — confessou.

— Você lembra o que me contou naquela noite que estávamos na casa do Kade? — Luca perguntou.

— Sim. Não. Não sei. Eu disse várias coisas. Estava chorando. Chateada. O que você quer dizer? O que eu disse? — Samantha riu um pouco, sabendo quão confusa ela soava.

— Você disse que era uma pessoa forte. E, mesmo que não te conheça muito bem, acredito que isso é verdade — continuou. — Desde que você está aqui no chalé, encarou um lobo, conversou com um Alfa e apontou uma faca para um vampiro. Você ou é maluca ou é forte, e eu posso dizer que é a segunda opção. Você vai sobreviver ao que vier. Você pode fazer isso, Samantha.

— Luca, onde você esteve toda minha vida? — brincou. Ela sorriu, percebendo que tinha alguma coisa nele que a fazia se sentir melhor. — Talvez você esteja certo. Talvez eu possa fazer isso, mas não sozinha. Você me faz sentir como se eu fosse conseguir passar por tudo isso desde que seja com você. — Ela nunca recebeu tanto encorajamento em toda sua existência, e aqui estava um homem que tinha fé nela, algo que ela mesma não tinha.

O coração de Luca batia contra seu peito com as palavras dela. Ele sabia que não devia se apaixonar por uma humana, mas ela estava quebrando aos poucos sua resolução de ficar longe. Sem ter como resistir por mais tempo, ele beijou o lado do seu pescoço e percorreu os lábios devagar para trás de sua orelha. Ela gemeu em excitação quando ele subiu as mãos para acariciar seus seios. Queria tomá-la ali no lago.

— Luca — ela sussurrou enquanto ela a beijava e a tocava. — Sim.

Com suas palavras, ele a virou em sua direção, pressionando seus lábios contra os dela. Suas línguas se encontravam enquanto se beijavam passionalmente. Samantha prendeu as pernas na cintura de Luca, excitada por ter sentido seu pau duro roçando na sua bunda. Passou os dedos pelo longo cabelo dele e beijou suas bochechas enquanto ele lambia seu pescoço.

— Luca, por favor. — Ela arfava. Deus, ela o queria. Queria esquecer tudo, menos ele naquele momento.

— Samantha. — Luca queria parar, dizer que não podiam continuar. Ela estava muito vulnerável depois do que aconteceu. Por mais que a quisesse, não queria se aproveitar dela. E tinha a promessa dele de não se envolver com humanos. Mas seu sabor era doce como pêssegos em um dia quente de verão. Tão macia e escorregadia em suas mãos. — Hummm... você é tão bonita — sussurrou, sem conseguir parar de beijá-la. Precisava

LUCA

tê-la por inteiro.

No que estava prestes a sugerir que eles fossem para o chalé, Luca tencionou. Ele imediatamente soltou Samantha e parou para cheirar o ar. *Fumaça*. Rosnou, mostrando suas presas.

— Luca, o que está de errado? — Samantha perguntou, assustada.

— Nade, Samantha — ordenou. — A cabana. Ela está pegando fogo.

Luca e Samantha imediatamente nadaram em direção à doca. O vampiro chegou antes e, sem esforço algum, pulou para o piso de madeira. Estendendo a mão, puxou Samantha para fora da água e os dois se vestiram em minutos. Luca segurou a mão dela no que eles correram em direção à fumaça preta subindo do chalé. Labaredas laranja de fogo dançavam em direção às árvores enquanto ficavam parados impotentes e assistiam o inferno.

— Luca, quem faria isso? — Samantha arfou.

— Eu te falei que você estava correndo perigo. Parece que quem nos atacou em Nova Orleans acabou de te achar na Pensilvânia. — Soltou a mão de Samantha e começou a procurar por evidências em volta da casa. — Fique longe das chamas. Eu só preciso verificar. Pode ser que consiga sentir o cheiro de quem fez isso.

Samantha ficou em silêncio por um momento, olhando para as brasas enegrecidas, as chamas lambendo em direção ao céu. Parte das paredes externas continuava de pé, mesmo a frente da construção não mais existindo. Luca andou em direção à entrada enquanto Samantha ficava perto da mata.

Olhando em direção ao caminho, a raiva de Luca cresceu quando ele leu as letras rabiscadas no pavimento. *"Onde está o Periapto Hematilly?"* Luca franziu o cenho. Que porra isso deveria significar? Ele se ajoelhou e tirou uma foto com o celular. Então passou os dedos sobre a substância vermelho-sangue e coagulada. Ele levou ao nariz e cheirou. Sangue de morcego. Que porra alguém estava fazendo com sangue de morcego aqui no meio das montanhas? Era um ingrediente comum usado em bruxaria, geralmente feito com tinta índigo, canela, mirra e outros ingredientes benignos. Mas a tinta sanguinolenta era sangue genuíno das veias da garganta recentemente cortada de um morcego e isso era usado numa vingança. Alguém tentou queimá-los no chalé, uma retribuição apropriada para uma bruxa.

O que é o Periapto Hematilly? Um amuleto, ele ponderou. Ilsbeth não disse nada para ele sobre ter o artigo. Poderia Samantha ter um objeto desses? Ela saberia o que era isso? E se isso existisse, o que fazia? Quem queria tanto isso que estava disposto a matar à luz do dia? Decidindo não contar à Samantha sobre o escrito, espalhou o fluído com a sola do sapato, borrando as palavras. Limpou o dedo na calça jeans, olhou para as chamas e suspirou. Precisavam sair dali.

Os olhos de Samantha doíam com lágrimas no que ela olhava seu chalé alugado queimar. Olhou para as árvores em volta, que já tinham começado a pegar fogo. Raiva queimava dentro de sua alma. Teve o bastante de maldade e destruição. Luca estava certo em uma coisa, ela era forte e ia achar um meio de sair disso. Não só isso, mas, naquele momento, decidiu ser parte da solução e não ficar parada enquanto a vida passava por ela. Lembrou o que Ilsbeth disse sobre como ela tinha magia dentro de si, mas ela era a única que podia chamar por ela. Era sua decisão, seu poder.

Fechando os olhos, Samantha esticou as mãos, palmas em direção aos céus e focou na necessidade de apagar o fogo. Chamou os elementos como se fossem meros serviçais. Instintivamente, sabia que estavam sob o seu controle. Ela sentiu o formigamento na ponta dos dedos quando seus olhos abriram de repente. As nuvens já estavam próximas e relampejava à distância.

— Chuva, venha — comandou.

Nada aconteceu e ela olhou para o céu como se estivesse pronta para brigar com uma criança insolente. Raiva crescendo, ela encorajou os tentáculos de magia a dançarem sobre sua pele até que ela estava em um trance místico. Inconscientemente, entoou repetidamente as palavras que vieram de dentro dela:

— *Aqua Dei tui eu nunc. Aqua Dei tui eu nunc. Aqua Dei tui eu nunc!* — Ela tremeu com o poder enquanto água começou a cair do céu.

Luca ficou parado enquanto uma aura brilhante se formou em volta de Samantha. Enquanto ele sabia que a magia dela existia, ela duvidou de sua existência. No que uma corrente de luz saía de suas palmas, ele sabia que ela a tinha encontrado. Ele abençoou a chuva que caía torrencialmente, apagando o fogo em minutos. Quando estava claro que as brasas se apagaram, chamou por Samantha.

— Está feito, Samantha. Você pode parar, querida. Você conseguiu.

Samantha mal registrou as palavras de Luca enquanto o poder dentro dela diminuía. Ela caiu para a frente, mantendo-se em pé apoiando as mãos nos joelhos. Parecia que tinha corrido uma maratona. Cores dançavam em meio ao branco de seus olhos e ela caiu na escuridão.

— Você conseguiu! — Luca exclamou. — Você apagou o fogo. — No que ele virou para sorrir para ela, entrou em pânico. Ela caiu na mistura de lama e cinzas. Correu para ela, ajoelhou-se e a segurou em seus braços. — Está tudo bem, você conseguiu. Agora acorde, Samantha. — Ele beijou

LUCA

sua cabeça e recuou, percebendo que precisavam ir embora dali. Traçou os dedos da têmpora dela até o queixo.

Os olhos dela começaram a abrir.

— O que?

— Você me assustou. Mas você está bem agora, vamos andando. — Ele levantou com ela protegida em seus braços. Ela pressionou o rosto no peito dele, com medo de olhar para o chalé.

Andou até o carro, abriu a porta e cuidadosamente a sentou no banco da frente.

— Fique aqui, Samantha — disse para ela. — Preciso pegar as minhas chaves. Tem alguma coisa que você precise dos escombros? — Luca sabia muito bem que não tinha muita coisa sobrando para salvar. Mas, depois de tudo que ela passou, ele tentaria salvar qualquer coisa importante para ela.

Ela silenciosamente sacudiu a cabeça em negação e olhou pelo vidro da frente do carro, não querendo encarar o que aconteceu. Negação podia ser um belo estado de paz se ela aceitasse, mas não conseguia tirar os olhos dos escombros. Um véu de entorpecimento caiu sobre ela enquanto silenciosamente contemplava o fogo, sua magia. Era como se sua luz interior diminuísse no que a dura realidade a atingia. Ainda corria perigo e, se ela tinha dúvida antes, sua magia, ainda que imprevisível, estava intacta. Era uma senhora porrada para o frágil senso de equilíbrio que ela trabalhou tão duro para construir na última semana.

Samantha, ainda em choque por ter criado a chuva, sacudiu a cabeça silenciosamente. Não trouxe nada importante para o chalé. Não teve a chance de substituir todos os seus cartões de crédito desde Nova Orleans. A única coisa que ela substituiu foi seu *smartphone*, que tinha toda sua informação financeira em aplicativos. E, por sorte, ela o levou na caminhada para poder escutar música.

Luca entrou no que restava da casa, com cuidado onde pisava. O estalo da madeira queimada sob seus pés ressoava no ouvido de Samantha enquanto ela observava o céu cheio de fumaça dissipar de cinza para azul. O cheiro de madeira queimada se entranhava na mata em volta. Não havia uma direção que eles pudessem virar que não tinha evidências do que ocorreu.

Luca saiu da casa com nada mais do que as chaves.

— Achei as chaves! — resmungou. Ele rapidamente andou em direção a ela, entrou no carro e o ligou. — Vamos lá. Você está em choque e nós precisamos sair daqui antes que quem quer que seja que fez isso volte. É estranho. Não sinto cheiro de vampiro ou de lobo, nem de magia. — *Cheira sem sombra de dúvidas a algum humano.* Ele não queria contar para Samantha que lobos, *shifters*[2], vampiros e seres com magia usavam lacaios humanos para fazer seus trabalhos sujos. — Samantha, esse talvez não seja o melhor momento para discutir isso, mas sua magia... a chuva. Você quer conversar sobre isso?

— Não. Sim. Quer dizer, não nesse momento. Eu nem sei o que eu fiz, as palavras que eu falei. Eu só estava tão chateada com o chalé. Algo aconteceu dentro de mim. Esquece isso, Luca. Eu ligarei para Ilsbeth quando chegarmos em Nova Orleans. Só estou muito chateada nesse momento que alguém queimou a cabana.

Samantha só queria se enfiar em um buraco. Sua tão falada magia fez uma coisa boa. Ela nem sabia o que fez para trazer a chuva. Tinha que conversar com Ilsbeth sobre o que aconteceu, mas, nesse momento, queria se esconder, dormir e esquecer. Não escolheu essa vida e sentia uma grande sensação de perda. Nunca seria normal novamente.

Olhando para Samantha, Luca viu quão pequena e frágil ela parecia curvada no banco, apoiando a testa na janela lateral. Imaginava que pensamentos rolavam por trás de seus olhos azuis claros. Ela parecia estar a milhões de quilômetros de distância, talvez silenciosamente considerando o que tinha acontecido. Luca xingou silenciosamente por se permitir aproveitar o lago com ela. Tinha sido um tolo em se permitir o prazer de segurar seu corpo macio, beijar seus lábios inchados, provar sua essência doce como mel. *O que eu estava pensando? Eu estava pensando com o meu pau.* Deus, ele precisava se controlar. Ela era indefesa, inocente para os modos dele. Não importava o quanto quisesse fazer amor com ela, não podia se permitir isso. Não podia se permitir beijá-la novamente. Mesmo ela sendo tecnicamente uma bruxa, não tinha certeza de que ela tinha aceitado as próprias circunstâncias. E a expectativa de vida dela? Ela faria o que era preciso para se tornar imortal?

Sabia que Kade tinha resolvido essa questão com Sydney, dando seu sangue para mantê-la jovem e saudável. Mas ela era uma policial durona que tinha lutado lado a lado com eles dois. Tinha visto morte mais de uma vez. E, enquanto inicialmente ele tinha odiado que seu amigo tenha deixado uma humana ir atrás de Asgear, ela provou seu valor. Kade estava determinado em se casar com Sydney e Luca respeitava a conexão especial deles, sabendo que ela podia se garantir no mundo sobrenatural.

Mas Samantha? Não, ela era como a maioria dos humanos. Ela era deleitavelmente, maravilhosamente normal: uma analista de sistemas,

---

2   **Ser transmorfo que possui forma de animal e humano.**

LUCA

cacete. Sua única experiência com sobrenaturais era ser enfeitiçada, possivelmente estuprada, espancada e transformada em bruxa. E agora ela podia adicionar "passionalmente beijada por um vampiro" à sua lista. Ele considerava que ela podia encontrar um companheiro muito melhor que ele. Revirou os olhos só de pensar naquela palavra: *companheiro*. Em mais de duzentos anos, nunca tinha considerado se casar, acasalar, criar um laço, ou qualquer outra palavra sobrenatural ou humana que significasse compromisso. Nunca mais.

Criado na Austrália, Luca sabia que amar alguém não trazia nada além de mágoa. No final dos anos mil e setecentos, seu pai, Jonathon Macquarie, um militar, tinha levado sua família para a colônia de *New South Wales* para ele poder trabalhar na construção das colônias penais sendo construídas pelos britânicos. Era uma vida difícil para os soldados e suas famílias, assim como para os prisioneiros. Uma vida em um novo mundo não era fácil, e muitas vezes inumana. Durante o verão de seu vigésimo quinto aniversário, ele tinha achado conforto nos braços de uma adorável mulher, Eliza Hutchinson. Ela era a filha abandonada de uma prisioneira que tinha sido trazida para a ilha dez anos antes, pega furtando nas ruas de Londres.

Quando ele tinha feito dezoito anos, o pai de Luca tinha conseguido uma posição como guarda para ele. Alguns anos depois, estava trabalhando como guarda na fábrica que a mãe da Eliza trabalhava. Um dia, ele tinha pegado a jovem levando comida escondida para sua mãe, mas não teve coragem de entregá-la para as autoridades. Em vez disso, ele a tinha cortejado em todas as vezes que podia na barraca dela no mercado de fazendeiros, onde vendia mel fresco e lã.

Usando sua influência com os militares, trabalhou pesado para assegurar um "ingresso de saída" para a mãe dela, garantindo sua liberdade se ficasse longe de confusão. Em poucos meses, Luca e Eliza estavam apaixonados e ela concordou em se casar com ele. Mas uma noite, no caminho de casa vindo de um jantar, um grupo de soldados bêbados os encurralou em uma viela. Eles ameaçaram Luca e Eliza e mostraram interesse em abusar sexualmente dela. Enquanto Luca era um guarda treinado, ele era somente um contra cinco. Em uma luta brutal, perdeu a consciência quando uma garrafa quebrou em sua cabeça.

Luca acordou na casa de seus pais para descobrir que Eliza tinha sido estuprada e morta. As pernas dele estavam quebradas e seu crânio fraturado, mas, de algum jeito, ele tinha sobrevivido o ataque. Durante os meses que ele passou aos cuidados de sua mãe, recuperando-se, Luca estava deprimido, determinado a sair da Austrália. Tinha crescido em uma colônia brutal, assistindo soldados punirem condenados. Algumas vezes eles eram espancados, humilhados ou enforcados pela menor das infrações. Ele tinha planejado um dia ir embora com Eliza e levá-los de volta para Londres onde escapariam do constante estresse associado a abrir o caminho para a civilização na colonização. Depois do assassinato dela, ele não tinha nada: nem amor, nem desejo de viver e nem fé na humanidade.

Logo que ele pode andar novamente, gastou suas economias em uma passagem de volta para Inglaterra. Assim que chegou, Luca imediatamente "aceitou o salário do rei", e se alistou como um soldado para a Guerra de 1812. Por causa de sua experiência como guarda e o serviço de seu pai na marinha, ele entrou como comandante.

Sem esperanças e vingativo, Luca queria matar e ansiava por cada batalha, vendo o rosto dos assassinos de Eliza em cada oponente. Nunca teria sangue derramado o suficiente para satisfazer sua sede de vingança contra um inimigo desconhecido que nunca tinha sequer visto a costa da Austrália. Mas isso não importava para Luca. Ele tinha escutado que os verdadeiros assassinos de Eliza tinham sido enforcados. Mas isso nunca seria o suficiente para diminuir sua raiva e a terrível perda que tinha sofrido. Batalha após batalha, ele lutou com a maior intensidade, ganhando o respeito de seus companheiros comandantes. Mas em uma fatídica noite, foi o seu sangue que foi derramado.

No dia 08 de janeiro de 1815, Luca tinha avançado com a sua unidade na escuridão da noite, com névoa tampando sua visão. Confusão tomou o campo ao longo do rio Mississippi e Luca foi derrubado em um bombardeio de tiros de mosquete, assim como vários outros comandantes do exército britânico.

No dia seguinte, quando estava fazendo suas últimas preces, um estranho o encontrou. Sentindo que sua morte estava próxima, Kade o ofereceu imortalidade em troca de lealdade. Luca, que conhecia uma aventura, aceitou a proposta e aí começou sua vida como vampiro.

Luca se livrou dos pensamentos sobre seu passado perturbador. Eliza era meramente uma distante memória, mas uma duradoura lembrança de como a mortalidade era frágil. Desde que se tornou um vampiro, tinha jurado lealdade e amizade à Kade. Através dos anos, tinham feito quase tudo juntos, incluindo lutar, se alimentar e foder. Sim, eles compartilharam várias mulheres durante os anos, mas agora isso tinha acabado, já que Kade iria se casar. E Luca estava contente com a recém-encontrada felicidade dele, mas não tinha planos de seguir no mesmo caminho.

Não, ele estava perfeitamente contente nos últimos duzentos anos com

LUCA

suas escapadas sexuais sem compromisso. O mais perto que tinha chegado de compromissos eram com mulheres que ele tinha o que considerava uma "amizade colorida", bem antes disso ser popular. Ele era absurdamente bonito, então achar mulheres para uma noite de paixão nunca foi um problema. Se elas agissem como se estivessem apaixonadas, ele podia simplesmente encantá-las para pensarem diferente.

Como vampiro, ele era fisicamente mais forte do que qualquer um poderia ser, mas emocionalmente ele nunca tinha sido forte. A morte de Eliza tinha acabado com ele, e ele nunca esqueceria ou perdoaria o que humanos podem fazer. Como também nunca esqueceria como é ter seu coração arrancado de seu peito, perder alguém que ele amava com todo seu coração. Preferia se estaquear a passar novamente pela dor de amar e perder uma companheira.

O que quer que seja que ele estava sentindo por Samantha precisava acabar. A semente que tinha sido plantada dentro do seu coração precisava ser esmagada e a melhor maneira que ele sabia como fazer isso era achar outra mulher que podia saciar sua necessidade por sangue e sexo. Talvez assim ele perdesse o interesse na bruxa ruiva sentada ao seu lado.

CAPÍTULO SEIS

Samantha se assustou quando acordou. Chuva forte e relâmpagos estrondosos pareciam sacudir o largo carro que descia a *Broad Street*. Ela olhou para Luca, que estava distraído pelo tráfego da cidade. Por quanto tempo tinha dormido? Se eles estavam no centro da cidade, deve ter sido por horas, pensou. Sentando-se e passando a mão por seu cabelo seco e arrepiado, tentou se localizar. — Ei, Luca, onde nós estamos? Zona Sul da Filadélfia? — respondeu a própria questão.

— Uhum, nós estamos indo para o clube do Tristan, *Eden*. São somente três da tarde, e deve dar para tomarmos banho e comermos alguma coisa antes de irmos embora. O avião está aprovado para decolar às nove da noite, então temos algumas horas para esperar. Tinha esperanças de irmos mais cedo, mas eles precisaram fazer um pequeno reparo no jatinho — respondeu, olhando em sua direção. — Você está bem?

— Sim, estou bem. E você?

Ela lambeu os lábios e Luca tentou não notar. Endureceu em excitação, sonhando com seus macios lábios rosa envoltos em uma certa parte dele. Ele se mexeu no banco. Porra, mesmo depois de quase morrer em um incêndio, a mulher parecia sensual.

— Sou um vampiro, assim que eu tomar um pouco de sangue, estarei mais do que bem — Luca resmungou.

Samantha imaginava o que o estava deixando tão irritado, e assumiu que estava com fome. Ela, honestamente, nunca tinha parado para pensar se ele precisava de comida ou que ela era considerada parte de sua cadeia alimentar. Samantha empurrou aquele pensamento para o fundo da sua mente, sabendo que mesmo qualificando-se como alimento, ele nunca a machucaria. E ela precisava da ajuda dele para achar quem quer que esteja atrás dela, para poder colocar sua vida em ordem.

— Estou com fome também. E estou cheirando como uma combinação de fumaça e água do lago. — Ela enrugou o nariz em desgosto.

No que eles viraram em uma entrada, ela observou que tinham entrado em uma garagem subterrânea. Depois de descerem dois andares, Luca parou o carro em uma vaga perto dos elevadores.

— Chegamos. Vamos lá — ordenou enquanto desligava o carro e saía.
— Escute, esse é um clube para paranormais e humanos. É praticamente um mercado de carne ali dentro. — Ele não queria minimizar a situação. Também não queria ninguém dando em cima dela, ou ela saindo com estranhos. — Então quando você for comigo na parte aberta do clube, fique perto de mim. Ou com o Tristan. Você nunca sabe quem estará por perto. Sem nem mencionar que alguém tentou nos transformar em batata frita.

— Hummm. Batatas fritas — brincou. Ela não podia parar de pensar em comida. Somente tinha comido uma maçã o dia todo. — Estou com muita fome. — Ela sorriu para ele, esperançosa de melhorar seu mau humor.

Vê-la sorrir para ele derreteu sua raiva, e ele levantou os cantos da boca em um pequeno sorriso.

— Ok, garota faminta. Vamos ver se conseguimos nos limpar e achar algo para comer.

Ele abriu um painel de segurança perto da porta e digitou um código. O elevador abriu, e ele colocou a mão na lombar dela, guiando-a para dentro do pequeno elevador revestido de madeira. Samantha sentiu uma reviravolta em seu estômago e não conseguia decidir se era por estar subindo tão rápido ou pelo toque de Luca em suas costas. Após a comoção no chalé queimado, tinha esquecido o desejo que sentiu enquanto beijava Luca no lago. Ela corou, pensando em como ele tinha saboreado sua boca e acariciado seus seios. Ficou excitada com o pensamento de ir mais longe, tocando seu corpo nu novamente, sentindo-o dentro dela. Tentou remover o pensamento, sabendo que esse não era um bom momento para recomeçar o que estavam fazendo. Não tinham nem falado sobre o que tinha acontecido entre eles e ela tinha dúvidas se era uma boa ideia falar ali, no clube do Tristan.

Os olhos de Luca piscaram vermelho e voltaram para verde, sentindo os pensamentos dela. O aroma de sua excitação era difícil de ignorar no pequeno, privado elevador. Ele cerrou os punhos e depois abriu as mãos, no que ele espiou seus mamilos duros apontando na camiseta. Considerou beijá-la contra a parede, mas o barulho sinalizando a abertura das portas o impediu.

— Finalmente — murmurou e cruzou o cômodo, esperando que colocando alguma distância entre eles iria ajudar a diminuir sua ereção dura como uma pedra que estava implorando para ser libertada.

— Onde nós estamos? — Samantha perguntou quando entrou no cômodo azul-real mobiliado com uma larga mesa de cerejeira e um sofá de couro preto. *Bem rico e masculino*, ela pensou para si mesma enquanto admirava a espetacular escultura de lobo feita em bronze que estava na lareira. Estava apoiada delicadamente em uma base de mármore preto. Samantha lembrou-se de Tristan em sua forma de lobo, pelo preto e olhos âmbar.

Luca andou em direção a uma larga porta de madeira e abriu. Apontando para o outro lado do cômodo, ele falou com Samantha.

— Nós estamos no escritório particular do Tristan. Escuta, tem um chuveiro ali no outro lado. Vá lá e tome um banho, vou mandar alguém com uma muda de roupas limpa depois que eu falar com ele. Assim que se vestir, desça. É só seguir o corredor em direção às escadas e chegará no andar de baixo.

— E você? Onde vai tomar banho? — Samantha estava torcendo por uma repetição da performance de hoje. Ela amaria ver a firmeza dele que só tinha sentido na água fria e escorregadia.

— Tem um vestiário masculino lá embaixo. Eu vou tomar banho lá. Te vejo no bar. — Ele acenou e fechou a porta. Luca respirou fundo e expirou. Por um longo minuto, ele tinha estado pronto para tê-la no elevador e agora ela estava perguntando sobre o banho. Ela estava matando-o. *Merda. Parece que eu vou tomar um banho frio.*

Samantha olhou Luca ir embora com um olhar de confusão em seu rosto. Ela sabia que o que tinha sentido no lago era química verdadeira. Mas agora ele parecia não conseguir correr rápido o suficiente para longe dela. Tinha noção de que não devia confiar em um vampiro, mas se sentia segura com ele. Deitar-se em seus braços no lago tinha sido a primeira vez que tinha relaxado em semanas. Ele era forte, mas gentil. Tinham conversado como velhos amigos, mas pareciam novos amantes. Ela nunca tinha experimentado um beijo tão passional em sua vida. Claro, tinha tido alguns amantes, mas nenhum que evocasse uma reação tão forte e passional nela. E certamente nenhum homem a tinha beijado com tanta fúria, pelado, embaixo de águas azuis.

Samantha enfiou a cabeça no banheiro e o achou surpreendentemente limpo para um solteiro. Olhou na prateleira e viu um shampoo de ervas, mas estava esperançosa por uma lâmina de barbear e, se tivesse sorte, uma escova de dente. Abriu a gaveta: camisinhas, uma única escova de dentes, uma lâmina de barbear e desodorante. Esse banheiro definitivamente pertencia a um homem, refletiu. Abrindo a segunda gaveta, achou uma pilha de lâminas de barbear rosa descartáveis e novas escovas de dentes. O banheiro de um homem mulherengo, ela se corrigiu silenciosamente e riu.

Depois de tomar o mais delicioso banho possível em um banheiro

LUCA

estranho, Samantha se secou com uma toalha limpa. Escutou uma porta abrir e borboletas dançaram em seu estômago. Luca deveria ter retornado. Checou seu rosto e correu para fora do banheiro envolta na toalha.

— Olá. — Uma linda e alta mulher segurava as roupas com um sorriso. — Está tudo bem, Samantha. Eu sou Kat, irmã do Tristan. Tris disse que você precisava de algumas roupas, então aqui estou eu — ela disse.

Samantha andou na direção dela, estendendo a mão.

— Oi, eu sou a Samantha. Realmente agradeço por me trazer algo para vestir. — Estava decepcionada que Luca não retornou para ela, mas escondeu seus sentimentos da estranha.

Samantha apertou sua mão e colocou as roupas na mesa.

— Trouxe para você duas opções: calça de yoga ou vestido. Tristan disse que você era miúda e ele está certo. Sou sócia de uma loja a alguns quarteirões daqui, *Hair and Heels*. Nós somos um salão de beleza e spa, mas também vendemos roupas e acessórios. Tenho quase certeza de que os dois vão servir. Então, o que você acha? — Ela colocou as mãos nos quadris, esperando uma resposta. Kat mexeu no vestido vermelho, segurando-o na frente dela pelas alças finas.

Kat era naturalmente bonita, uma mulher exótica com longos cabelos ruivos e olhos marrons profundos. Mesmo Tristan tendo cabelo loiro platinado, ele e Kat tinham os mesmos olhos intensos e nariz reto. Samantha não saberia que eles eram irmãos se não tivessem dito para ela, mas agora podia ver uma pequena semelhança.

— Já que eu estou o dia todo em calças de yoga, acho que o vestido vai servir. Mas não tenho nenhum sapato a não ser tênis — Samantha respondeu.

— Sem problemas, tenho uma sandália na minha bolsa — ela acrescentou sorrindo.

— Muito obrigada. Eu realmente aprecio você tirar tempo do seu dia para nos ajudar. — Samantha usou a palavra "nos" como se ela e Luca fossem um casal, quando uma descrição mais certeira seria companheiros de viagens, ou amigos de circunstância.

— Como eu disse, nenhum problema. Uma amiga de Tristan é minha amiga. Nós cuidamos uns dos outros. Especialmente nós garotas. — Piscou.

Curiosamente, Samantha se sentia relaxada com a amável mulher e especulava se ela era um lobo como Tristan. Sorriu para Kat.

— Bom, obrigada novamente. — Ela esperou a outra mulher sair.

— Que isso, Samantha. Não seja envergonhada. Deus sabe que nós lobos não somos. Eu vou ficar, pelo menos, até saber que o vestido cabe em você. Preciso voltar logo para a loja, mas tenho tempo para conversar um pouco — disse, jogando-se no sofá de couro.

Samantha nunca pensou em si mesma como envergonhada, mas não conhecia a mulher na frente dela. Só que não tinha muita escolha, já que Kat não estava se movimentando. Decidindo ir com a correnteza, tirou a toalha e colocou o vestido de algodão pela cabeça. Olhando para baixo e confirmando que não estava muito justo, sorriu para Kat.

— É ótimo — Samantha declarou, passando a mão pelo corpo. — Obrigada novamente.

— Sem problemas. — Kat se levantou e veio na direção de Samantha, admirando o tecido macio e como ele ficou no corpo. — Ficou ótimo em você. Aquela sacola de plástico ali tem as sandálias e uma calcinha. Ainda bem que o vestido tem proteção, pois eu não vendo sutiãs. Bom, melhor ir embora.

Samantha acenou quando Kat abriu a porta.

— Obrigada novamente, Kat. Também vivo na Filadélfia. Talvez te procure quando voltar — ofereceu.

Kat somente sorriu e acenou de volta quando fechou a porta.

Samantha entrou novamente no banheiro e começou a pentear o cabelo molhado. Pensando em sua conversa com Kat, sentiu-se aliviada em ter uma conversa normal com uma mulher de aparência humana... mesmo ela sendo um lobo. Sorriu para si mesma, pensando se todos os lobos eram tão amigáveis quanto Tristan e Kat. Olhando-se uma última vez no espelho, Samantha ficou satisfeita com o atrativo vestido. Limpa e vestida, estava refrescada e pronta para descer. Queria achar Luca e pegar algo para comer.

Barbeado e de banho tomado, Luca entrou no salão principal do clube e sentou no bar. Por trás do balcão, Tristan virou para a parede e pegou uma garrafa de *Martell Cognac* da última prateleira e dois copos, colocando tudo no topo feito de latão.

— Dia longo, hein? — Tristan perguntou. Colocou dois dedos de bebida em cada copo. Mesmo sendo quatro da tarde, o *happy hour* começa cedo às sextas-feiras no *Eden*. Clientes já começavam a entrar pela porta da frente, mas ninguém chegou ainda ao canto mais escondido do bar.

— É, você pode dizer isso. Alguém incendiou o chalé e deixou uma mensagem para a nossa bruxinha. Algo sobre um amuleto. — Luca tomou um longo gole de sua bebida. — E foi escrito com sangue de morcego. Sangue real de morcego. Mas eu não senti o cheiro de nenhum sobrenatural, então deve ter sido algum fantoche. Ainda não contei para a Samantha.

— Um amuleto, é? Podia ser para qualquer coisa, mas para que esse serve especificamente, por que alguém quer tanto isso e por que Samantha o teria? — Tristan ponderou.

— E essas, meu amigo, são todas excelentes perguntas que eu me fiz. Talvez Ilsbeth possa nos ajudar. Não sei. Para ser honesto, realmente preciso me alimentar agora e talvez foder. Toda essa situação está acabando comigo e eu preciso queimar um pouco de energia antes de entrar no avião e voltar para Nova Orleans. — Ele batucou nervosamente na borda do vidro.

— Bom, sobre isso... — Tristan hesitou e olhou para sua irmã. Ela desceu a escada em direção a eles, sinalizando para Tristan ficar quieto, obviamente querendo fazer surpresa para Luca.

Luca viu o reflexo de uma mulher no olho de Tristan. Reconhecendo automaticamente seu cheiro, ele virou no assento e abriu os braços.

— Kat!

Kat pulou nos braços dele e rodou-a como se não pesasse nada.

— Luca, *baby*! — murmurou. — Estou tão feliz em te ver. Não acredito que você está aqui. Tenho talvez uns vinte minutos antes do meu próximo cliente, mas estava querendo visitá-lo.

As coisas iam ficar interessantes. Luca e Kat se conheceram anos atrás quando uma ex-amante de Kade a tinha sequestrado e torturado nos meados dos anos mil e oitocentos. Luca tinha estado lá naquele dia para resgatá-la e trazê-la de volta para Tristan. Nos anos que se passaram, Luca e Kat tiveram vários momentos românticos, mas eles eram livres e simples, nenhum dos dois estava procurando por compromisso.

No que eles davam um abraço apertado, Kat o beijou na bochecha e soltou, deixando os braços em volta da cintura dele.

— Você sabia que ela estava aqui? — Luca questionou Tristan.

— Sim, eu sabia. E já que você está indo para Nova Orleans hoje à noite, estava pensando que talvez você poderia levar Kat com você — Tristan sugeriu.

Luca olhou para Kat e novamente para Tristan.

— O que está acontecendo?

Kat olhou para os sapatos, não querendo recontar o que estava passando.

Tristan apertou os olhos.

— Kat tem um pretendente indesejado. E é ninguém mais, ninguém menos do que Jax Chandler, o Alfa de Nova Iorque. Ele já foi avisado que não pode tê-la, mas não gosta de receber não como resposta. Não quero que nada aconteça com ela.

— O que? Você está com medo que ele a sequestre? — Luca perguntou.

— Bom, não tenho certeza disso, mas penso que se ela fizer uma viagem para ver o nosso irmão Marcel, isso vai ajudar a reforçar o meu veredito. Não quero ele achando que pode fazer uma coisa idiota e tentar pegá-la. — Tristan pulou sobre o bar e colocou seus braços em volta de sua irmã. — Kat quer que Marcel deixe a matilha de fora disso, mas eu não concordo. O que você diz? Ela pode ir com você?

— Certamente. Mas ela não pode ficar comigo. Ela vai ter que ficar com o Kade ou o Marcel.

Sem chance de ele deixar duas mulheres na sua casa. Sentia que Samantha não ia gostar de ele ter uma antiga amante ficando com eles. Nem queria as duas mulheres se juntando contra ele. Não, ela teria que ficar com Kade ou ir para a casa do irmão.

— Obrigada, Luca! — Kat o beijou, dessa vez nos lábios.

— OK, então está decidido. Agora deixe-me ver o que posso fazer sobre um doador. Eu vou ver a lista — Tristan anunciou.

O maitre do *Eden* mantinha na entrada uma lista de doadores humanos e *shifters* que queriam a orgástica experiência da mordida de um vampiro, sexo, ou os dois. Eles usavam sensores no pescoço que tremiam se eles fossem chamados para serem "voluntários". Existiam quartos privados no andar de cima para essas atividades, que acomodavam pares e grupos. Os quartos eram monitorados por vídeo para a segurança dos convidados e para ter certeza de que eram consensuais e seguras. Era contra a lei matar alguém enquanto se alimentava e o sistema de segurança de ponta do *Eden* mantinha tudo dentro da legalidade.

Kat impediu Tristan de sair e olhou para Luca.

— Luca, eu te alimento — ofereceu.

— Você tem certeza? Pensei que você tivesse horário. E precisa arrumar suas coisas. Nós vamos embora em breve — Luca disse.

— Eu vou ligar para a loja e passar o meu cliente para a Sherri. Eles estão sabendo que vou embora em breve, de qualquer jeito. Agora eles só vão ter que ajustar a agenda mais rápido. Vamos dizer que é uma vantagem de ser uma das donas. E não preciso de nada mais do que minha bolsa e meu celular, o que eu já tenho. Assim que eu chegar na casa do Marcel,

LUCA

planejo ficar como lobo por um tempo. E qualquer roupa que eu precisar, ele me dará da matilha — Kat respondeu sem hesitação.

— Tristan, você se importa? Esse não é nossa primeira vez, mas ela ainda é sua irmã. — Luca era antiquado em várias formas e sentia ser necessário ter a permissão do irmão mais velho dela.

Tristan confiava em Luca com a sua vida e com a da sua irmã. Luca e Kat eram próximos desde que ele a tinha resgatado e, enquanto ele não tinha exatamente conversado sobre sexo com sua irmã, ele tinha certeza de que eles tinham ficado juntos várias vezes pelos anos.

— Sem problemas. Vão se divertir, crianças. Não façam nada que eu não faria —brincou.

Luca pegou Kat pela mão e começou a subir as escadas em direção aos quartos privados.

Enquanto andavam pelo corredor, procurando por um quarto vazio, Kat apertou o braço de Luca e riu, torcendo para ter pelo menos uma hora para fazer amor com ele antes de terem que ir embora. Havia anos desde que tinham ficados juntos e ela estava querendo relembrar.

Luca, sedento por sangue, podia sentir suas presas passando pela gengiva. O sangue de Kat, inebriante, amadeirado e potente com certeza iria saciar sua sede. Prestes a girar a maçaneta de um dos quartos de alimentação, ele travou. *Samantha*. Ela estava encarando-o diretamente do outro lado do corretor mal iluminado. E ali estava ele nos braços de outra mulher somente horas depois de tê-la beijado. O instante em que seus olhos se encontraram, ele registrou a dor que estava causando nela.

Samantha parou imediatamente, observando Kat segurar o braço de Luca como se fossem antigos amantes. Racionalmente, sabia que ele precisava se alimentar e que usaria um doador. Não tinha oferecido o próprio sangue para Luca. Depois de tudo que tinha passado, ela não podia se forçar a fazer isso. Honestamente pensou que entendia o que significava ele se alimentar de outra pessoa, mas ali no corredor, vendo outra mulher agarrada na cintura dele, sentiu ciúmes. E sua raiva cresceu.

Sentia-se como uma idiota por tê-lo beijado, por ter acreditado que podiam ter uma conexão. No chalé, ele a tinha beijado passionalmente. Tinha agido como se estive pronto para fazer amor com ela. Tudo deve ter sido um truque para fazer com que voltasse com ele para Nova Orleans, pensou. Obviamente não sentia o mesmo por ela se estava deixando Kat colocar as mãos nele. Sentiu-se enjoada só de pensar nele beijando aquela mulher, segurando-a em seus braços. Mas o que podia fazer? Ele precisava se alimentar. E uma demonstração de ciúmes seria o mesmo que demonstrar fraqueza. Não se deixaria ser uma vítima novamente. Mordendo o lábio, ela se fortificou e andou em direção a eles.

Luca observou-a contemplar o que estava ocorrendo. Ele sentiu um sentimento estranho na boca do estômago. *Culpa.* Não, recusava-se a reconhecer isso. Quando Samantha chegou a cinco metros de distância deles, reconheceu sua presença com um aceno de cabeça, abriu a porta, puxou Kat para dentro e bateu a porta fechada.

Luca rosnou enquanto a prendia contra a porta. Com raiva, ele pressionou seus lábios contra os dela, empurrando sua língua fundo em sua boca. Sentindo sua natureza predatória com força total, ela se submeteu, mantendo os braços encostados na porta e beijou-o de volta. Luca soube imediatamente que alguma coisa estava errada assim que a beijou. Aquela maldita bruxa o tinha amaldiçoado, tinha certeza. Ele beijou Kat várias vezes no passado, mas agora ele só via Samantha em sua mente. Luca expos suas presas, jogou a cabeça para trás e urrou.

Kat levantou os braços devagar, removeu sua camiseta e desnudou o pescoço para ele. Não tinha certeza do que estava errado com Luca, mas essa não era a primeira vez que ela o viu transtornado. Ela podia ver que provavelmente não iria transar com ele como esperava, mas entendeu que Luca tinha algo em sua mente.

— Você tem certeza, Kat? — perguntou. Não importa quantas vezes ele se alimentasse, sempre perguntava ao seu doador. Queria ter certeza de que não estava tendo alguém contra a vontade da pessoa, não importando a intenção original.

— Sim, Luca. Me morda — Kat sussurrou.

Um segundo depois, suas presas penetraram fundo no pescoço dela. Então os dedos dela seguraram firmemente na blusa dele, no que sentiu um orgasmo percorrer seu corpo. Esticou a mão para sentir a ereção de Luca e o tinha em seu punho quando ele empurrou sua mão e a soltou.

Seus olhos continuavam vermelhos quando caiu no sofá.

— Porra! — gritou.

— Luca, o que está errado? — Kat ofegou. Ela ainda estava sentindo seu explosivo clímax. Ajoelhou na frente dele.

Luca se deitou com a cabeça em um travesseiro e os pés no braço do sofá.

— Eu não posso, Kat. E eu não quero falar sobre isso, ok? Não

LUCA

pergunte. — Ele fechou os olhos, limpando o sangue do canto da boca.

— Luca, está tudo bem. Você sabe que eu quero, hum, terminar, mas se você não quer isso hoje, está ok. Sua mordida é bem satisfatória — brincou e colocou a mão no peito dele. — O que quer que seja, nós podemos conversar sobre isso mais tarde, quando você estiver pronto.

Com um tapinha, ela levantou e colocou sua camiseta.

— Luca, já que eu tenho tempo, vou correr na loja e ver tudo antes de ir embora. Vou voltar em quarenta e cinco minutos. Prometo não demorar. — Kat abaixou e beijou a testa de seu amigo.

Luca quase não a viu sair pela porta, mas escutou a mesma bater. Abriu os olhos, que tinham voltado para verde, e olhou para o teto branco. Tinha passado séculos sem sentir nada e foi bom para ele. Agora estava completamente fodido. Culpa. Ele tinha certeza de que estava sentindo culpa por ter ficado com Kat. E por quê? Por que ele teve um beijo e alguns amassos com a Samantha no lago? Não, ele sabia que existia algo entre eles desde a primeira vez que acariciou o cabelo de Samantha no porão da casa de Kade. E agora que a tinha beijado, não podia esquecer o doce gosto de sua boca macia e o como era ter seus seios em mãos.

— Merda! Merda! Merda! — disse em voz alta para si mesmo. Sentimentos. Sentimentos humanos podiam ameaçar sua existência. Mas sabia em seu coração que ele já era. Não importava o que sua mente dizia ou a lógica que possuía. Seu coração tinha falado e sabia o que queria. Ele tinha que ter a bruxa.

Do outro lado do salão, Tristan podia ver que Samantha tinha chorado. Seu rosto estava vermelho com as tentativas de secar os olhos. Não tinha certeza do que estava errado, mas dor tomava conta de sua aura. Sabia que ela passou por vários traumas nas últimas semanas, mas ela parecia relativamente calma durante o encontro deles na cabana. Talvez estivesse tendo um colapso emocional depois de assistir a cabana queimar? Ou talvez só esteja com fome? Ele sabia que ficava rabugento quando não comia.

Decidindo não a deixar sozinha com nenhum dos caras procurando por um encontro, o Alfa andou em direção a ela e abraçou-a.

— Venha cá, *ma petite sorcière*. O que quer que seja, tudo vai se ajeitar. O que eu te disse lá no chalé? Vá para Nova Orleans por um tempo e depois volte para cá. Vou te ajudar a se acertar aqui em casa. — Ele passou as mãos no seu cabelo. Ela era realmente pequena. *Talvez um metro e sessenta,* pensou para si mesmo. O topo de sua cabeça mal chegava no pescoço dele.

— Obrigada, Tristan. Sei que pode não parecer para você, mas sou uma pessoa relativamente forte, mesmo minha vida tendo se tornado num inferno e eu não tendo controle sobre o que está ocorrendo — falou no peito dele, chegando mais perto.

Samantha sabia que Luca estava ali para se alimentar, mas não podia acreditar quando o viu com Kat. Eles claramente se conheciam bem e ela sabia que vampiros geralmente faziam sexo quando se alimentavam. Suspeitava que mais do que alimentação estava ocorrendo hoje à noite "nesses quartos". Ela não podia acreditar que depois do que eles tinham compartilhado naquela manhã, beijando-se e tocando-se de uma maneira tão íntima, ele levou outra mulher para a cama como se isso não fosse nada. Mas também, ela não conhecia Luca ou outro sobrenatural bem. Estava atraída por Luca, cobiçava-o, mas todos esses sentimentos não eram nada para os homens. Confusa, suspirou silenciosamente. Mesmo eles não se conhecendo por muito tempo, Luca parecia ser honroso. Ele certamente não deveria ser o tipo de homem que iria tocar os seios e beijar uma mulher e depois foder outra menos de seis horas depois.

Sentindo os pensamentos tumultuados dela, Tristan esfregou as mãos no topo da sua cabeça e lentamente as moveu por suas costas, enviando ondas de conforto tranquilizante em sua pele. Dada a natureza temperamental dos lobos, Tristan era bem treinado em usar seus poderes para excitar e calmar sobrenaturais e humanos. Ele podia sentir os músculos dela relaxarem no que eles começaram a dançar lentamente. Ela o segurou forte, como se precisasse da segurança, de uma boia para se agarrar.

— Tristan, eu estou bem, sério. Obrigada. Você... você é um ótimo Alfa. — Ela riu e olhou para ele. — Eu não acredito que acabei de dizer isso. Ok, eu admito que não faço ideia do que um Alfa faz e você é o único que eu conheço, mas você é uma boa pessoa. Realmente gostaria se nós pudéssemos ser amigos quando eu voltar. — Ela honestamente nunca conheceu alguém tão pé no chão quanto Tristan, ele era um líder cuidadoso.

— Parece um ótimo plano. Vou te dizer uma coisa... Irei te ensinar tudo sobre lobos quando você voltar... Tudo o que você quiser saber, baby. — Ele flertou e a rodou quando a música mudou para um sensual R&B.

Samantha gargalhou e jogou a cabeça para trás, depois encostando a cabeça no peito dele.

— Aposto que você iria, Tristan. — Ele era incrivelmente bonito e charmoso, e parecia saber todas as palavras certas para fazer tudo parecer estar certo.

LUCA

77

A mão de um estranho em seu ombro e um alto rosnado a trouxe de volta para a realidade.

O rosto de Tristan endureceu e ele a puxou mais para perto dele.

— Controle-se, Luca, meu amigo. Lembre-se de onde você está — Tristan disse calmamente e com uma voz suave.

Ela olhou para cima e viu Luca, seus olhos um forte vermelho. O que estava errado com ele?

— Você comeu, Samantha? Nós não temos muito tempo antes de termos que ir para o aeroporto — perguntou, irritado que ela tinha encontrado conforto tão facilmente nos braços de outro homem.

Ela relutantemente se afastou de Tristan, mas manteve uma mão em seu braço.

— Não, eu não comi — falou de uma maneira séria, como se tivesse acabado de conhecê-lo.

Tristan passou seu braço pelo dela e começou a andar em direção ao bar.

— Ah, olhe aqui, Samantha. O jantar está pronto. Não tinha certeza do que você gostava, mas pensei que a maioria das garotas gosta de um bife com salada. E quem consegue dizer não para um bolo de chocolate? — Apontou para um lugar no bar.

— Obrigada, Tristan. Parece delicioso. Eu estou faminta. — Ela beijou Tristan na bochecha e sentou-se, mas não sem antes apontar um olhar na direção de Luca, um olhar glacial que podia congelar água em um quente dia de verão.

— Luca, venha para cá — Tristan comandou, apontando para o outro lado do bar.

No que ambos sentaram, Tristan encarou Luca.

— Que porra está errada com você? Não vê que ela está traumatizada? Eu sei que você não liga para humanos, mas precisa dar uma folga para a bruxa. Pensei que você estaria com um humor melhor depois de ficar com a Kat.

— Eu gosto muito de uma humana em particular por esses dias. Esse é o problema — murmurou. Deu uma olhadela em Samantha, que estava comendo o bife vorazmente e o ignorando por completo. Então ele olhou para Tristan, que estava sorrindo como o gato que comeu o rato.

— Ah, entendi. — Ele riu. — Luca, se eu não tivesse visto com meus próprios olhos, não iria acreditar.

Luca sacudiu a cabeça silenciosamente.

A expressão no rosto de Luca fez Tristan rir ainda mais.

— Ah, meu Deus. Espere... espere até Kade descobrir! — Ele colocou a mão no ombro de Luca. — Você está com ciúmes. E sabe o que isso significa, meu amigo? Ah, sim, está certo, meu camarada, você está desenvolvendo sentimentos. Esse seu coração congelado que bate em seu peito está começando a derreter.

— Não, não, não — Luca protestou.

— Sim, sim, sim. Deixa o Alfa adivinhar o que aconteceu. Hummmm. Vamos ver. Você foi para o andar de cima com a minha amável irmã, esperando seu pau subir e suas presas descerem, e você não pode fazer isso. Luca Macquarie não pode foder e comer, porque ele está se apaixonando por uma bruxinha ruiva. Nunca achei que veria esse dia.

Luca empurrou a mão dele, enojado com a verdade da situação.

— Vá se foder, Tris. — O Alfa deu um pequeno sorriso. — Ok, talvez você esteja certo. Talvez eu esteja perdido e sem saber o que fazer. Não é como se eu tivesse experiência com isso... com relacionamentos. Merda, a maioria dos meus relacionamentos consiste em "ei, você quer fazer sexo? Quer uma mordida? Ok, pronto e pronto". Agora eu estou de cabeça virada. Nem sei o que dizer, o que fazer. E ela está puta comigo. Estou por aqui por tempo suficiente para saber quando uma mulher está com ciúmes. Estou tão fodido.

— Talvez você esteja. Por um tempo, pelo menos. — Tristan sorriu abertamente. — Não se preocupe, você vai descobrir o que fazer, Luca. Você é um homem honrável e decente. Sempre foi, sempre será. Mas não posso dizer que te invejo na viagem de volta para Nova Orleans com Kat e Samantha. Isso vai dar uma nova definição para turbulência.

Luca sacudiu a cabeça novamente, olhou para Samantha e de volta para Tristan.

— Sim, minhas mãos estarão cheias no voo de volta. Então, que tal você nos dar uma carona até o aeroporto quando ela acabar de comer? Estou pronto para encarar isso de frente. Que outra escolha eu tenho? — Ele deu de ombros.

— Não muitas. Tudo vai se ajeitar, *mon ami*. Vou ligar para o motorista e pedir para ele aprontar a limusine — Tristan falou.

— Ei, Tris.

— Sim — Tristan respondeu, levantando-se, querendo dar uma olhada em Kat.

— Obrigado, camarada. Desculpa pelo que aconteceu na pista de dança, estou fora de prumo. E eu agradeço a conversa. Além de Kade, você sempre esteve ao meu lado. Nunca esquecerei isso — Luca disse.

LUCA

— Mesma coisa com você. Agora, deixe-me ir procurar minha irmã favorita. Quero ter certeza de que todas as suas mulheres estão presentes para você poder ter um bom divertimento nas próximas horas. — Tristan gargalhou e socou o braço de Luca.

É, vai ser muito divertido, Luca pensou para si mesmo. No que ele olhou para Samantha, ela o encarou e rapidamente olhou para o lado. Ele podia ver o dor e a paixão nos olhos dela e estava mais determinado que nunca a ir em direção a ela. Mas quando ele começou a fazê-lo para explicar as coisas, Tristan chegou com a Kat.

Todos os quatro olharam uns para os outros e Samantha revirou os olhos, enfiando um pedaço de bolo de chocolate na boca. *Vai realmente ser um belo voo de volta para casa*, Luca remoeu.

CAPÍTULO SETE

Viajar em avião de luxo não é tudo isso que falam, Samantha pensou, enquanto olhava pela pequena janela. O avião era belamente decorado, com assentos confortáveis em couro marrom, bandejas e detalhes de mogno. Em sua vida, ela nunca viu tanta elegância. Ela estava acostumada a estar apertada como uma sardinha na classe econômica, mas ela sabia que não era o avião o problema.

Descobrir que Kat ia viajar junto com eles e que ela estaria presa numa lata por três horas com os dois, fazia com que ela quisesse cuspir fogo. O jatinho luxuoso de quatro lugares não era grande o suficiente para ela respirar, quanto mais sobreviver a uma viagem inteira com Luca e Kat. Talvez se ela se ajeitasse contra a janela e tentasse dormir o voo todo, ela não teria que olhar ou falar com nenhum dos dois. Na entrada no avião, Samantha escolheu sentar longe deles, na poltrona mais perto da frente, essencialmente se separando. Luca e Kat sentaram lado a lado em cadeiras individuais, só o corredor os separando.

No elevador, quando estavam indo para a limusine, Luca informou que Kat estava indo junto. Samantha tinha acenado com a cabeça silenciosamente e colocado uma máscara de indiferença em seu rosto. O que aconteceu no lago era claramente um insignificante ponto no radar do calendário social de Luca. Ela se questionava se Kat era a namorada dele e talvez ela fosse a outra mulher. Kat sabia que Luca a tinha beijado meras horas antes de fazer amor com ela? Deus, ela se sentia tão estúpida por ter se aberto para ele.

Depois de quase uma hora de total silêncio, Kat se questionava o que estava acontecendo com Luca. Ele não disse uma palavra desde que saíram do clube e não estava agindo como si mesmo. E já que não conhecia Samantha, sentiu o gelo a inundar como se ela tivesse matado seu gato. A última vez que a tinha visto no escritório de Tristan, parecia que estavam no caminho para uma amizade. Impossibilitada de aguentar mais um minuto da tensão, ela quebrou o gelo.

— Luca, você está se sentindo bem? — Colocou a mão no braço dele. Luca retraiu com o contato, mas ela segurou firme.

— Eu nunca imaginei que veria o dia em que um vampiro estava sobressaltado. Muito café, querido? — brincou.

Escutando o termo carinhoso, Samantha levantou o olhar e encarou Luca. Sua boca tensionada e olhar intenso disseram a Luca tudo que precisava saber sobre o que Samantha pensava sobre Kat.

Soltando seu braço de Kat, Luca soltou o cinto de segurança e se levantou.

— Eu estou bem. Só tenho muitas coisas em mente. Eu vou para o escritório para fazer algumas ligações. Quero ter certeza que Marcel está pronto para você e que Kade e Sydney sabem quando chegaremos — respondeu. Foi para o fundo do avião e fechou a porta do escritório.

Kat olhou para Samantha, que via pela janela a escuridão da noite.

— Ok, eu sei que bruxas não têm visão noturna, então o que poderia ser tão interessante lá fora? Você está furando essa janela com o olhar desde que saímos.

— Hum? Bom, é melhor do que olhar para vocês. Eu me sinto enjaulada nesse pequeno avião — Samantha respondeu curtamente. Ela não queria ter parecido grossa, mas estava perdendo a paciência com a situação.

— Você pode guardar as garras, gatinha. Aliás, qual o problema de todo mundo aqui? — Kat foi pega de surpresa com a atitude de Samantha.

— Desculpa, Kat. Eu só preciso acabar logo com isso. Acho que só estou nervosa — mentiu. — Então, o que existe entre você e o Luca? Eu deveria ficar no quarto de hóspedes dele quando chegarmos lá, mas posso ir para o clã se isso for mais confortável para todo mundo. — Ela se xingou silenciosamente por perguntar, mas não aguentava não saber o que estava acontecendo entre os dois. Eram amantes? Noivos?

— Não precisa, estou indo para a casa do meu irmão. Marcel. Ele é o Alfa de Nova Orleans. Eu... eu tenho tido um pouco de problema com um cara — ela continuou, olhando para a janela e de volta para Samantha. — Tem esse Alfa em Nova Iorque. Ele me quer como sua companheira. Tristan e eu já dissemos para ele que não vai acontecer, mas lobos nem sempre jogam limpo. Estou preocupada que ele talvez me pegue. Então, decidi que iria visitar meu outro irmão e fazer com que ele fale com meu insistente pretendente. Dois irmãos são melhores que um. E vou poder ficar como lobo por um tempo lá, correr com a matilha no *bayou*. Sinto falta disso.

Samantha estudou o rosto de Kat, confusa com o motivo que ela tinha para escapar para Nova Orleans e porque Luca não ajudaria se eles estão juntos. Não fazia sentido.

— Mas e Luca? Por que você não pode dizer para o Alfa de Nova Orleans que vocês estão juntos? — perguntou.

— Samantha, eu não tenho certeza do que você acha que viu no *Eden*, mas Luca e eu não somos companheiros e nunca seremos. Nós somos somente bons amigos que se encontram de vez em quando. Não me entenda errado, o homem é delicioso, mas eu não deveria ter que mentir sobre o meu relacionamento para afastar um Alfa demasiadamente assertivo que não sabe o significado de respeito. — Kat estava começando a somar dois mais dois. O jeito frio de Samantha, as emoções distantes de Luca, junto com sua falta de desejo no quarto no *Eden,* sua angústia evidente. Luca e Samantha estavam envolvidos. Tudo começava a fazer sentido.

Os olhos de Samantha encheram de lágrimas ao ouvir Kat praticamente admitir que eles transaram. Ela queria arrancar o cinto de segurança e se jogar de paraquedas do avião, para poder estar em qualquer lugar que não fosse perto dos dois. Conseguiu se controlar e respirou fundo.

— Isso não é da minha conta, Kat. Estou feliz que você pode pegar uma carona com Luca para estar segura no seu caminho para a casa do seu irmão. — Samantha tentou soar gentil, mas, na verdade, queria vomitar. Uma parte dela gostava de Kat, o que fazia ser ainda pior que ela e Luca transaram.

— Ei, Samantha. Eu só... — Kat procurou pelas palavras certas. — Eu só quero dizer que eu e o Luca não transamos hoje. Quer dizer, eu gozei, mas isso foi tudo. Ai, meu Deus, isso não saiu certo. Cruzes. Ok, é assim. O homem tem que comer. E eu ofereci. E claro, eu estava esperando algo mais. Sou solteira, afinal. Quer dizer, eu não tinha nenhuma ideia que vocês estavam juntos. Se eu soubesse, nunca...

— Nós não estamos juntos — Samantha cuspiu.

— O que quer que você diga, mas quero que saiba a verdade. Luca, ele não fez. Nós não fizemos. Ele só se alimentou. Sim, eu gozei, mas esse é um efeito colateral da mordida dele. Me desculpe — Kat pediu. Ela foi para onde Samantha estava e se sentou de pernas cruzadas no chão na frente dela. Colocou as mãos nos joelhos da bruxa.

— Samantha, Tristan me contou tudo sobre você. Pensei que nós poderíamos ser amigas, porque eu sei como é... o que aconteceu com você. Bom, há muito tempo, isso aconteceu comigo também. Deus, ainda é difícil falar sobre isso. — Ela esfregou os olhos e passou os dedos pelo cabelo. — Simone. Ela também me sequestrou. E outros. Tristan pediu ajuda para o Kade. Ele e Luca me acharam. Luca me tirou daquele buraco infernal e me levou de volta para o Marcel. Nós compartilhamos um vínculo especial por conta disso, ele e eu. E agora, você e eu. Tudo que estou dizendo é que

LUCA

83

com o tempo melhora.

Samantha se sentiu como uma idiota por ter sido tão ciumenta e má com ela. Talvez não Luca, porque ele sabia perfeitamente o que ela sentiu no chalé.

— Kat... — Samantha ofereceu as mãos para ela. — Obrigada. Nenhuma outra pessoa podia entender como foi para mim, e ajuda saber que existe outra pessoa na face da terra que entende o que aconteceu comigo. Tem sido difícil. — Ela expirou e continuou. — Sobre Luca, eu não estava mentindo. Não estamos realmente juntos. Nós compartilhamos um momento e eu pensei que significava mais do que significou. Mas eu agradeço por me dizer o que está acontecendo entre vocês dois. Por mais que me doa admitir, eu me senti... eu me senti mal. — Era o melhor que Samantha podia fazer no momento.

— Ei, não se preocupe com isso. O que quer que esteja acontecendo com Luca, eu suspeito que não seja só "um momento", como você disse. Quer dizer, ele está mais enrolado que um carretel. E para aquele homem negar sexo com *moi* — ela riu —, ele teria que ser um idiota ou estar começando a se apaixonar por outra pessoa. E acho que é o último, garota.

Samantha sorriu, sentindo um peso sair dos ombros. Ela podia não saber em que pé estava com Luca, mas era bom criar laços com outra mulher.

— Obrigada, Kat. A única coisa que eu tenho certeza no momento é de que eu preciso ficar a salvo e achar quem quer que seja que me quer morta. Fácil, não é? — brincou, no mesmo momento em que Luca entrou pela porta.

Ele levantou uma sobrancelha em questionamento à Kat enquanto ela colocava novamente o cinto de segurança de volta na cadeira.

— Tudo certo aqui? — perguntou.

— Tudo ótimo — as duas mulheres responderam ao mesmo tempo. Ambas riram e olharam pela janela.

O ar no avião parecia mais leve, mas ele não tinha certeza do que ocorreu entre as duas super especiais mulheres sobrenaturais. Ele estava na Terra há mais de duzentos anos e ainda não conseguia entendê-las, mas ele sabia o suficiente para saber que teria uma longa conversa com Samantha quando chegassem em casa.

Kat abraçou Samantha bem apertado, antes de entrar na limusine que estava esperando. Elas trocaram e-mails e números de telefone para poderem manter contato. Luca esperou até Samantha terminar para abraçar Kat. Ele estava preocupado com a situação com o Alfa de Nova Iorque, mas sabia que ela estaria segura com o Marcel.

— Escuta, Kat. Me ligue se você precisar de qualquer coisa. Falei com o Marcel, e ele vai ajudar a acabar com essa confusão... — Ele beijou a testa dela. — Agora, vá em frente, lobinho. Tenha cuidado para os jacarés não pegarem a sua calda no mangue — ele brincou quando ela entrou na limusine e fechou a porta.

Samantha e Luca entraram no outro carro e ela colocou espaço entre eles de propósito, sentando-se no lado que ficava de frente para o bagageiro. Ela ainda estava irritada com ele e questionava suas intenções, mas, ao mesmo tempo, não tinha como não notar como ele ficava bem em calças jeans largas e camiseta preta. Seus bíceps eram perfeitamente definidos e ela notou que ele tinha uma tatuagem tribal preta no lado direito. Ela se lembrava da força de seus braços a segurando na água e se perguntava como seria se ele a mordesse. Ela se ofereceria?

Seus pensamentos foram interrompidos quando Luca se sentou ao lado dela. Sentiu o jeans dele raspar sua perna nua e teve dificuldades em parecer indiferente.

— O que você está fazendo? — perguntou.

— O que parece que estou fazendo? Estou me sentando ao seu lado. — Sorriu para ela.

Ela olhou para ele com uma expressão aborrecida. Movendo-se para perto da janela, tentou não deixar sua perna nua encostar na dele novamente.

— Então, bruxinha, acho você e eu precisamos ter uma pequena conversa — ele falou.

— Não me chame disso — insistiu.

— Você está nervosinha, não está? — Respirou fundo. Ela não ia tornar isso fácil. — Me desculpe pelo que aconteceu no *Eden*.

— Pelo que? — Ela fingiu ignorância.

— Não vamos fazer joguinhos — retrucou.

— Joguinhos? Que joguinhos? Eu não sei do que você está falando, Luca. — A voz de Samantha, normalmente suave, estava ficando cada vez mais alta.

— Sim, joguinhos. Eu sei que você está brava comigo, e eu sei o motivo. Eu só quero falar sobre isso para nós podermos...

— Podermos o que, Luca? O que? Quer dizer, essa manhã no chalé

LUCA

85

nós nos beijamos, isso foi tudo. Você não me deve explicações. Além do mais, Kat me contou tudo — ela interrompeu.

— Foi é? — Ele riu. *Mulheres.* — Eu te disse quando fomos ao *Eden* que eu precisava me alimentar. Prefiro ter doadores vivos. Veja, quando vampiros se alimentam... — Ele parou de explicar quando ela olhou direto para ele e levantou a mão.

— Só pare. Eu não quero saber — ela informou.

— Está bem, este é o ponto final. Kat e eu somos amigos e nos conhecemos há muito tempo. Não vou mentir para você, Samantha. No passado, nós fomos amantes, mas nunca fomos um casal. E hoje, eu só... eu só precisava me alimentar. E, por mais que eu fosse amar provar o seu doce sangue, e acredite em mim, eu iria, Kat estava lá.

— E você ia fazer amor com ela? — Samantha perguntou.

— Sim — Luca respondeu devagar e verdadeiramente. — Mas, Samantha, eu não fiz. — Ele percorreu os dedos pelo lado da face dela e ela tirou a mão.

— Mas você a queria? — Samantha provocou.

— Não, Samantha, essa é a questão. Eu queria você — ele sussurrou.

Sentou-se novamente em frente a ela quando o carro entrou na rua de acesso à casa. Os olhos de Samantha arregalaram em incredulidade e ele não tinha certeza do que mais ele poderia dizer nos poucos minutos que ainda tinham no carro. Ele decidiu esperar até estarem acomodados para continuar a conversa.

Samantha não sabia como responder. Ela estava confusa. Por que ele iria escolher Kat no lugar dela se realmente a quisesse como ele disse? Ela tentou pensar em como ela teria reagido se Luca tivesse pedido para se alimentar dela. Ela teria dito sim, ou corrido na direção contrária? Por mais que gostasse dele, não podia dizer honestamente que teria dito sim. Sentia-se tão exposta desde a abdução que ela não tinha certeza que poderia confiar em alguém para mordê-la, arriscar se colocar em perigo, arriscar sentir dor.

No que eles chegaram no complexo Issacson, ela ficou boquiaberta diante da imensa mansão sulista no estilo Vitoriano. Ela não se lembrava de ir embora dali, mas ainda se lembrava das celas de prisão luxuosas localizadas no porão da casa. Ela não tinha como não imaginar como o era o resto do lugar.

O carro circulou a frente da mansão e pegou uma estrada quase escondida, ladeada por carvalhos impressionantes e majestosos. A estrada privada continuou por cerca de trezentos metros até alcançar uma mansão secundária de estilo grego, que era igualmente impressionante, com sua entrada de colunas brancas recebendo os visitantes.

Quando a limusine parou, Luca desceu do carro e ofereceu a mão para Samantha. Ela saiu do carro e o seguiu silenciosamente para seu lar. Na porta da frente, abriu um painel de segurança, digitou um código e colocou o rosto e palma da mão na caixa. Em segundos a porta destrancou.

Samantha estava impressionada.

— Reconhecimento facial biométrico, escaneamento de íris e identificação de palma da mão?

Luca sorriu. Ela era sensual e inteligente.

— É, bem, você não pode ser cuidadoso demais. Diferente de Kade, não tenho pessoal de segurança trabalhando na minha casa. O que você não pode ver é a detecção automática de DNA no identificador de palma. Olhe. — Ele apontou para um painel preto com o traçado de uma mão em verde fluorescente. — É difícil de enxergar, mas tem uma agulha microscópica que entra no dedão do usuário. Reconhecimento facial é ótimo, e enquanto esse software é essencialmente à prova de invasão, ainda existe uma pequena porcentagem de falha.

— É, eu li que *hackers* estão tentando demonstrar a falha. Mesmo sendo uma pequena porcentagem, posso ver que se você investiu em um sistema desse tipo, você iria querer redundância — ela comentou. No que eles entraram no saguão, Samantha ficou maravilhada em ver a casa finamente decorada de Luca, adornada com antiguidades e pinturas. — Uau, Luca, sua casa é linda. Parece um museu. — Suspirou.

— Obrigado. Mas eu não uso muito os andares de cima. É mais só para exibição mesmo. Se eu faço alguma coisa aqui, uso o primeiro andar para convidados. Mas não vivo aqui. Vem, me siga. — Luca desceu por um pequeno corredor, digitou outro código de segurança na parede e uma porta envelhecida abriu. — É isso. Damas primeiro. — Ele deu-lhe a mão para ajudá-la a descer.

Luzes com sensor de movimento iluminaram a escada circular feita de carvalho que os depositou em um salão, que parecia ser mais o que Samantha esperava do estilo de Luca. O sonho de um solteiro ultramoderno: elegante e com decoração minimalista. Uma única parede cromada percorria o comprimento da área. Ela era decorada com fotos preto e branco de natureza morta. As outras três paredes de tijolos brancos complementavam o piso de cerejeira. Um sofá largo e confortável de couro ficava na frente de uma televisão tela fina de noventa polegadas. Em frente à área de estar, um balcão de granito em meia lua envolvia a pequena área da cozinha. Luzes azuis reais em forma de espiral eram presas no teto por correntes finas prateadas, a delicada iluminação dançava e refletia na parede cromada.

Seu lar gritava masculinidade, refinamento e riqueza. Mesmo assim, quando jogou o telefone no balcão e abriu a geladeira, parecia casual, relaxado e completamente em casa.

— Então, aqui é onde eu passo a maior parte do tempo. Você pode ficar no andar de cima no quarto de hóspedes, mas eu preferiria que estivesse aqui embaixo comigo. Não durmo muito, então pode ficar na suíte e ficarei no sofá. — Ele pegou duas garrafas de água e as colocou na bancada.

Samantha passou a mão no balcão e se sentou na banqueta preta e cromada.

— Você tem certeza, Luca? Já é ruim o suficiente que concordei em ficar com você. Eu me sinto mal te tirando da sua cama. — Luca. Cama. No que ela disse as duas palavras em uma sentença, ela percebeu que preferia muito mais estar dizendo as duas em uma diferente frase. *Luca, me leve para a cama.* Ela corou, pegou a água, abriu e tomou devagar, enquanto olhava para Luca.

Ele podia sentir o que ela estava pensando e precisava usar essa oportunidade para acertar as coisas com ela. Ela estava na casa dele agora, seu domínio. Ele tinha controle, e ela era dele. Luca deu a volta no balcão, colocou as mãos nos ombros dela e começou a massagear o seu pescoço. Inalando seu cheiro feminino, ficou duro instantaneamente.

— O que eu disse no carro é a verdade. É importante que isso fique claro. — Ele continuou a massageando e ela soltou um gemido de prazer. — Hoje, no lago... não esqueci o que aconteceu entre a gente. Como eu poderia? Mas você precisa entender. Por mais de duzentos anos, eu não tive ninguém. Amantes, sim. Mas amantes humanas foram poucas. E não tenho relacionamentos. E agora, aqui está você. — Ele sacudiu a cabeça, mas ela não podia ver, pois estava com a cabeça abaixada enquanto ele acariciava seus músculos. — Hoje no *Eden,* quando eu te vi no corredor, senti culpa. Sei que isso não é o que uma mulher quer escutar, mas não podia pedir para você deixar eu me alimentar de você. Conheço Kat e, bem... ela estava lá. Sendo bem honesto, eu estava tentando me esquecer de você.

Samantha levantou a cabeça, mas continuou olhando para a frente, com medo de olhar para ele.

— Por que me esquecer?

Luca parou as mãos e sua respiração falhou. Ele virou a banqueta devagar para ela olhar para ele. Ela instintivamente colocou as mãos nos quadris dele, mas manteve a cabeça abaixada.

— Porque, minha querida Samantha... — Ele segurou o rosto dela, virando a cabeça para cima para olhar nos olhos dele. — Eu quero você mais do que eu já quis qualquer mulher na minha vida e isso me assusta muito.

Luca segurou as mãos de Samantha, gentilmente levantando-a. Passando a mão por sua nuca, ele percorreu os dedos pelo cabelo dela e puxou-a em direção a ele. Luca a beijou devagar, faminto, querendo saborear sua essência intoxicante. Ela era tudo que ele se lembrava do lago e ainda mais. Tão macia e dócil, ele não podia esperar para estar fundo dentro dela.

Mil borboletas dançaram na barriga de Samantha em antecipação a fazer amor com Luca. Abriu os lábios e a boca dele envolveu a dela. Ele queria estar com *ela*. Não, não teria outra mulher, somente ela. Decidiu naquele momento se entregar a ele, corpo, alma e sangue.

Suas línguas se entrelaçaram no que o beijo se aprofundou, e Samantha se levantou nas pontas dos pés, pressionando-se firmemente contra o torso muscular dele. Podia sentir a dureza de sua excitação contra sua barriga e a dor crescente em meio às suas pernas.

Agilmente, Luca pegou Samantha no colo, um braço atrás das costas e outro embaixo dos joelhos. Por um segundo, eles pararam o beijo para se olharem nos olhos. Samantha viu o fogo queimando dentro dos dele no que rapidamente piscaram de verde para vermelho. Esse era quem ela queria: o vampiro dela. Apoiou a mão na bochecha dele e deixou o dedo indicador escorregar para a boca. Ele rugiu com uma sede erótica no que suas presas alongaram e ela acariciou uma delas.

— Samantha, você tem certeza? — perguntou em um tom rouco. Ele estava perto de perder o controle, finalmente se entregando ao desejo por sua bruxa.

— Me possua, Luca. Agora — ela demandou suavemente.

Luca a carregou por um longo corredor e chutou aberta a porta de seu quarto. Velas ao longo das prateleiras ganharam vida com o comando de Luca. Samantha segurou a respiração ao ver a dominante presença dele. Era primal: macho puro e inalterado. Ela ficou molhada esperando pelo toque, a sensação dele fundo dentro de seu sexo.

Ele a colocou em pé no chão e ficou perto dela, praticamente não a tocando e então esfregou seu rosto contra a lateral do dela, cheirando seu cabelo. O pau de Luca reagiu ao aroma feminino. Estava excitado vendo-a em um imenso estado de excitação, suas bochechas coradas, respiração ofegante. Ela era deslumbrante. Sem quebrar o contato visual com Samantha, escorregou as palmas pelos ombros dela, os lados dos braços, pelos

LUCA

quadris, até o final do vestido. Segurou a bainha do vestido e rapidamente o levantou até que ela estava na frente dele praticamente nua. Usava apenas uma calcinha de renda preta.

Samantha foi cobrir os seios, mas ele segurou os pulsos dela e os colocou de volta ao seu lado.

— Não. Deixe suas mãos ao seu lado — Luca ordenou. — Deixe-me olhar para você. Tão, tão bonita. Fui um idiota por acreditar que poderia parar de pensar em você.

Mesmo Samantha tendo nadado nua mais cedo, sentiu-se estranhamente exposta ficando em pé perfeitamente pelada enquanto Luca ainda estava vestido. Mesmo assim, seu pedido a deixava louca de vontade e ela cumpriu. Samantha gemeu suavemente quando Luca ficou de joelhos e segurou sua bunda, puxando abdome liso dela para seu rosto.

Luca pensou que tinha morrido e ido para o paraíso. O cheiro da pele macia e sedosa contra seu rosto o deixava doido. Ele queria provar cada centímetro dela. Podia ver que estava pronta para ele. Beijando a barriga, sua língua celebrava a sensação de seu corpo contra ela no que fazia amor com a mesma. Tentou tanto não querer o que não deveria ter. Mas agora que se resignou em relação aos seus sentimentos, tomaria o que ela oferecia livremente.

— Fique parada, querida — sussurrou. Percorreu as mãos por suas panturrilhas, pelas coxas, e enganchou os dedos na parte superior da renda. Ele a provocou percorrendo o dedo indicador de um lado para o outro da borda da calcinha, tocando o topo de seus pelos.

— Ah, Luca — suspirou. Tentou se desvencilhar, mas Luca segurou firmemente os quadris dela em suas mãos.

— Hummm... Você é deliciosa, Samantha. Posso sentir o cheiro do seu desejo, sabia? Eu mal posso esperar para estar fundo dentro de você, mas antes... preciso sentir seu gosto. — Luca removeu as mãos dos lados da calcinha e as colocou atrás dos joelhos dela. Devagar ele beijou o topo da barriga, seguindo a borda da calcinha. Subindo as mãos pelas coxas, seus dedos escorregaram por baixo do fino tecido até cada mão ficar cheia com a curva da bunda dela. Seus dedões seguraram os quadris, puxando-a em direção a ele enquanto sua língua a provocava alguns centímetros sob o elástico frontal.

— Por favor, Luca — ela implorou. — Você está me deixando maluca. Eu preciso de você, me toque, por favor.

Segurando as laterais da calcinha, ele vagarosamente a desceu até Samantha estar completamente nua para ele.

— Eu te quero tanto. Preciso saber que você quer isso tanto quanto eu. Não terei como parar depois de sentir seu gosto. — Com sua testa pressionada na barriga dela, Luca esperou por sua aprovação. Ele queria fazer amor com ela, sentir o gosto de seu sangue, possuí-la.

— Sim, Luca, me tome por completo.

O coração de Samantha batia contra seu peito no que sua adrenalina aumentava. Ela sentiu sua excitação acelerar. Sabia que não tinha volta e não queria voltar. Sua vida humana como ela conhecia acabou e Luca era seu futuro. Soube disso no momento que ele a segurou no chalé. Ela aguardou em silêncio Luca responder.

Ele respondeu beijando suavemente a junção de suas pernas, no que ele a sentou gentilmente na cama. Então abriu as pernas dela até ficar confortavelmente encaixado entre seus joelhos. Ele rapidamente perdeu o controle no que provocava seus lábios externos com a língua.

Samantha gemeu alto com a doce invasão. Suas mãos agarraram os cabelos longos e escuros dele enquanto beijava seu sexo sem dó nem piedade.

Luca movimentou rapidamente a ponta da língua no clitóris dela e escutou Samantha soltar um pequeno grito. Ela tinha um gosto delicioso, tão doce e molhada para ele. Passando os dedos por seus pelos ruivos e macios, ele a abriu para poder beijá-la profundamente. Sua língua entrou no centro dela ao mesmo tempo em que passou o dedão pelo seu sensível nó.

Samantha sentiu o sangue correr no que Luca a atormentava com requinte oral. Ela jogou a cabeça para trás em êxtase.

— Sim, Luca. Isso é tão bom. Por favor, não pare — implorou.

Luca inseriu um dedo, e então dois, entrando e saindo dela enquanto lambia sua sensível pétala. Ele tomou cuidado para não cortá-la com suas presas, ainda não. No que ela começou a tremer em seus braços, podia sentir que ela estava perto.

Samantha começou a tremer no que sua excitação crescia. Ela mexeu os quadris em direção a ele quando a levou para o abismo do prazer. Ela pensou ver estrelas dançarem no que seu orgasmo percorreu pelo corpo.

— Oh, Deus, Luca. Isso! — gritou.

Luca sugou o clitóris dela enquanto Samantha tremia acima dele. Soltando-a por somente um segundo, lambeu a pele macia da parte interna da coxa e mordeu. O sangue escorreu por sua garganta e ele rosnou com prazer ao sentir o gosto dela. Queria mais do seu líquido infuso em magia, mas se restringiu, lambendo o corte para fechá-lo.

Dentro de uma bruma silenciosa, Luca se levantou, enquanto Saman-

LUCA

tha levantava o olhar e seus olhos se encontravam. Sem falar uma palavra, ela abriu o cinto dele, sem desviar o olhar. Ele tirou a camisa e Samantha ficou excitada novamente, admirando seu abdome definido. Seu peito era liso e musculoso, seus ombros largos. Ele a observava com grande intensidade enquanto abria suas calças. Seu pau saltou nas mãos macias e pequenas dela.

Luca chiou quando Samantha o puxou na direção dela para poder lamber a ponta dele. Sua cabeça rolou para trás quando ela segurou seus testículos e começou a percorrer a língua para cima e para baixo em seu pau.

Samantha não fez sexo oral em muitos homens. Mas, no instante que viu a viril masculinidade de Luca, desejou sentir o gosto dele. Ela deslizou a língua deliberadamente por todo seu vigoroso comprimento e ela pôde percebê-lo pulsar discretamente enquanto girava os lábios sobre a ponta. Segurou firmemente com uma mão enquanto partia os lábios, sedutoramente o sugando em sua boca.

Eles mantiveram contato visual enquanto ela o sugava gentilmente, indo e voltando, seus lábios mornos e macios seguravam firmemente em seu sexo rígido. Essa bruxa com certeza o estava enfeitiçando, porque ele se sentia indefeso em suas mãos. Ele rosnou no que tentava não gozar.

— Querida, você precisa parar. Por favor. Eu quero estar dentro de você. — Ele colocou as mãos nos ombros dela, tentando parar a intensa sensação. — Agora. — Ele cerrou os dentes, resistindo à vontade de gozar.

Quando o soltou, ele a colocou de pé e caíram juntos na cama. Ela andou para trás, com as mãos e os pés, sentindo-se a presa do leão; mesmo assim sorrindo, como se estivesse adorando a caçada.

Luca a perseguiu de quatro, até ela estar presa contra a cama. Ele sentiu a necessidade primitiva de reivindicá-la, para ela nunca mais conhecer nenhum outro homem. Com uma urgência faminta, ele se inclinou sobre ela e capturou seus lábios.

Samantha explorou sua boca delirantemente, perdida no beijo animalesco. Ela o queria tanto, sentindo como se ele fosse seu primeiro. E soube, naquele momento, que não teria nenhum outro para ela. Cativada por seu poder puro, ela se submeteu ao imenso prazer que sentia dentro de sua armadilha.

Respirando fortemente, ele soltou os lábios dela, novamente procurando por sua silenciosa aceitação. Acenou com a cabeça, impossibilitada de falar, e abaixou a cabeça para sugar o topo rosado de seu seio. Samantha gritou em êxtase no que ele gentilmente mordeu e provocou o trêmulo bico.

Impossibilitada de se submeter à deliciosa tortura por mais tempo, ela achou a própria voz.

— Por favor, Luca, eu preciso de você dentro de mim.

Soltando seu seio relutantemente, Luca olhou nos olhos de Samantha enquanto vagarosamente entrou nela. Os olhos de Samantha arregalaram e ela gemeu. Ele parou sua entrada para dar tempo a ela para se ajustar ao seu tamanho substancial. Ela começou a se mexer, deixando-o saber que estava pronta para ele. Luca gemeu e juntou seus corpos completamente.

— Ah, isso. Você é tão quente e molhada. Você é maravilhosa. — Ele sugou o lábio dela até ela abrir para ele. Eles se beijaram no mesmo ritmo enquanto ele começou a sair e entrar nela.

Samantha nunca se sentiu tão feminina em sua vida. Nenhum homem a tinha feito gozar antes e os movimentos precisos de Luca começaram a criar outro clímax em seu ventre. Ele sabia exatamente como roçar sua pélvis contra o clitóris dela, provocando seus sentidos, fazendo sua excitação crescer e diminuir de volta.

Luca beijou a pele pálida de seu pescoço, dando beijos de trás da orelha até o seio. Ele abaixou a cabeça e sugou o sensível monte. Segurando-se com uma mão, ele acariciou o outro dolorido bico. Samantha gemeu de prazer quando ele beliscou o firme mamilo entre os dedos. Ela respondeu colocando as pernas em volta de sua cintura, fazendo-o penetrar mais profundamente em seu calor úmido.

Completamente envelopado por ela, Luca se sentiu no abismo de seu próprio clímax. Começou a acelerar seus movimentos, entrando e saindo da maciez dela.

Samantha não podia mais se segurar quando ele meteu fortemente nela. Ela gritou contra a garganta dele ao sentir o clímax percorrendo seu corpo. A sensação pulsante foi tão intensa que ela tremia contra ele.

Luca a sentiu apertar em volta dele, massageando sua ereção. Entregando-se ao maravilhoso prazer, explodiu dentro dela. Sentiu-se como se tivesse sido atingido por um raio, percebendo que seu orgasmo não era nada como o que ele sentiu em todos os seus duzentos anos. Ele acreditava que era a magia dela fazendo ele sentir esse prazer extraordinário, mas sabia que ela estava em seu coração. Ela o estava tomando e não tinha nada que ele podia fazer para parar de se apaixonar.

LUCA

CAPÍTULO OITO

Luca abriu os olhos e encarou a linda mulher em seus braços. Depois de fazerem amor na noite anterior, ambos caíram em um sono profundo. Dormir com uma mulher era uma rara indulgência para o vampiro. Escutou as batidas do seu coração e sentia sua barriga subir com cada respiração. Samantha tinha de alguma forma tocado seu coração e ele não podia nem dizer naquele momento que lamentava tê-lo dado para ela. Depois de duzentos anos de uma pausa autoimposta no amor, ele não podia resistir a Samantha. Ela era vulnerável, mas inteligente e forte. Era uma sobrevivente, e Luca admirava seu espírito e determinação.

Pensando em Eliza, sabia que ela iria querer que ele seguisse em frente e fosse feliz. Foi há tanto tempo... E, enquanto ele tinha realmente amado Eliza, foi o amor de um homem jovem que o tinha atraído para ela. Imaginava como teria se sentido após anos de casamento se ela não tivesse sido atacada. Mas foram tempos diferentes. Mulheres eram bem recatadas, e ele foi um homem respeitador. A verdade é que não conheceu Eliza no sentido bíblico. Tinham somente se beijado, o que era apropriado para a época.

Ele estava deitado de conchinha com Samantha e puxou-a para mais perto. Luca talvez não tenha querido uma amante humana, mas agora que ele fez amor com ela, estava certo de que nunca a deixaria ir embora. Fundo dentro dela na noite passada, tinha lutado contra a necessidade de reivindicá-la. Se ele a tivesse mordido durante o orgasmo, eles iriam começar a formar um vínculo. Mas não tinha certeza do que ela sentia por ele. Será que queria viver com ele? Ele era um vampiro, ela mal tinha se acostumado com o fato de que era uma bruxa. E estava decidida a voltar para a vida dela na Pensilvânia.

Ele se encontrou sonhando com ela, como seria tê-la vivendo com ele, transformando a mansão em um lar ao invés de uma exibição de caras antiguidades e pinturas. Eles poderiam ter filhos? A ideia de Samantha tendo seus filhos o excitava, já que ele lamentava nunca ter tido nenhum antes de ser transformado. Enquanto a maioria dos vampiros era estéril para humanos, ele escutou rumores das bruxas de que elas podiam engravidar. Uma noite, enquanto estava numa festa do clã com Ilsbeth, tinham contado para ele que, por causa do sangue mágico de uma bruxa, elas, somente em especiais circunstâncias, podiam aceitar o esperma infértil de um vampiro em seus corpos e o infundir com sua força vital, criando a condição perfeita para fertilização. Ele fez uma nota mental de verificar com Ilsbeth para ver se isso era somente uma lenda urbana ou uma possibilidade real.

Enquanto acariciava a delicada mão de Samantha, seus olhos começaram a abrir. Ela não queria acordar da maravilhosa fantasia que vivenciou na noite anterior. Protegida pelos braços bem formados de Luca, sentia-se segura, feliz e amada. *Amada?* No minuto em que o pensamento apareceu em sua mente, ela tentou se soltar. Não, vampiros como Luca não amam. Ele já disse a ela que não se envolvia com humanos, quanto mais amá-los. Mesmo assim, não conseguia ignorar o pensamento. Luca era um amante tão cuidadoso e sensual, como nenhum outro homem com quem ficou. Ela teve somente um punhado de amantes durante os anos, mas nenhum a fez gozar. A maioria deles só gozava rapidamente e depois perguntavam se tinha sido bom para ela. Mas Luca era diferente, ele sabia exatamente o que estava fazendo e tocava seu corpo como um violinista tocava um Stradivarius. Ela formigava, pensando sobre o bombástico orgasmo que sentiu sob a mão dele. Ele era um mestre.

Ficando excitada, Samantha empurrou o traseiro para trás, sentindo a dureza dele. Ela começou a se mexer para frente e para trás, roçando a ereção dele.

Luca espremeu Samantha quando ela começou a se roçar contra ele.

— Bom dia, minha bruxinha — disse, beijando o topo da cabeça dela.

— Essa é a melhor forma que eu acordei em muito tempo. Mas você tem certeza que está pronta para mim?

— Hummmm... sim, Luca. Eu não consigo ter o bastante de você — ela ronronou no que aumentou a pressão.

Luca segurou os seios dela com ambas as mãos, gentilmente acariciando sua pele rosada.

— Eu também não consigo manter minhas mãos longe de você. Preciso ter você, estar dentro de você.

Beijou a nuca dela, mandando calafrios pelos seus braços. O membro tenso de Luca entrou em seu quente centro com somente um forte empurrão por trás.

— Ah, isso, Luca! — Samantha gritou.

— Meu Deus, você é tão gostosa. Não vou durar muito essa manhã. Você é tão apertada. Hummm. — Luca massageava seu seio em uma mão enquanto a outra chegava em suas dobras quentes e molhadas. Ele começou a entrar e sair dela, devagar e sempre, enquanto passava os dedos em seu clitóris.

As presas de Luca se alongaram, não teria nada mais satisfatório do que beber seu doce sangue enquanto estava gozando dentro dela. Mas, se fizesse isso, o vínculo iria começar. Lutou contra o desejo, retraindo as presas e, em vez disso, beijou a nuca dela.

— Por favor, Luca — Samantha implorou. — Eu preciso... eu tenho que... — Suas palavras ofegantes pausaram.

Ele sabia do que ela precisava e ele também. Perdendo o controle, Luca aumentou o ritmo e sentiu-os caírem simultaneamente no abismo do prazer. Samantha gritou o nome dele enquanto ambos aproveitavam o incrível momento final de êxtase.

Luca somente segurou Samantha, não querendo deixá-la ir.

— Samantha, você é intoxicante, querida. Eu... eu só quero que você saiba que eu estou agradecido que você veio aqui para baixo comigo. — Ele queria dizer para ela como se sentia, mas ele teve uma estranha sensação de medo, um sentimento raro para um vampiro de duzentos anos. E se ela quisesse ir embora e voltar para a Pensilvânia? Ele nunca a veria novamente. Sabia que um relacionamento à distância não iria funcionar nunca.

— Não queria vir aqui para baixo, mas não posso dizer que estou chateada nesse momento. O que nós compartilhamos, Luca... foi incrível. Obrigada — ela sussurrou.

Ele podia sentir a respiração de Samantha reduzir. Ela estava caindo no sono novamente. Saindo da cama, foi tomar um banho. Precisava acertar suas emoções antes que perdesse o controle para a sedutora fêmea em seu quarto.

Samantha acordou sozinha, sentindo uma estranha sensação de perda por ele tê-la deixado. Olhou em volta do quarto espaçoso, notando a mobília elegante e moderna. Sua cama preta, tamanho *king*, ficava sozinha, com exceção de uma longa cômoda preta e armário combinando. Era um grande contraste com a mobília antiga no andar de cima e ela se pegou imaginando se ele tinha decorado ambos. Enquanto Luca parecia considerar esse domicílio subterrâneo seu lar primário, claramente deve ter tido alguma influência na decoração de interiores magnífica do primeiro andar. Talvez isso se encaixasse na personalidade dinâmica do vampiro. De um lado ele era estoico, refinado e dominador, mas mesmo assim mostrou a ela que poderia ser cuidadoso, erótico e amoroso.

No chalé, não mediu as palavras quando não deu a ela uma chance sobre retornar, até ameaçando encantá-la, e depois, na noite passada, pareceu se abrir sobre o que aconteceu no *Eden*, quando podia simplesmente ter ignorado como ela se sentia. Tinha feito amor com ela com uma fúria primal, mas, ao mesmo tempo, quis ter certeza o tempo todo de que ela estava de acordo em continuar. Ele mostrou uma gentileza e delicadeza que ela nunca experimentou com nenhum homem em sua vida.

Andando suavemente pelo piso de madeira, Samantha sentiu seu estômago roncar. Vampiros podem não precisar de comida, mas ela precisava comer algo logo. Também percebeu a quão dolorida estava de fazer amor com Luca. Suspirou e sorriu, pensando em como tinha perdido todo o senso de responsabilidade. Ele era um macho glorioso e irresistível.

Abrindo a porta do banheiro, ficou impressionada com o imenso chuveiro feito de pedra sabão escura e revestido em blocos de vidro. Uma parede de prateleiras guardava toalhas pretas dobradas. Duas pias em pedestais cinza ficavam na frente de um único espelho quadrado do tamanho da parede. *Masculino e luxuoso*, pensou. Entrou no chuveiro e ligou a água. Depois de alguns momentos, entrou embaixo do spray quente, desfrutando das gotas escorrendo por suas costas.

Assustou-se, escutando uma porta abrir, mas sossegou quando viu através do vidro a silhueta de seu sensual vampiro. Luca enfiou a cara no chuveiro, dando uma longa olhada na sua pele branca. Sorrindo de volta, desejou que ele se juntasse a ela.

Como se tivesse lido a mente dela, sorriu.

— Olá, querida, por mais que eu queira me juntar a você, tenho receio de que se eu o fizer, nós não terminaremos nada de trabalho hoje. São quase três da tarde, e nós temos um encontro com a Ilsbeth às seis. Nós vamos começar com ela e continuar dali. Enquanto você estava dormindo, Sydney passou aqui e deixou uma bolsa de coisas para você. Roupas, escova de dentes, coisas desse tipo. De qualquer modo, ela e Kade não encontraram nenhuma pista ainda, mas estão de prontidão se precisarmos deles. Nós temos algumas coisas para discutir com Ilsbeth, incluindo uma conversa sobre o truque de mágica com a chuva que você fez no chalé. — Ele piscou para ela, mandando calafrios por sua coluna.

— Está bem. Eu estou ansiosa para acabar logo com isso — ela disse, usando ambas as mãos para aplicar condicionador em sua longa cabeleira. No que ela entrou embaixo da água novamente, seus firmes seios foram forçados na direção de Luca, chamando-o para dentro do chuveiro.

LUCA

Luca passou as mãos pelo cabelo.

— Você está me matando. Sabe, eu estou achando bem difícil resistir a você, ainda mais nua e molhada.

Ela sorriu para ele.

— Então por que você não se junta a mim? — Ela virou o rosto em direção à água, sacudindo o traseiro para ele.

Luca se ajeitou e bufou. Eles nunca terminariam nada, fazendo amor o dia inteiro.

— Mais tarde, tentadora. Eu tenho *brunch* te esperando ali fora, cortesia da Sydney. Agora se apresse, nós temos trabalho a fazer.

Samantha gritou quando sentiu um firme tapa na bunda. Ela riu e consentiu, desligando a água. Estava com fome e Luca tinha razão. Eles precisavam pesquisar e pegar informações com Ilsbeth. Estava cansada de ser uma vítima. Quem quer que estivesse fazendo isso, subestimava sua capacidade de lutar de volta.

Comendo uma deliciosa seleção de frutas frescas, *beignets*[3] e bacon, Samantha escutou Luca contar sobre o escrito no chalé.

— *Periapto Hematilly*? O que é isso? — perguntou.

— Um *periapto* é um amuleto. Eles são usualmente feitos por alguém que possua magia, como uma bruxa, feiticeiro ou mago. Então, por exemplo, se ele fosse abençoado com magia branca, seria usado para algo bom, como proteção. Mas eu estou supondo que esse foi criado por alguém usando magia negra, e tem um propósito nefasto, como enfeitiçar ou talvez amaldiçoar. Para ser honesto, não tenho a mínima ideia do que isso faz ou porque alguém o iria querer. Mas deve ser muito importante para essa pessoa, dado que te seguiram até a Pensilvânia e queimaram o chalé para tentar pegá-lo.

— Mas por que alguém pensaria que eu tenho isso? Quer dizer, não lembro muito do que aconteceu comigo, mas posso te dizer que não tenho isso. Essa é a primeira vez que escutei sobre ele. Juro. Eu nem sei como isso é e o que faz.

— Eu não tenho certeza, mas isso tem que ter alguma relação com Asgear. Ele provavelmente tem alguma relação com isso, ou eu deveria dizer, tinha alguma relação.

---

3   Massa doce frita coberta por açúcar de confeiteiro que é muito comum em Nova Orleans.

— Nós não podemos procurar na casa dele? Ou no galpão que a Sydney me contou?

— Não. Kade e Sydney revistaram todas as propriedades dele depois que a cripta foi destruída. Ele era o dono do galpão no *Central Business District*[4], que, desde então, foi demolido, graças ao Kade. Eles também fizeram uma busca para ver se ele era dono de alguma outra propriedade, mas não acharam nada. Ele talvez tenha sido dono ou alugado alguma outra propriedade usando um pseudônimo, mas até agora não tem nenhuma evidência de sua existência. O amuleto pode estar literalmente em qualquer lugar dentro ou fora dessa cidade — Luca especulou.

— Bom, não posso ficar sentada sem fazer nada até nós irmos ver a Ilsbeth. Se essa coisa é real, talvez tenha algo sobre ela online. Sei que as bruxas estavam no meio do processo de converterem alguns de seus livros para versão digital, em caso de uma enchente ou fogo. Claro, não tive acesso a nada quando estava no clã, mas eu as escutei falando sobre isso.

— Nós podemos pedir a Ilsbeth para vermos os livros quando nós formos lá hoje à noite — Luca sugeriu.

— Sem ofensa, Luca, mas as bruxas não vão deixar um vampiro olhar seus livros. A única coisa que aprendi na minha semana lá é que elas são bem sigilosas. E, já que eu não concordei em me juntar à irmandade, também não era permitida na biblioteca. Nós podemos perguntar para a Ilsbeth, mas sei que ela vai dizer não. Não me entenda errado, ela pode ser bem gentil, mas também pode ser durona. Ela não quebra regras, ponto. Além disso, acho que nós deveríamos tentar um acesso indireto ao mesmo tempo em que estamos sendo bonzinhos.

— O que você quer dizer com acesso indireto? — Ele sorriu para ela, sabendo que tinha algo na manga.

— Bom, se elas estão colocando todos os livros em um banco de dados, então nós só damos uma olhadinha — propôs. — Sabe, hackear e olhar os arquivos e depois sair. Eu posso fazer isso, Luca.

— Bem impressionante, conte-me mais.

— Eu sou considerada um *hacker "white hat"*. Isso significa que trabalho tentando hackear sistemas para expor suas vulnerabilidades, para então ajudar clientes e nossa empresa. Tem pessoas que são consideradas *hackers "black hat"*. Eles fazem a mesma coisa, mas não estão ajudando ninguém. Eles talvez estejam roubando, ou só tentando causar problemas. Existem outros títulos no mundo de *hackers*, como *"grey hats"* que invadem o sistema

---

4   **Bairro de Nova Orleans que reúne arranha-céus, hotéis boutique, bares, restaurantes, casas de espetáculos, lojas de luxo e cassino.**

e se oferecem para consertá-los por uma taxa. De qualquer modo, tenho que aprender várias técnicas de hackear quando estou testando. A única coisa é que hackear não é sempre tão rápido quanto eles mostram nos filmes. Se eu não puder achar um buraco aberto no sistema, talvez tenha que tentar outras táticas que talvez demorem mais — explicou.

Antes da sua abdução, Samantha trabalhou como uma engenheira da computação de alto nível para um prestador de serviços para o governo e era conhecida como um dos melhores *hackers "white hat"* em seu departamento. Ela regularmente tentava hackear seus próprios sistemas como parte do controle de qualidade. Se esse *Periapto Hematilly* existisse e informações sobre ele tivessem sido gravadas digitalmente, ela iria achar.

Uma ligação de negócios os interrompeu, e Luca atendeu no seu escritório, deixando Samantha trabalhar. Pegando emprestado o *laptop* de Luca, executou uma busca por *"Periapto Hematilly"*, suspeitando que a busca inicial não retornaria nada. Tinha uma ideia de que esse item era conhecido somente no meio sobrenatural e não iria aparecer em sites impostores. Pessoas que sabiam sobre o amuleto não eram pretensos vampiros ou bruxas. E quem quer que esteja a ameaçando e procurando por esse item, sabia que ele tinha imenso poder. Eles estavam dispostos a matar por isso.

Samantha sabia que o clã tinha uma biblioteca física imensa e que ela não teve acesso ainda. Ilsbeth disse que ela receberia a chave quando completasse o treinamento e tivesse jurado lealdade ao clã. Rowan, uma bruxa nova, mas poderosa, que trabalhava como bibliotecária, ficou amiga de Samantha. Mesmo sendo gentil com ela durante o treinamento, tinha feito questão de falar para Samantha ficar longe do místico ateneu. Na época, ela não pensou duas vezes em perguntar sobre o cômodo, porque não podia ir lá ou que tipo de arquivos eram mantidos lá dentro. Só sabia que não era permitida ir à biblioteca e que teriam sérias consequências por quebrar as regras do clã. Mas agora ela queria muito ver o que estava escondido atrás daquelas portas.

A única coisa que Rowan deixou escapar durante o chá um dia era que as bruxas tinham começado a mover informações para um repositório online, já que podia ser feita uma cópia de segurança. Dados críticos podem ser mantidos a salvo de todos os tipos de desastres naturais e eram resgatados com facilidade. Se por algum motivo seus guardiões falhassem em proteger a casa do clã, um incêndio podia acabar com a biblioteca em minutos.

Pensando onde procurar em seguida, Samantha digitou o nome do clã, *Cercle de lumière Vieux Carre,* e esperou. Um único site apareceu na sua busca no Google e ela clicou. Uma tela branca apareceu no computador, com dois espaços vazios para identificação e senha. Sabendo que ela não teria a identificação, ela precisava obter a de outra bruxa, ou achar uma vulnerabilidade no sistema. Samantha mudou de janela e logou no seu servidor de casa, para poder pegar o software que precisava para hackear.

Em minutos, ela rodou um *scanner* de vulnerabilidades no site do clã. Estava esperançosa de achar uma maneira fácil de entrar, mas não encontrou nada. *Merda.*

— Eu vou encontrar seus segredos — sussurrou para si mesma. — Pode demorar, mas eu vou entrar.

Pegando seu celular, ela seguiu em frente com uma abordagem típica de um *hacker "black hat"* e ligou para o telefone de provedor onde o site estava hospedado. Infelizmente para Samantha, eles tinham sido bem treinados e não entregaram a informação de segurança, mesmo ela usando os nomes certos e mantendo uma atitude prestativa. Tinha que dar crédito a eles por não caírem em suas táticas.

Sendo alguém que nunca desista, decidiu usar o método mais confiável, mas também mais lento, para invadir um sistema de computador. Ela descobriu tanto o e-mail de Rowan quanto de Ilsbeth e as enviou uma mensagem informando do incêndio no chalé e que ela estava ansiosa para vê-las naquela noite. O e-mail parecia inócuo, mas na realidade ela anexou um *worm* a ele. Quando aberto, se infiltraria no sistema delas e anexaria uma aplicação de *log* de teclas com um cavalo de Tróia para mantê-lo escondido. No segundo que Ilsbeth ou Rowan acessassem o site online, o que elas digitassem ia ser gravado e enviado por mensagem para o iPhone de Samantha. Elas nunca ficariam sabendo, e eventualmente Samantha pegaria as senhas.

Ela se sentia um pouco mal por tirar vantagem da gentileza delas, mas sabia que simplesmente nunca concordariam em lhe dar acesso. Foi deixado claro que, a não ser que se tornasse um membro do clã, ela não teria acesso, online ou não. Sabendo que ter informações sobre o *Periapto Hematilly* era um caso de vida ou morte justificava o que ela tinha feito, na mente de Samantha. Ela ia pedir hoje pessoalmente acesso para Ilsbeth e, se dado, removeria o *software*. Mas até que isso ocorresse, ela ia esperar que as senhas aparecessem.

Samantha fechou o *laptop* e decidiu subir para olhar o minimuseu de Luca. Eram quase cinco horas da tarde e iriam precisar sair logo. Ela enfiou a cabeça no escritório de Luca e avisou que estava indo dar uma volta no andar de cima. Ele estava no telefone, claramente escutando, mesmo assim

LUCA

deu um sinal de Ok quando disse onde estaria.

Sua respiração falhou quando entrou no salão do andar principal. As paredes marrons claras eram contrabalançadas pelos frisos cor de creme, o andar inteiro era finamente decorado com esculturas e pinturas. Samantha resistiu à tentação de passar os dedos pela forração floral de um sofá do império francês. Os braços de mogno eram enrolados e talhados com folhas. Ela nunca viu nada tão fino e intrincado.

Os olhos de Samantha capturaram uma espetacular pintura a óleo que estava em uma moldura dourada. Ela estudou a paisagem, admirando a maneira que o artista parecia ter capturado os raios de sol.

— Você gosta? — Luca apareceu atrás dela. Samantha pulou, mas se acalmou com o toque dos dedos dele em seus ombros. — *Paysage ver Canes-sur-mer* de Renoir. Amável, não é?

— Deslumbrante. Não posso acreditar que você tem todas essas coisas. Não é de se admirar que você tenha um sistema de segurança tão forte. É como o *Smithsonian*[5] aqui dentro.

Luca riu.

— Tudo memórias. Recordações. Mas eu não vejo nada tão belo quanto você. — Ele soltou os ombros dela e foi em direção ao piano. Estava acumulando todas as peças de arte há mais de um século. Kade sugeriu que ele precisava de um *hobby,* então tinha começado a coletar, peça por peça. — Algumas são lembranças, outras eu só queria para a minha coleção. Kade disse que eu precisava achar alguma coisa construtiva para fazer com o meu tempo, imortal como sou, então comecei a colecionar antiguidades. Afinal de contas, vivo em Nova Orleans — brincou.

— Isso é verdade — Samantha disse maravilhada, enquanto ela andava até a lareira para olhar um busto de mármore de uma mulher. — Ela é linda. — Tocou a bochecha de mármore e rapidamente tirou a mão, com medo de quebrar alguma coisa. — Ela deve ter sido uma mulher importante para comandar a atenção do salão.

Luca franziu o cenho.

— Ela era... ela era minha noiva, Eliza.

O estômago de Samantha embrulhou. Ele foi noivo. Ela nunca pensou que talvez Luca tenha sido casado. Brigou consigo mesma silenciosamente por estar com ciúmes de uma mulher morta.

— Sua noiva? Meus sentimentos. Eu assumo que ela faleceu.

— Sim, há muito tempo. Ela foi morta antes de eu ter a chance de me

---

5   Complexo educacional que compreende 19 museus e sete centros de pesquisa.

casar com ela... antes de ser um vampiro. Pedi para um artista italiano criar isso em memória dela. Tem tanto tempo, mas as memórias continuam. — Olhando pela janela para os jardins, ele não queria dizer mais nada sobre Eliza para Samantha. Não parecia ser o momento certo para contar todos os sórdidos detalhes de como ela morreu. Ele sentia que tinha contado o suficiente da verdade por agora. Se e quando eles ficarem mais próximos, compartilharia o resto da história com ela.

Samantha resistiu pressionar por mais detalhes, sentindo que Luca não queria falar sobre o assunto. Ela sabia o que era vivenciar a perda e entendia que tinham momentos na vida que era melhor deixar as coisas acontecerem. Quando ele estivesse pronto para falar sobre o assunto, contaria. Ela estava prestes a dizer para ele não se preocupar em contar os detalhes, quando uma mulher alta e deslumbrante entrou no salão, parecendo puta da vida. Não demoraram nem dois segundos para Samantha perceber que a fêmea com raiva era um vampiro.

Encarando Samantha, a mulher mostrou as presas e chiou.

— Sua pequena puta! Eu sabia que você sobreviveu a Asgear, mas eu escutei que foi embora. Que porra ela está fazendo aqui, Luca? — Ela demandou saber. — Não, nem me diga o porquê, eu não ligo. Eu disse a você que iria me vingar do que ela fez comigo e a hora é agora.

A fêmea furiosa correu através do salão com velocidade sobrenatural, tirando o ar de Samantha quando a segurou pelo pescoço e a prendeu contra a parede. Os olhos de Samantha arregalaram ao assistir Luca pegar a vampira com uma mão e jogá-la do outro lado do salão. Ele rosnou e Samantha levantou a mão indicando que estava bem.

— Dominique! — gritou. Ele andou para o outro lado do cômodo, onde a mulher estava lançando facas com o olhar, parecendo estar pronta para o segundo *round*. — Chega! Acabou. Você vai se desculpar agora. E se você tocá-la novamente, eu mesmo vou te estaquear.

A mulher consentiu e rapidamente se levantou, com as duas mãos levantadas em rendição.

— Eu? Pedir desculpas? Luca, como você pode tomar o lado dela? Você sabe o que ela fez! Como você poderia? — suplicou.

— Ela é minha — Luca declarou. — E você não vai tocá-la. Irá tratá-la com respeito. Ela nem lembra o que aconteceu. Samantha — ele olhou para ela e de volta —, essa é Dominique. Infelizmente, quando você foi enfeitiçada, você a prendeu com prata. Ela sofreu naquela noite, mas está bem agora, como você pode ver. Ela definitivamente guarda rancor, mas será respeitosa na sua presença. Não está correto, Dominique?

LUCA

103

— Porra, Luca, eu posso sentir o seu cheiro nela. Sim, eu vou tentar não matar seu brinquedinho — Dominique falou entre os dentes com um sorriso que prometia retribuição. Ela odiava ter que seguir a ordem de Luca, mas o faria por ele. Ele era seu superior.

— Agora que nós terminamos as apresentações, acredito que é melhor você voltar para a casa de Kade e continuar trabalhando. Dominique é a Diretora de Relações Públicas da *Issacson Industries*. Nós temos um escritório no centro da cidade, mas ela passa boa parte do tempo aqui quando Kade está trabalhando de casa. Ela também me ajuda com segurança quando eu preciso. — Luca parou ao lado de Samantha e colocou o braço em volta dela, ele queria deixar claro para Dominique que Samantha era dele. — Nós estamos indo encontrar com Ilsbeth. Entro em contato com você mais tarde se precisar da sua ajuda. Tchau, Dominique.

Dominique fez uma cara feia para Samantha e acenou com a cabeça para Luca.

— Tchau, Luca. Eu espero que você saiba o que está fazendo com essa aí — Bufou. No que Dominique passou pela porta, ela a bateu em rebeldia.

— Você está bem? — perguntou, procurando por machucados no pescoço de Samantha.

— Estou bem, só um pouco abalada, nada mais.

— Dominique pode ser difícil, mas é bem leal. Prometo que não vai te machucar agora que eu falei com ela.

— Eu realmente espero. Essa era uma vampira bem puta. — Samantha esfregou o pescoço. — Nem me lembrava dela, mas lembrarei agora com certeza.

— Peço desculpas por ela. Mas ela vai superar. Sabe o que significa o que eu disse — ele garantiu a Samantha.

— Obrigada, Luca. Eu agradeço a você por me salvar. Ela é um pouco assustadora — admitiu.

Luca não resistiu a puxar Samantha em direção ao seu peito. Acariciou as costas e pescoço dela. Seu cabelo ruivo brilhante agora cheirava a pêssegos, e ele sorriu, lembrando-se de como foi responsiva na noite anterior. Ela quase o tinha matado quando o colocou na boca. Ficando excitado, sabia que esse não era o momento para começar algo que não poderia terminar. Precisavam sair em breve e conseguir algumas respostas. Relutantemente soltou Samantha, colocando alguma distância entre eles.

— Querida, por mais que eu gostasse de brincar de curador de museu e te mostrar todos os meus brinquedos divertidos, é melhor irmos para o clã. Estou mal contendo meu controle. Se nós não sairmos nos próximos cinco minutos, talvez seja tentado a ter você novamente — provocou.

— E eu talvez goste bastante disso — retrucou. Corou, pensando em como eles tinham feito amor na noite anterior. Nunca conheceu um homem que a tivesse feito gozar durante o sexo, nem pensar fazer com que ela achasse que foi direto para o paraíso. Era como se ele conhecesse intimamente cada centímetro quadrado de seu corpo tão bem, que ele podia levar ao êxtase somente com os lábios.

Luca podia dizer que Samantha estava lembrando silenciosamente quão incrível a noite anterior foi para ambos. O sexo alucinante é algo que ele não esqueceria tão cedo. Ele não podia se lembrar de ter estado com uma pessoa tão vibrante e amável. Visualizando-a embaixo dele, tremendo de prazer, ele gemeu, forçando sua ereção a diminuir. Precisava pensar em outra coisa além de fazer amor com Samantha.

— Você teve alguma sorte acessando o banco de dados? — perguntou, pegando suas chaves de uma mesa no corredor.

— É, sobre isso. Tentei invadir o banco de dados do clã, enquanto você estava ao telefone. Ele é bem protegido, então eu tive que tomar um caminho mais direto. Enviei para Rowan e Ilsbeth e-mails que tem escondido um programa para capturar tudo que elas digitam. Serei avisada quando elas estiverem online e aí nós podemos pegar a senha. Pode demorar um pouco, mas esse é um método que funciona. — Samantha estava confiante de que eles teriam as senhas no máximo em um dia. Ilsbeth pode não ficar online com frequência, mas ela tinha certeza que Rowan iria, já que trabalhava na biblioteca.

— Inteligente e bonita. — Luca a abraçou e roçou um leve beijo em seus lábios. — É melhor irmos agora, antes que eu decida levá-la para o andar de baixo e devorá-la até perder os sentidos. — Luca desejou estar brincando, mas sabia que ela estava rapidamente se tornando um vício irresistível.

CAPÍTULO NOVE

Samantha e Luca se sentaram em uma sala de visitas para esperar por Ilsbeth. Sentindo suas mãos formigarem, Samantha se perguntou se estaria sentindo sua magia. A única vez que ela sentiu algo similar tinha sido no chalé. Em uma tentativa de diminuir a sensação, fechou os olhos, respirou fundo, segurou por cinco segundos e expirou. Chegou à conclusão de que podia não saber merda nenhuma de magia, mas era boa em meditação. Relaxamento percorria por suas veias no que ela repetia o exercício.

Não era que ela odiava a ideia da existência de um clã de bruxas, só odiava o que isso representava pessoalmente. Era onde ela foi enviada para limpar a sujeira que manchava sua alma. O que quer que seja que Asgear fez com ela, estava longe de ser humano, era provavelmente demoníaco. Ela tremeu, imaginando o que poderia ter acontecido se o mal tivesse sido deixado para crescer dentro dela. Ela teria roubado? Matado? Aprendido e utilizado magia negra para seu próprio ganho?

O pensamento de machucar alguém deliberadamente a fazia passar mal, isso tudo parecia inacreditável. Mesmo após deixar o clã e voltar para a Pensilvânia, ela tinha se sentido normal, perfeitamente humana. Mas não podia negar o surgimento de eletricidade e poder que ela tinha chamado quando em um acesso de raiva. Ver o chalé em chamas criou uma reação incontrolável.

— Luca. Samantha. Tão feliz em ver que vocês voltaram a salvo para Nova Orleans. — A melodia da voz de Ilsbeth trouxe Samantha de volta para a realidade. Ela se sentou em uma cadeira na frente de Luca e Samantha, que estavam sentados lado a lado no sofá. Notando a proximidade deles, Ilsbeth sorriu quietamente. — Samantha, você é bem-vinda para voltar ao clã e continuar seu treinamento — ofereceu.

— Não, obrigada — Samantha recusou educadamente. — Eu... eu estou ficando com Luca. — Ela olhou para ele em conforto e retornou o olhar para Ilsbeth. — Nós viemos porque precisamos de sua ajuda em algumas coisas. A primeira é a minha magia. Eu fiz algo na Pensilvânia que acho que você deveria saber. O chalé que eu estava ficando. Bem, alguém colocou fogo nele. Estava com muita raiva e medo e, antes que eu soubesse o que estava acontecendo, algo chamou de dentro de mim, como se a minha pele estivesse formigando. Eu me sentia fora de controle, como se eletricidade estivesse percorrendo meu corpo. Senti a necessidade... de chamar a chuva. E funcionou. Choveu e apagou o fogo. Acho que eu só queria que você soubesse... — A voz de Samantha diminuiu quando olhou para Ilsbeth. *Deus, eu pareço uma maluca. Mas nesse momento aceitaria maluca no lugar de bruxa.*

Gargalhando, Ilsbeth levantou e começou a andar de um lado para o outro.

— Isso é maravilhoso, Samantha! Você não vê? Claro que não. Como você saberia? — Ela rapidamente retornou para a cadeira e segurou as mãos de Samantha. — Parece que você é uma bruxa de elementos, minha querida. Os elementos: fogo, água, terra e vento. Eles virão para você quando preciso e quando chamados. Você pode não ter muito controle agora, mas, com prática, você será bem poderosa um dia. Por favor, considere retornar para o clã. Será uma grande diversão te ensinar.

— Obrigada pela oferta, Ilsbeth. Mas, no momento, preciso ficar com o Luca. Ele está me mantendo segura. Nada aconteceu com a minha magia desde então. Eu te informarei se algo mais acontecer. Acho que eu só... eu só não estou pronta para isso. Talvez um dia. — Ela parecia incerta, mas, afinal de contas, parecia não ter escolha sobre quando ou como sua magia aparecia. Não queria que Luca a mandasse de volta para Ilsbeth. — Prometo pensar sobre isso, mas, no momento, temos um problema maior. Quem quer que seja que está atrás de mim, quer algo chamado *Periapto Hematilly*. Você tem alguma ideia do que é isso, ou por que alguém o quereria? — perguntou.

O rosto de Ilsbeth endureceu, seus lábios pressionados em uma fina linha. Uma folha de gelo cobriu seu rosto.

— Agora escute aqui, eu não tenho certeza quem falou disso para você, mas não se deve brincar o *Periapto Hematilly*. Ele é um amuleto bem poderoso e pertence aos cuidados de um clã. Ninguém atualmente sabe sua localização e, felizmente, foi provavelmente perdido ou destruído. Quem quer que seja que esteja perguntando por ele, não é nada além de problema. Agora, sugiro que você esqueça isso.

Samantha hesitou, mas continuou.

— Ilsbeth, me desculpa se essa linha de questionamento te incomoda. Mas alguém podia ter nos matado e eles queriam o amuleto. E, por alguma razão, acham que eu o tenho. Então nos desculpe, mas preciso perguntar sobre isso. Você poderia nos dizer, sabe, se você tivesse que chutar, quem

LUCA

poderia ter o amuleto ou onde você acha que deveríamos começar a procurar?

— Samantha, talvez eu não tenha sido clara. Existem coisas que não estão abertas a discussão. Você é bem-vinda para treinar conosco, para ser aceita na irmandade. Fazendo isso, vários segredos serão revelados para você. Até esse momento, me desculpe, mas não tem nada que eu possa fazer para ajudá-los — Ilsbeth respondeu friamente. Ela levantou como se esperasse que fossem embora. — Tem alguma outra coisa que eu possa ajudar? Estou bem ocupada.

— Será que eu poderia ir ao meu antigo quarto? Acho que talvez tenha deixado algumas anotações lá, e eu realmente gostaria de coletá-las. Queria manter um diário da minha transformação — Samantha perguntou. Não custava dar uma olhada e ver se ela talvez não tenha deixado nenhuma pista durante seu tempo no clã. Samantha mal lembrava os primeiros dias que passou ali, mas existia uma pequena chance que ela tenha deixado alguma anotação sobre o amuleto. Era um tiro no escuro, mas se apegar a qualquer coisa era a única coisa que ela podia fazer, agora que Ilsbeth se negou a falar sobre o *Periapto Hematilly*.

— Por favor, fique à vontade para procurar no seu quarto. Mas, eu acredito que as irmãs tenham limpado a área de qualquer objeto pessoal que você tenha deixado para trás. Estou falando sério, Samantha. Nada mais de conversa sobre o *periapto*. Às vezes, só falar sobre algo pode afetar o nosso universo — avisou.

Samantha acenou com a cabeça e subiu as escadas correndo.

Luca levantou para andar com Ilsbeth até o vestíbulo.

— Ilsbeth, eu tenho mais uma questão, que pode parecer estranha. Completamente fora do assunto.

— Sim, o que é, Luca?

— Existem rumores que é possível para bruxas carregarem filhos de vampiros. Isso é verdade? — Ele sabia que Ilsbeth juntaria as peças do quebra-cabeças e concluiria o que ele estava pensando. Ao mesmo tempo, ele precisava saber se era possível ter um filho.

O rosto de Ilsbeth relaxou e ela sorriu vagamente. Ela colocou a mão no braço de Luca.

— Sim, isso é verdade, Luca. É incomum, mas ocorreu várias vezes durante os séculos... mas muito raro. Eu certamente não planejaria um futuro baseado nisso. Bruxas carregam crianças para humanos e bruxos... algumas vezes *shifters*. É o curso natural da nossa raça. Luca, eu não sei o que você está pensando, mas, por favor, seja cuidadoso em como você procede no seu relacionamento com a Samantha. Posso ver que ela confia em você. Preciso te aconselhar a ser honesto com ela antes de reivindicá-la. Ela está ficando mais forte, mas ainda é frágil — aconselhou.

— Ela pode ter sido frágil, mas não é delicada como você pensa. De fato, é uma mulher bem esperta e capaz — Luca falou.

— Luca, você está cheio de surpresas hoje. Eu nunca pensei que veria o dia que você iria se preocupar com uma mulher humana, mesmo que uma bruxa. Realmente, bem interessante. — Ilsbeth sorriu. — Cuide-se, Luca. Por favor, mantenha-a a salvo. — Sacudindo a cabeça sem acreditar, ela virou e entrou pela cortina brilhante que bloqueava os visitantes de verem mais da casa do clã.

Luca considerou os pontos de Ilsbeth. Sim, Samantha era emocionalmente delicada. Mas isso era somente por causa das circunstâncias não desejadas que tinham sido jogadas em cima dela, ela perdeu o controle. Ele ponderou que qualquer humano teria quebrado, dada a mesma situação. Samantha podia ter escolhido se entregar, mas, no lugar, lutaria com ele para ter sua vida de volta, para descobrir quem estava atrás dela. Sabia que ela era substancialmente mais forte do que ele julgou inicialmente. Ela se provou resiliente e com recursos em cada passo da jornada, ela estava mais determinada do que nunca para achar o *Periapto Hematilly* e colocar sua vida em ordem.

No andar de cima, Samantha procurava fervorosamente em seu quarto de hóspedes por evidência de um amuleto ou algum tipo de pista. Quando tinha ficado no clã, escreveu pequenas notas para si mesma todo dia, esperançosa que alguma delas iria acender sua memória perdida. Estava certa de que deixou algumas no quarto quando foi para a Pensilvânia. Mas, revistando o ambiente, ela mal podia achar uma poeira na mesa, quanto mais alguma de suas notas. Claro que Ilsbeth tinha deixado-a revistar o quarto, tudo que ela escreveu foi jogado no lixo.

Samantha desceu o corredor circular, revestido de cedro. Quando se aproximou da biblioteca, Rowan, a bibliotecária, estava sentada na mesa trabalhando, guardando a entrada. Ela se sentava em frente às portas de madeira talhadas, trabalhando em seu *laptop*, parecendo não notá-la. O cabelo longo e preto de Rowan cascateava por sua pequena figura. Ela era estranhamente atraente, vestindo-se como se fosse uma estudante universitária, em uma minissaia e uma blusa social branca. Enquanto parecia estar na casa dos vinte anos, Samantha sabia que estava perto de cinquenta.

Casualmente se aproximando da bruxa, Samantha limpou a garganta.

— Oi, Rowan, quanto tempo.

LUCA

— Ah, você está de volta, Sam. Está se mudando para seu antigo quarto? — perguntou.

— Uh... não, bem ainda não. Nesse momento, eu estou ficando com um amigo — Samantha respondeu. — Estava somente procurando pelas minhas anotações no meu antigo quarto, mas acho que elas foram jogadas fora. Realmente preciso ir embora, mas pensei em parar e dizer oi no meu caminho de saída. Não tenho certeza de quando vou voltar. Você tem o número do meu celular? Talvez nós pudéssemos nos encontrar alguma hora para um café — sugeriu.

— Claro, com certeza. — Rowan olhou com cuidado para Samantha, perguntando-se por que ela estava andando desacompanhada pelos corredores do clã. Ela fez uma nota mental para discutir o incidente com Ilsbeth. Samantha era legal, mas não era uma irmã. Eles não podiam aceitar esse tipo de lapso de segurança. Rowan se levantou da mesa e ficou em pé protetoramente na frente das portas da biblioteca, guardando a entrada.

Digitando números em seus telefones celulares, Rowan e Samantha educadamente trocaram números. Samantha queria pedir para Rowan deixá-la entrar na biblioteca, mas sabia que isso nunca aconteceria. Ela podia ser amigável, mas não era nada menos que implacável quando defendia os segredos do clã. Explicando que tinha um amigo esperando, desceu correndo as escadas e para os braços de Luca. Em um nível intelectual, sabia que o clã deveria ser como um lar, mas, em um nível emocional, parecia uma prisão e ela não podia esperar para ir embora.

Luca ligou o carro e pensou em como ele ia contar sua próxima ideia para Samantha. Eles não tinham conseguido praticamente nada no clã. Estava claro que Ilsbeth não queria que tivessem o amuleto ou falassem sobre isso, mas, além disso, não tinham muito mais informação do que antes de chegarem. Se o objeto assustava Ilsbeth, não era um bom sinal.

Luca se perguntou o que o amuleto fazia para que a bruxa insistisse que eles parassem de procurar por ele. Mas sabia de um fato com certeza: ele era importante o suficiente para alguém matar para pegá-lo. Era possível que Asgear tivesse o amuleto e que Samantha o tivesse roubado em algum momento. Talvez o escondido? A memória de Samantha falhou até o momento e Luca não tinha certeza de que queria que ela lembrasse do resto dos horríveis detalhes de sua abdução. A cada dia, Samantha parecia ficar mais forte, e ele não queria arriscar um relapso.

O problema, Luca concluiu, é que não existiam muitos lugares que ele conhecia onde eles poderiam procurar. Os dois únicos lugares que ela esteve com certeza eram o mausoléu no *St. Louis cemetery* e no *Sangre Dulce*, onde foi enfeitiçada em se passar por uma garçonete e submissa. O mausoléu estava fora de questão, pois tinha sido destruído. Dominique e Ilsbeth fizeram isso.

E no *Sangre Dulce*, Luca estava preocupado em levá-la de volta para o clube. Se voltassem, existia o risco de que ela poderia ser traumatizada novamente. Quando ficou no porão de Kade durante o interrogatório inicial, tinha quase desmaiado depois de ter sido mostrada fotos dela nua, servindo bebidas. Ela somente tinha uma vaga lembrança de estar bebendo com um homem, James, que na verdade era Asgear. Nenhuma outra memória existia para ela.

Mexendo-se no banco, ele dirigiu na direção de casa e suspirou.

— Escute, Samantha — começou. — Já que Ilsbeth foi um fracasso, nós não temos muitas opções. Tenho um plano, mas não tenho certeza se você vai gostar. — Ele não olhou para ver sua reação e manteve os olhos fixos na estrada.

— Bom, vamos dizer, eu estou aberta a sugestões. Não tinha nada no meu antigo quarto. Na verdade, elas limparam todo o lugar. E até que Ilsbeth ou Rowan tentem logar no site do clã, nós não podemos hackear o servidor delas. Então, o que quer que seja que esteja na sua cabeça tem que ser melhor que todo o nada que temos agora. — Ela deu de ombros e olhou para ele.

— Ok, se você está aberta para isso, vamos lá. Eu estou pensando que é uma possiblidade real que Asgear roubou ou achou o amuleto. Talvez ele soubesse o que isso fazia, talvez não. Também estou pensando que talvez você o tenha pegado e escondido antes ou durante ser enfeitiçada. Só porque ele a enfeitiçou, não significa que você gostasse dele. Ela pode ter dito a você o que o amuleto fazia, e você sabia inerentemente que ele não faria bom uso dele. Agora, como outra pessoa sabe que você estava com ele ou que você talvez tenha um amuleto, é um verdadeiro mistério. — Luca se fortificou antes de dizer para Samantha que eles iriam retornar para o inferno dela. — Acho que nós precisamos voltar para o *Sangre Dulce* e dar uma olhada por lá, talvez falar com as outras garçonetes, procurar por pistas. Nós sabemos que você esteve lá.

Samantha contemplou silenciosamente a proposta dele. Ela odiava a ideia de retornar para aquele clube. Ele fodeu sua vida para sempre: uma decisão de sair com amigos, uma decisão de tomar uma bebida com um estranho. Voltar podia ou não trazer sua memória de volta. Ela não tinha nem certeza de que queria lembrar. Podia literalmente pegar sua vida e seguir em frente, sem ter que se preocupar sobre aterrorizantes memórias perdidas. Mas, se ela voltasse ao clube, talvez pudesse achar evidências que os leve ao amuleto. Quem quer que esteja procurando por aquela porcaria, não a deixaria em paz até tê-lo. Existia uma real possibilidade de que ela tenha feito exatamente o que Luca imaginava. Ela nunca saberia se não tentasse.

— Sim, vamos fazer isso — ela concordou.

— Tem certeza? — perguntou.

— Sim, até nós acharmos o amuleto, nunca vou ter minha vida de volta. Preciso disso, Luca. Preciso de normalidade. Talvez sobrenaturais estejam acostumados a viver em um constante estado de stress e caos, mas eu não estou. Quero a minha vida entediante de volta, bebendo Starbucks, trabalhando das nove às cinco. Não era muita coisa, mas uma coisa que eu descobri: quando você perde tudo... seu trabalho, sua casa, sua identidade, a única que pessoa que pode colocar as peças de volta no lugar é você. Tenho que fazer isso. — Ela olhou para Luca e colocou a mão na coxa dele.

Ele cobriu a mão pequena dela com a sua. Esfregando devagar o meio da palma com seu dedão caloso, percebeu o quão protetor dela se tornou. Ela era tão bonita e valente, disposta a retornar ao *Sangre Dulce*. Não era uma fraca humana se deitando em derrota. Não, ela era uma lutadora. Um rápido olhar para ela sorrindo derreteu seu coração. *O que ela estava fazendo com ele?*

Ele nem a conhecia há muito tempo, mas sentia uma conexão profunda com Samantha que ele pensava nunca ser capaz de quebrar. Seus pensamentos se voltaram para as palavras de Ilsbeth: era raro, mas podiam conceber. *Um bebê.* Advertindo-se silenciosamente por pensar nisso, expirou com força. Que porra estava acontecendo com ele? Luca não se relacionava com humanos, ou se apaixonava, e agora estava pensando em bebês? Enquanto ficava excitado com o toque dela, estava mais preocupado com o aperto que sentina no peito. *Eu estou me apaixonando por essa bruxinha.*

— Sobre o que você está pensando? Você está bem? — Samantha interrompeu sua linha de raciocínio.

— Só planejando o nosso próximo passo — mentiu. — Quando nós formos ao *Sangre Dulce*, vou ficar ao seu lado o tempo inteiro. Você não é a pessoa que era como Rhea. Rhea era uma mera ilusão, alguém que você foi forçada a ser. Nós vamos entrar, fazer o que precisamos e sair — prometeu.

— Sabe, quando eu vi as fotos, na casa de Kade, fiquei chocada que pudesse ser forçada a andar de um lado para o outro nua, como se estivesse em algum tipo de estupor mágico. Senti-me como uma idiota. E ainda tem toda a coisa de ser submissa. Quer dizer, não é que eu não esteja aberta a fantasiar no quarto, mas o que eu fiz não era exatamente privado. — Ela revirou os olhos e sacudiu a cabeça com vergonha.

— Você não tem nada para se envergonhar, Samantha. Sério. Número um, você não estava no controle de si mesma. Asgear a forçou contra sua vontade. E número dois, mesmo que fosse uma submissa, não tem nada para se envergonhar. Um monte de pessoas experimenta com fantasias. Pode ser divertido. — Piscou para ela, tentando aliviar o clima.

— Eu, ah, eu não sei, Luca — ela hesitou por um momento antes de continuar. — É só que eu nunca tive intimidade com ninguém... até você. O que nós fizemos noite passada foi maravilhoso. Não é que eu não tenha, você sabe, feito sexo. Deus, que vergonha. Ok, eu vou só dizer isso. Não teve nenhum outro homem que me fez, sabe, gozar daquele jeito. — Ela riu um pouco. — Ai, meu Deus. Eu não acredito que estou te contando isso. — Ela passou os dedos pelo cabelo, enrolando as pontas nervosamente.

— Bem, querida, eu fico feliz em escutar isso. E se for como eu quero, serei o último homem a te fazer gozar "daquele jeito", como você disse. — Sorriu para ela, chegando na entrada de sua casa. — Olha o que você faz comigo, mulher. — Ele moveu a mão dela de sua coxa para a dura evidência de sua excitação. — Nós nunca vamos fazer nada. — Ele suspirou. — Sério, por mais que eu fosse gostar de te levar para dentro e fazer amor novamente, nós precisamos ir para o *Sangre Dulce*. — Gemeu por conta de seu desconfortável estado de excitação. — Quando nós chegarmos em casa, eu vou ligar para a Sydney e ver se ela pode trazer alguma roupa apropriada para você vestir para ir ao clube. Também acho que deveríamos levar Etienne e Xavier como *backup*. Não estou esperando problemas, mas depois do que aconteceu da última vez que estivemos lá... vamos só dizer que eu não vou arriscar alguma coisa acontecendo com você.

No que Luca parou o carro na frente da casa e desligou o motor, Samantha saiu. Ele se aproximou dela e Samantha enlaçou as mãos em volta da cintura de Luca, pressionando o rosto no peito dele e abraçando-o apertado.

— Obrigada, Luca. Obrigada por me convencer a voltar para cá para reaver minha vida. Obrigada por me ajudar. Eu não sei o que teria feito sem você.

— Bem, eu ameacei te encantar para te trazer para casa, então acho que isso conta como te convencer — brincou e beijou a cabeça dela.

Ela, brincando, empurrou o peito dele com a palma da mão.

— Estou aqui, não estou?

— Sim. Sim, você está. E eu não podia estar mais feliz que você está aqui comigo. — Pegou-a nos braços para um rápido abraço e soltou-a. Se começasse a beijá-la, nunca chegariam ao clube. Estava a dois segundos de distância de arrancar as roupas dela, no caso. — Vamos lá, temos que nos vestir. — Ele deu um tapa leve no traseiro dela e ela rapidamente subiu na varanda. Ajeitando-se, fantasiou como seria delicioso deixar sua bunda rosada enquanto a tomava por trás. Ele parecia não conseguir parar de pensar em Samantha e todas as coisas deliciosamente safadas que queria fazer com ela.

Sabendo que eles tinham trabalho pesado para fazer, Luca decidiu que era mais seguro ficar no andar de cima do que a seguir em seu quarto. Mal podia manter as mãos longe dela por dois segundos. Ela o estava deixando doido. Não era como se pudesse ficar em um banho gelado para sempre. Precisava se controlar, o que não ia ser fácil, considerando que eles estavam indo para um clube de sexo. Suspirou, resignando-se para o fato de que iria continuar desconfortável pelas próximas horas. Ia ser uma longa noite.

Samantha puxou a bainha de seu vestido curto enquanto eles andavam em direção ao *Sangre Dulce*. Sydney foi à casa de Luca para ajudá-la a se vestir. Depois de recusar veementemente a usar um pequeno, bem pequeno, vestido transparente, resolveu usar um minivestido azul real, com saia drapeada e *strass* na cintura. De um ombro só, ele mostrava sua pele pálida. Seu cabelo ruivo dourado estava alisado e preso em um rabo de cavalo. Samantha gostava do sapato plataforma de couro que pegou emprestado. Ele a fazia se sentir mais confiante e alta, apesar de só adicionar alguns centímetros em sua estatura de um metro e sessenta.

Ela sabia que o clube atendia humanos e sobrenaturais, isso era parte do que a tinha atraído de primeira. Eles pensaram que seria divertido ver alguém ser mordido ou espancado. Samantha não se lembra de nenhum dos dois. Mas, sabendo que podia ter vampiros lá, ela esfregou a mão no pescoço como se fosse protegê-lo. Sydney lhe deu uma corrente de prata em caso de uma emergência, que ela mantinha guardada em sua pequena bolsa. Tentou dar uma estaca, mas Samantha confiava em Luca para mantê-la a salvo. Argumentou que não saber exatamente como estaquear um vampiro podia ser mais perigoso para ela, se ela tentasse usar a arma sem prática.

Luca colocou o braço em volta da cintura de Samantha e puxou-a possessivamente para si. Planejava deixar claro desde o minuto que saísse do carro que ela era dele. Ele podia praticamente sentir a pele macia dela pelo fino material do vestido. Quase teve um ataque do coração quando a viu sair do quarto hoje. Com o cabelo no alto, admirou as finas linhas de seu pescoço. Como amaria furá-la e sentir o sabor de seu sangue de mel novamente. O vestido mostrava todas as curvas do delicioso corpo sem revelar nada de decote. Samantha era simplesmente estonteante.

No que eles entraram pela porta, a batida techno reverberava. Samantha praticou sua respiração profunda devagar, fazendo com que Luca não notasse. Ela disse que queria fazer isso e estava determinada a conseguir. Colocou uma máscara de frieza enquanto observava as garotas nuas servindo bebidas para os clientes. Esforçando-se para ver acima de um mar de pessoas, parecia que uma dominatrix e seu submisso estavam se preparando para fazer uma cena pública. Uma mulher alta e magra, vestida da cabeça aos pés em elastano, guiava um homem musculoso e bonito através do salão em uma coleira e começou a prender seus pulsos em uma cruz de Santo André.

Assistindo à preparação, Samantha perdeu a concentração em sua respiração profunda. Inexplicavelmente atraída ao que estava ocorrendo com o submisso, seu coração começou a acelerar. Era isso que ela tinha feito? Não pode deixar de notar que o homem não lutava. Ele seguia sua mestra de bom grado e segurava os braços abertos para ela, sua ereção visível para toda a audiência. Samantha não tinha certeza se estava excitada ou enojada pela visão do viril estranho, sabendo que podia ter sido ela, uma memória melhor esquecida. Confusa, não conseguia desviar os olhos da exibição que ocorria. Um grito de prazer correu pelo salão no que a dominatrix alternava entre acariciá-lo e estalar a ponta chata do chicote em seu traseiro avermelhado.

Luca colocou a mão no cotovelo de Samantha, despertando-a do sentimento de ansiedade. Podia dizer, pelo olhar de fascinação em seu rosto, que ela nunca viu nada como aquilo. De um lado, xingava Asgear por foder sua memória. Do outro, era melhor que não se lembrasse do que aconteceu no clube.

Estudando seu rosto, podia ver que estava fascinada com a intensa demonstração sexual. Ele observava suas emoções conflituosas. Ela estava excitada com isso? Talvez. Mas seus olhos também diziam que estava des-

LUCA

confortável, ansiosa. Ela estava se preocupando com coisas que não podia lembrar, nem controlar. Precisava fazê-la focar novamente no propósito deles, para poderem sair dali.

Luca a guiou por volta do bar semicircular e chamou o barman. Foram atendidos imediatamente, duas garrafas de água colocadas no bar. Samantha deixou claro que não beberia nada que não estivesse em uma embalagem lacrada. Depois do que tinha ocorrido da última vez, não arriscaria. Luca acenou com a cabeça e apontou para uma pequena área que estava separada por telas cromadas e ultramodernas. Era parcialmente aberta para os funcionários poderem entrar e sair, mas não tinha porta.

— Ali. Eu vou ficar em pé bem na entrada enquanto você procura. Está pronta para fazer isso? — perguntou.

— Nasci pronta. — Fingiu segurança.

— Ok, vamos fazer isso rápido.

Várias garçonetes nuas estavam saindo da área de descanso quando eles se aproximaram da abertura. Samantha piscou para Luca e entrou. O cômodo era do tamanho de um *closet* e ela estimou que não coubesse mais do que quatro pessoas ao mesmo tempo. *Uma maneira de manter as garçonetes trabalhando.* Cadeiras de plástico laranja ficavam encostadas em uma das paredes, um frigobar e copos de plástico do outro lado. Toalhas e cobertores roxos dobrados ficavam empilhados em um canto. Ela rapidamente procurou nas roupas de cama e banho, além da geladeira, mas não pôde achar nada.

Desapontada, saiu do cômodo e Luca segurou-a pela dobra do braço.

— Nada, eu não achei nada — comentou rispidamente.

— Venha dançar comigo — sussurrou no ouvido dela.

I Put a Spell on You, da Nina Simone, começou a tocar quando Luca a puxou para a pista de dança. Ela sentiu se moldar no corpo dele quando ele colocou a mão na lombar dela e segurou a outra mão no seu pescoço, vagarosamente passando os dedos pela sua garganta. Sem falar nada, pressionou os lábios aos dela, saboreando-a, aprofundando o beijo quando ela colocou as mãos em volta do pescoço dele.

Ela perdeu o controle em segundos, enfiando as mãos nos cabelos dele. Desejo se acumulava dentro dela, quando começou a roçar contra a ereção dele. Queria fazer amor com ele ali, sem ligar para quem estava olhando.

Relutantemente, Luca começou a recuar. Fechando os olhos, pressionou a testa na dela.

— Ah, Samantha, eu te quero tanto. Mas nós não podemos fazer isso aqui, temos que voltar para o quarto onde Dominique foi presa com prata. Verificar lá. — Ele estava respirando forte, tendo dificuldades em se recompor.

Um ano atrás, não teria tido o menor problema em fazer sexo em um lugar como *Sangre Dulce*. Ele não fazia parte desse estilo de vida, mas gostava de participar um pouco de vez em quando. Quando um vampiro tinha vivido tanto quanto ele, estava sempre procurando por alguma coisa que o levasse ao limite para apimentar a vida. Mas agora não era a hora de aproveitar. Ele só a trouxe para a pista de dança para poder falar rapidamente com ela antes de irem para os quartos privados.

— Ali atrás. — Ele acenou com a cabeça para a entrada coberta com uma cortina de contas vermelhas. — Nós vamos entrar ali juntos. Segure minha mão e fique perto. Às vezes, as pessoas se juntam nos quartos para assistir. Nós vamos só andar em volta delas.

— Alguma chance de eu usar o banheiro antes de irmos? Alguém me deixou toda quente e incomodada — ela provocou.

— Sim, vamos lá. Quero te levar para casa o mais rápido possível para terminar o que começamos na pista de dança. — Era mais uma promessa do que uma brincadeira.

Léopold observava a garota mortal dançando com Luca, xingando pelo fato de os dois sentirem prazer. Deviam estar achando o *Periapto Hematilly*, mas, em vez disso, estavam se agarrando como adolescentes. Ele tinha certeza de que Asgear deu o amuleto para ela, que deveria guiá-lo até ele, mesmo se tivesse que puxá-la pelos longos cabelos vermelhos pelas ruas de Nova Orleans.

Raiva corria por suas veias, estava enfurecido com a atitude arrogante deles. Obviamente ela precisava ser lembrada de sua tarefa. Pensou que o fogo seria suficiente para intimidá-la nessa busca mais do que necessária. Ele precisava do amuleto... agora.

Luca viu Étienne e Xavier sentados no bar, e casualmente acenou com a cabeça. Planeja apresentar Samantha para eles em outra hora, deixando-os ficar em segundo plano. Observava enquanto ela descia um longo corredor para o banheiro. Era pouco iluminado com luzes negras e pequenas velas ficavam em luminárias de cerâmica. Ao virar, Étienne e Xavier tinham cruzado o salão para encontrá-lo. Queria rapidamente atualizá-los sobre o plano. Eles ficariam uns seis metros atrás deles e de olho em uma emboscada.

Samantha secou o rosto com um papel toalha, orgulhosa por se manter calma. *Não lembrar nada ajudava*, ela pensou. Mas não se arrependia de passar tempo com Luca. Ela se achou querendo ficar em Nova Orleans com ele. Não tinha certeza se o vampiro estava realmente sendo sincero quando disse que não queria deixá-la ir embora. Quanto mais tempo passavam juntos, mais ela dava adeus à sua antiga vida.

Saindo do banheiro, uma fumaça escura preenchia o corredor. Antes de ter a oportunidade de descobrir a causa, encontrou-se sendo empurrada contra a parede. Uma larga mão cobriu sua boca, enquanto o agressor pressionava o corpo contra o dela, efetivamente prendendo-a e imobilizando-a. Impossibilitada de falar ou se mover, arregalou os olhos para o estranho.

— Não faça um som. Vou soltar sua boca. Se gritar, vou te levar daqui. Se ficar quieta, vou te soltar. Se você entendeu, acene com a cabeça — Léopold instruiu.

Samantha fez o que ele mandou, calmamente apertando os lábios. Queria gritar, mas não estava convencida de que ele não a machucaria. Tinha alguma coisa sobrenatural sobre ele. Seus olhos escuros e duros pareciam atravessá-la, prendendo-a no lugar, como uma borboleta seca presa em um quadro de exposição. Ela podia ver um pequeno feixe de luz de velas refletindo na borda afiada de suas presas. *Vampiro*.

— Talvez eu não tenha sido claro, Samantha — começou.

— Como você sabe o meu nome? — interrompeu.

— Você sabe o significado de ficar quieta, bruxa? Sabe? Tudo o que você precisa saber é que preciso do *Periapto Hematilly* e você vai achá-lo para mim. Nada mais de ficar se divertindo com o vampiro. Ache-o. Agora!

— Mas... mas eu não sei onde ele está. Eu nem sei o que ele é. Por favor, só me deixe em paz — implorou.

— Escuta aqui, garotinha. Asgear o entregou para você. Estou cagando para o que você tem que fazer, mas vai encontrá-lo. — Ele a soltou e sacudiu a cabeça. Ela era a única que poderia achar o objeto. — Agora vá para o seu vampiro — ordenou.

— Mas como eu vou encontrar você se eu pegar o amuleto? — perguntou, sentindo-se mais corajosa. Ele não a machucou. Tinha algo sobre ele, mas não podia afirmar o que. Era poderoso. Letal. E, mesmo assim, não tentou matá-la ou até mesmo mordê-la.

— Não se preocupe, Samantha. Eu a encontrarei, então é melhor continuar procurando — ameaçou.

Samantha olhou para o corredor e podia ver as costas de Luca viradas para ela. Preparando-se para gritar, olhou novamente para o estranho e ele tinha sumido. Desaparecido. Correu pelo corredor e abraçou-o apertado.

— Luca. Luca. Ele estava aqui.

Luca rosnou.

— Quem estava aqui? Quem tocou em você? — Uma raiva incontrolável o preencheu ao pensar nas mãos de outro homem nela. Luca sinalizou para Étienne e Xavier, que sentiram que algo estava errado. Imediatamente vieram ver o que aconteceu.

— Você está ferida? Olhe para mim. Conte-me tudo. — Luca queria todos os detalhes. Esse bastardo quase os queimou vivos e agora ele estava aqui no clube. Como passou por Luca?

Sem dar chance a Samantha para responder, deu ordens para Étienne e Xavier.

— Vá pelo corredor e procure pelo homem. Sinta o cheiro nela antes. Onde ele a tocou, Samantha? — Luca perguntou por entre dentes cerrados.

— Colocou a mão sobre a minha boca e me empurrou contra a parede, mas não me machucou. Ele quer o *periapto*. Eu disse que não tenho, mas ele acha que Asgear o entregou para mim. Ele é um grande vampiro, pude ver seus dentes. É da sua altura, pelo menos, Luca, então talvez um metro e noventa e cinco. Olhos pretos. Eu não lembro muito mais, estava escuro — finalizou baixinho.

Xavier e Étienne se inclinaram para a frente, cheirando o vestido. Samantha virou os olhos para cima, tentando não notar dois vampiros desconhecidos, que ela não foi nem apresentada formalmente, a centímetros de seus seios. Suspirou irritada quando se afastaram e entraram no corredor.

— Nós devíamos ir para casa — Luca sugeriu. — É perigoso demais.

— Desculpe meu vocabulário, Luca, mas nem fodendo. — Ela chegou até aqui e não ia embora sem verificar aquele quarto. — Eu estou te dizendo, ele não vai me deixar em paz até pegar aquela porra de *periapto*. Já estou cheia dessa merda. Vampiros procurando por amuletos que eu não tenho, depois desaparecendo. Sério? Basta. — Ela sacudiu a cabeça incrédula. — Vamos no quarto e de lá nós vamos embora. Por favor, Luca — implorou.

LUCA

119

Xavier e Étienne voltaram em minutos.

— Não tem nenhum vampiro lá compatível com o cheiro. Ele foi embora — Etienne disse.

— Escuta. Nós vamos para o último quarto à direita, onde a Dominique foi presa com prata. Etienne, vá na nossa frente. X, você fica por último. Sem parar e sem olhar em volta. Nós vamos nos mover rápido e então dar o fora daqui. Entendido? — perguntou.

Todos acenaram com a cabeça e, um por um, passaram pela cortina de contas vermelhas, indo em direção ao quarto. Samantha segurou forte em Luca, escutando gritos de prazer e dor, no que andavam pelos corredores escurecidos. Finalmente, chegaram ao quarto, e o encontraram ocupado por dois humanos completamente pelados. O homem tinha a mulher apoiada em um banco de espancamento e estava metendo nela por trás.

Samantha ficou boquiaberta com a cena, enquanto Luca entrou e os interrompeu. Ele mostrou as presas e rugiu.

— Saiam! — As pessoas ficaram paralisadas. A mulher, com o rímel escorrendo pelo rosto, os encarou desafiadoramente. Luca se ajoelhou perto do homem, que parecia não ter escutado sua ordem, e o olhou ameaçadoramente. — Eu disse para sair. Agora se mexam. Andem! Andem! Andem! — gritou.

O casal correu pelo quarto procurando pelas roupas. Vendo as presas expostas de Étienne e Xavier, pararam de procurar e correram porta afora. Samantha sorriu. *Vampiros eram assustadores quando estavam com raiva.*

Luca bateu a porta, olhando pelo quarto.

— Esse quarto é tudo o que temos, então vamos revirá-lo. Tem que ter alguma coisa aqui. Xavier, verifique os painéis no chão. Etienne, você verifica as paredes e luminárias. Samantha, você fica com o sofá. Eu vou ficar com os equipamentos — instruiu.

Eles se espalharam e começaram a procurar. Samantha estava mais do que enojada pelo sofá coberto em plástico. Tremeu só em pensar no que as pessoas fizeram ali.

— Luvas — pediu, achando uma caixa de luvas cirúrgicas numa pequena mesa no canto, que também tinha toalhas, lenços desinfetantes e um pote de camisinhas com sabores. Colocando as luvas, começou a arrancar as almofadas e enfiar as mãos nos buracos, procurando por uma pista.

Xavier inspecionava as tábuas bem gastas de carvalho. O piso parecia bem usado, mas estava em boas condições. Tirando alguns ruídos, não podia achar nenhuma tábua solta.

Etienne examinava cada tijolo da parede, passando os dedos pelo rejunte. Nenhuma pedra se mexeu. Tirando algumas luzes no teto, não tinha nenhuma outra iluminação no quarto. E todas estavam bem presas, sem deixar espaço para abrir.

Já tendo examinado a cruz de Santo André e o banco de espancamento, Luca foi para a mesa de massagem. De primeira, o estofado parecia limpo e sem rachaduras. Passando os dedos por baixo, ele só sentiu a textura lisa do painel de aglomerado até chegar em um ponto em que o mesmo parecia gasto. Perdendo a paciência, Luca virou a mesa de cabeça de para baixo, expondo a parte deformada. Ele notou que a costura de um dos cantos não era igual ao resto, estava um pouco elevada. Enfiando os dedos na junção onde o aglomerado encontrava o estofado, puxou até soltar. *Que porra é essa?* Alguém usou goma de mascar como cola. A goma endureceu em nada mais que um ponto duro, mesmo assim ficou presa.

Luca removeu o painel até achar um guardanapo achatado. Pegou-o com cuidado e chamou os outros.

— Achei alguma coisa. Um guardanapo. Parece que tem alguma coisa escrita nele, mas não faz sentido. Samantha, olhe aqui. — Luca chegou à conclusão de que não era uma língua estrangeira, mas sinceramente esperava que não fosse um bando de besteira. Estava escrito simplesmente: *"NIJE QN QSMGIOT"*.

Samantha gentilmente pegou o papel e o desdobrou. Seus olhos arregalaram em surpresa, inesperadamente percebendo que escreveu aquilo.

— Ah, meu Deus, Luca. Eu escrevi isso, é a minha letra. Sei o que é isso, é um código. Um código para esconder uma mensagem. Conhecendo a mim mesma, provavelmente criei uma encriptação. Meus colegas de trabalho e eu às vezes criamos jogos de encriptação com eles. Você sabe, criar códigos e ver quem consegue quebrá-los. Mas eu não teria usado algo simples.

— Você consegue quebrá-lo? — perguntou.

— Provavelmente, mas eu preciso pensar em como eu o criei, e não consigo fazer isso aqui. — Ela passou os dedos no guardanapo e o segurou contra o peito como se fosse feito em ouro. Essa pista podia devolver sua vida. Excitação corria por seu corpo, ela podia sentir as ramificações de sua mágica se agitando por baixo da pele.

— Vamos embora, pessoal. Nós temos que sair daqui — Luca ordenou. — A porta de trás. Ela sai em uma viela do lado de fora. Mas parece que alguém decidiu trancá-la desde a última vez que estivemos aqui. Fiquem para trás enquanto eu vou quebrá-la.

Luca foi em direção à porta, a mesma que Samantha tinha usado para

LUCA

121

sair depois de ter prendido Dominique. Claramente a gerência não estava satisfeita com as pessoas utilizando-a como saída, então colocaram corrente e tranca nela. *Quem quer que seja que pensou que uma corrente ia parar um sobrenatural é um idiota*, Luca pensou. Ele sabia que uma simples corrente de aço não impediria vampiros de quebrá-la, então para que se preocupar? Enrolou a corrente de aço em seu punho, grunhindo enquanto a quebrava. Chutou a porta aberta e todos saíram na viela.

Samantha começou a analisar o código assim que entraram no carro. Não podia esperar chegar em casa para quebrá-lo. Prestes a solucionar o mistério, sorriu para si mesma. Internamente, celebrou o fato de mesmo com todos os esforços de Asgear para controlar sua mente, uma pequena parte dela não seria controlada. O código era evidência de que provavelmente roubou o *periapto* e tomado bastante cuidado para escondê-lo dele. Mas, mesmo com a pequena vitória, sua localização clandestina tinha atraído um vampiro poderoso e perigoso para seu círculo. Rezou para encontrarem o amuleto antes que ele a encontrasse novamente.

CAPÍTULO DEZ

Depois de tomar um banho quente, Samantha checou seu celular pela centésima vez. Nem Rowan nem Ilsbeth tentaram acessar o banco de dados. Ainda estava se sentindo eufórica para encontrar o código. Enrolando-se no roupão de Luca, ela o levou ao nariz e inalou seu cheiro masculino. Samantha sacudiu a cabeça, sabendo que o vampiro estava roubando seu coração. Podia se sentir se apaixonando por ele e não estava certa como e se queria parar isso. Tudo que ela sabia com certeza é que ia ser bem difícil voltar para a Pensilvânia sem ele após encontrarem o amuleto.

Ela suspirou em derrota, admitindo que seu coração talvez quebrasse em um milhão de pedaços se não o tiver em sua vida. Mesmo tendo acabado de fazer amor, sentia como se o conhecesse desde sempre. Não era seu feitio transar com qualquer cara. Mas, num impulso, cedeu ao seu maior desejo carnal e deixado-o fazer amor com ela. Depois, não podia ignorar o sentimento de que ele era o homem para ela. Desejava que isso não fosse verdade. Ele provavelmente tinha milhares de mulheres em discagem rápida, que viriam correndo para atendê-lo... para serem suas doadoras ou qualquer outra coisa que precisasse. *Como podia deixar seu coração aberto para um vampiro?* A resposta não importava, porque já aconteceu. Samantha considerou se devia ou não se mudar para Nova Orleans. Quando o pensamento apareceu em sua cabeça, ela riu para si mesma. Há somente um dia, ela estaria gritando e chutando para ficar longe daquela cidade. Mas agora tinha Luca. E Luca estava em Nova Orleans.

Ao entrar na cozinha, ele estava colocando sanduíches no largo balcão de granito. Era algo reconfortante ver um homem grande e sensual preparando comida para ela.

— Olá. Os sanduíches parecem bons — disse.

— Oi, linda. Pensei que talvez você tivesse com fome. Pedi para o cozinheiro do Kade trazer alguma coisa para comer, para você ter energia para trabalhar. E para brincar comigo — gracejou, empurrando o prato na direção dela. — Mas trabalho antes da brincadeira. Então, primeiro, vamos olhar o código enquanto você come, ok?

Ela deu uma boa mordida no sanduíche e olhou o código: *"NIJE QN*

QSMGIOT". O que isso significava?

— Então. Quando faço esse tipo de coisa, geralmente uso algo chamado de "cifra de substituição" com datas. Desse jeito, posso fazer uma pilha delas quando estou tentando fazer algo realmente difícil de decodificar. Além disso, só preciso mudar os dias e isso mudará o código. Escrevi um programa que pode rodar e descobrir uma cifra de substituição, então esse não é o problema. O problema real é descobrir a data que usei.

— Escutei falar sobre esse tipo de cifra. Vai ser difícil de quebrar sem a data — Luca comentou. Quando ele se juntou à guerra, eles colocavam as mensagens em códigos. Se capturadas pelo inimigo, elas seriam indecifráveis sem a data chave.

— Sim, você está certo. Então que código eu teria usado? — falou para si mesma.

— Um aniversário? — Luca sugeriu.

— Não, muito fácil. Eu fazia isso o tempo todo no escritório. Algumas vezes usava o de outra pessoa, mas dado que eu não conheço ninguém aqui, não acredito que teria feito isso. O aniversário de algum familiar seria, novamente, muito fácil. Algumas vezes eu pegava datas de importantes eventos. Coisas que só eu saberia — explicou.

— Sua graduação, talvez? — Luca percebeu naquele momento que não sabia muito sobre o passado dela, algo que pretendia investigar completamente depois que achassem o amuleto.

— Talvez. Usei minha data de graduação no Ensino Médio no passado. Você pode pegar seu *laptop* para mim? Quero pegar meu programa de decriptação do meu servidor de casa e tentar. — Samantha estava começando a se preocupar de que não conseguiria descobrir a data. Poderia literalmente ser qualquer uma, passado, presente ou futuro.

Luca ligou o *laptop* e o colocou na frente dela. Observou-a enquanto digitava; mordia o lábio, concentrada no que estava fazendo. Ele amava vê-la em sua casa, enrolada em seu roupão de veludo preto. Samantha empurrou as mechas avermelhadas de seu cabelo recém-lavado para trás da orelha enquanto esperava o programa abrir.

— OK, leia o código para mim — instruiu e digitou no espaço designado. — Vou tentar a data da minha graduação do Ensino Médio, que é 23 de junho de 1999. O que acontece é que o computador vai pegar toda essa informação e trabalhar de trás para frente e ver se consegue achar algo que faça sentido baseado no código e nas variáveis de data. Em uma cifra de substituição de datas, a data é gerada sequencialmente sem as barras e em sequência. As letras do alfabeto são atribuídas para cada número. Então você pega sua mensagem e o código atribui uma letra baseada em quantos espaços você precisa deslocar — explicou.

— Você pode me dar rapidamente um exemplo antes de rodar o programa? — Tinha bastante tempo desde que ele decifrou um código no campo de batalha e queria ter certeza de que entendeu corretamente.

— Claro. Minha data de graduação seria escrita assim. — Escreveu a sequência numérica: seis, dois, três, nove, nove e continuou: — Então eu escreveria os números várias vezes em sequência, até ter um pouco mais do que o alfabeto. Assim. — Escreveu os números até a folha estar completa. — Então adicionaria o alfabeto embaixo, assim. Se eu estivesse tentando codificar uma palavra, *"sex"*, por exemplo, eu iria até o S, que me diz para mover espaços. Então o S vira B, o E vira N, e o X vira G. O código seria BNG. Mesmo assim, nós precisaríamos saber a data que usei para quebrar o código. Mas, novamente, se você recebesse o código secreto, BNG, precisaria saber a data para resolver o código.

6	2	3	9	9	6	2	3	9	9	6	2	3	9	9	6	2	3	9	9	6	2	3	9	9	6	2	3	9	9	6	2	3	9	9	6	2	3
A	B	C	D	E	F	G	H	I	J	K	L	M	N	O	P	Q	R	S	T	U	V	W	X	Y	Z	A	B	C	D	E	F	G	H	I	J	K	L

BNG

Luca riu.

— Você é brilhante! Talvez estivesse precisando um pouco de amor, mas brilhante — provocou. Deu a volta no bar e sentou-se ao lado dela para ver o que acontecia *online*.

Ela sorriu para ele, mas ficou séria novamente enquanto observava o progresso do programa. Em segundos, a mensagem apareceu. Não fazia o mínimo sentido, o que significava que a data estava errada.

— Merda. Não é isso. Você sabe o que eles dizem? *Lixo entra, lixo sai*[6]. Nós precisamos da data correta. — Suspirou, irritada.

Samantha fechou os olhos e colocou as mãos na testa, tentando arrancar a resposta certa de seu cérebro. Luca esfregava seu pescoço enquanto ela se concentrava. *Pense. Pense. Que data eu teria usado? Estava com pressa. Correndo perigo. Com medo.* Ocorreu-lhe que talvez tivesse usado a data que foi sequestrada por Asgear. Estaria fresca em sua mente, algo que iria querer lembrar. Procurou em sua mente por, mas parecia não conseguir sem um

---

6   É uma expressão do inglês, Garbage in, garbage out. Foi atribuída a um técnico da IBM e faz referência ao fato de os computadores processarem qualquer tipo de dado sem questionar, mesmo que não faça sentido para a solução do problema (lixo entra) e assim produzem uma saída inútil e indesejada como consequência (lixo sai).

LUCA

calendário visual em sua frente.

Abrindo os olhos, colocou o calendário na tela.

— Agosto. Eu fui sequestrada em agosto. 11 de agosto de 2012. — Voltou para o programa e digitou oito, um, um, um, dois e pressionou *enter*.

Luca e Samantha observaram pacientemente enquanto o programa trabalhava na sequência para achar o código. Em segundos, apareceu a mensagem na tela: *MAID OF ORLEANS*.

— *Maid of Orleans*? O que é isso? — Samantha perguntou.

— *Maid of Orleans* — Luca disse pensativamente. — A *Maid of Orleans* é uma estátua de Joana D'arc. Ela foi um presente da França para a cidade nos anos setenta. Não tenho certeza do que vamos encontrar lá, mas temos a próxima pista. Você conseguiu, Samantha!

Samantha ficou aliviada que Luca sabia o que a mensagem significava. Ela estava um passo mais perto da liberdade.

— Onde é a estátua? Por que eu teria ido lá?

Luca pegou uma garrafa de champanhe na geladeira.

— A estátua fica no *French Quarter,* perto do Mercado Francês na *Decatur*. Não é longe do *Sangre Dulce*. Talvez, onde quer que seja que Asgear a levou primeiro, ele teve que passar pela estátua para chegar no clube. Não tenho certeza, mas talvez você tenha escapado tempo o suficiente para esconder algo. Talvez tenha levado só alguns minutos para fingir uma fuga, plantar outra pista ou o amuleto, e então concordar em voltar para o clube.

— Joana D'Arc, é? Meio irônico, não? — Samantha comentou.

— Ah, sim, Joana D'Arc. Ela foi acusada de bruxaria e, mesmo assim, uma bruxa bem real escolheu aquele como o lugar para esconder sua próxima pista. — Sorriu, entregando um copo para ela.

— Não vamos esquecer que ela foi queimada na fogueira — Samantha o lembrou. — Gostaria de evitar essa parte, se possível.

— Bom, vamos tirar uns minutos para celebrar. Está ficando tarde e estou cansado dessa caçada. Sabe, eu preferia estar caçando você. — Luca pôs o copo no balcão e foi para trás de Samantha, colocando as mãos nos ombros dela. Enquanto ele massageava seu pescoço, ela soltou um alto gemido.

— Ah, Luca, isso é tão bom. Não estou acostumada a andar de salto alto a noite toda. Ou estar naquele tipo de clube. Ver algumas daquelas pessoas fazerem o que estavam fazendo me fez sentir... sentir... — Suas palavras diminuíram, ela não tinha certeza se queria falar sobre aquilo.

— Me conte, Samantha. Como você se sentiu estando no clube novamente? — Luca a questionou. Estava preocupado se ela teria lembranças ou um ataque de pânico no clube, mas nada aconteceu. Ela era sangue frio. Mas ele sabia que, embaixo da fachada, pensamentos persistiam. Medo? Raiva? Excitação?

— Eu... eu senti... Eu não sei. No início eu estava com medo. Mas nada aconteceu. Eu não me lembrei de nada. E aí teve todo o encontro com o "senhor vampiro assustador". Ele foi realmente *assustador* no início. Foi tão estranho. Ele estava bem raivoso, mas controlado. Quando terminou de me dizer para achar o amuleto, era como se eu soubesse que não me machucaria. Sei que parece loucura. Não tenho como explicar. E ver as submissas desfilando peladas como se fosse normal. E o sexo. Acho que foi tudo bem. — Samantha soava incerta sobre seus pensamentos. Viu e experimentou tantas coisas estranhas e novas.

Luca colocou os dedos em volta de seu pálido pescoço, traçando os dedos da frente do pescoço até seus ombros. Não a deixaria se safar tão facilmente. Queria saber o que ela realmente desejava.

— A cena de dominância a excitou, querida? Eu vi você assistindo — Luca sussurrou em seu ouvido. Ela tremeu, sentindo seu hálito quente na pele.

— Luca, você ia sempre naquele clube? Isso é algo que goste? Você faz esse tipo de coisa? Faz o que aquela mulher estava fazendo com aquele homem? — perguntou.

— Respondendo uma questão com outra questão? Não. Uma coisa pela outra. Você primeiro — respondeu.

— Está bom. — Ele suspirou. — Eu achei erótico. Não acho que seria algo que eu faria todo dia, mas não ligaria de fazer em casa com alguém que confiasse. Mas sem chance de fazer isso em público como eles estavam fazendo. Não quero parecer preconceituosa, mas aquilo não é como eu sou. Quando os vi, nus, e ela o tocando tão intimamente, fiquei excitada, mas também irritada. Ficava me vendo naquele clube. Não posso acreditar que fiz aquilo, servi bebidas daquele jeito. Penso que não é tão ruim, não nesse ponto, considerando que eu não consigo lembrar. É como se você estivesse me contando que fiz aquilo. Vejo uma foto em minha mente, mas não parece real para mim. E então, mais tarde, dançar com você na pista, isso foi real. Ok, basta sobre mim. Agora é a sua vez. Fale. — Ela se levantou, deu a volta na banqueta para ficar em pé ao lado dele e colocou os braços em volta de sua cintura.

Luca olhou para sua linda mulher. Ele estava se apaixonando por ela. Planejava contar para ela sobre o vínculo, sobre tudo. Mas hoje à noite? Olhando nos olhos dela, sabia que era certo. Ela era dele e ele sabia em seu

LUCA

coração que nunca a deixaria.

— Samantha, serei honesto. Não quero nunca mentir para você. Você sabe que eu vivi centenas de anos, e sim, eu fiz sexo com muitas mulheres. Mas não amei ninguém desde a Eliza. Realmente quero te contar sobre ela algum dia, mas hoje à noite tudo que você precisa saber é que não existe ninguém na minha vida além de você. Sobre o clube... bem, sim, eu estive lá algumas vezes nos últimos anos com amigos. Eu usei os quartos, algumas vezes dominei mulheres que estavam procurando por diversão com um sobrenatural. Mas não é algo que eu faço o tempo todo ou me sinta compelido a fazer. Até você chegar, eu estava apenas passando o tempo. Trabalho para Kade, coleciono antiguidades, viajo e pronto.

— E você quer fazer isso comigo? Você quer *me* amarrar? — disse, sedutoramente esfregando os seios no peito dele. Samantha abraçou Luca e ele a abraçou de volta, segurando-a firmemente em seus braços.

— Talvez. Você está interessada em fazer isso comigo, bruxinha? — Sua voz sedutora tomou conta dela.

— Hummm, sim, pode ser divertido. Fazer isso e experimentar com você me excita bastante. Isso é errado? — Ela riu.

— Não, com certeza não é. Vou amar me divertir com você de todas as maneiras possíveis. Mas Samantha — ele continuou —, antes de fazermos amor novamente, preciso conversar com você sobre uma coisa. Sabe, há uma conexão entre a gente. — Ela acenou com a cabeça. — Bem, você precisa saber que eu não quero somente uma relação casual. Eu quero estar dentro de você, te saborear, criar um vínculo com você. Eu quero que você seja minha.

Samantha não entendia com clareza o que ele queria dizer com criar um vínculo com ela, mas sabia com certeza que queria que fizesse amor com ela. Seu coração batia contra as costelas, escutando-o dizer que a queria. Ela ficou incerta de como ele se sentia. Cada minuto que passava ao seu lado, fazia com que não quisesse ir embora nunca. Sua vida anterior e trabalho na Pensilvânia estavam se tornando uma distante memória e ele estava virando seu futuro. Admitiu silenciosamente para si mesma que não estava certa das consequências do que ele estava perguntando. Só sabia que o queria: fazer amor com ele, estar com ele, ser dele.

Samantha olhou para Luca, que estava pacientemente esperando sua resposta. Com grande antecipação, escutou uma única palavra de seus lábios macios.

— Sim.

Intensos olhos verdes se fixaram em Samantha quando ele se inclinou para beijá-la. O coração dela acelerou, antecipando o contato, cada toque dele. Com os lábios tremendo, abriu quando ele capturou sua boca firmemente. Sua língua dançava com a dela, saboreando seu espírito mágico.

— Sim. — Era a única palavra que ele ouviu em resposta à sua proposta.

Luca perdeu o controle. Passional e provocantemente, ele a tomou com uma urgência faminta. Não era gentil. Sua boca reivindicava a dela, selvagemente tomando o que era dele. O néctar intoxicante de Samantha somente fazia com que a beijasse mais profundamente. Ele a queria de um modo em que nunca quis outra mulher. Determinado em possuir cada parte de seu corpo e mente no momento, iria reivindicá-la hoje à noite. Ela seria dele para sempre.

Luca separou os lábios dos dela.

— Quarto. Agora — comandou. Guiando-a por sua mão pequena e macia, parou antes de chegarem à cama.

— Eu a terei hoje, Samantha. Depois dessa noite, você nunca esquecerá que é minha. E eu serei seu.

Samantha acenou silenciosamente com a cabeça em resposta. Estava pronta para se comprometer com esse homem, esse vampiro. Luca era tudo que sempre quis em um parceiro: forte, amável, confiável e passional. Sabia, no fundo do seu coração, que se entregar para ele era tudo que desejava agora e para seu futuro.

Luca soltou o cinto do roupão dela, enfiou os dedos embaixo do tecido macio e tirou-o devagar, deixando suas mãos deslizarem pela pele macia de seus ombros até suas mãos. O roupão caiu aos seus pés e ele gentilmente segurou as mãos nas suas. Ela ficou em pé, nua na frente dele.

— Você é encantadora, Samantha. Parece que não me canso de você. Então a questão é: você quer ficar comigo essa noite? Seja honesta comigo, querida, porque planejo nos levar a lugares que nunca estivemos antes.

Samantha se sentia feminina e exposta para Luca. Confiava completamente no vampiro enquanto ele soltava suas mãos e segurava em sua cintura.

— Luca, por favor, se apresse. Eu não consigo manter minhas mãos longe de você.

— Bom, acho que vamos ter que fazer algo sobre isso. — Ele sorriu sabidamente. — Vire de costas, fique de frente para a parede. Não se mexa a não ser que eu mande. Está na hora da diversão.

Sem questionar, ela virou e sacudiu o traseiro para ele, olhando-o de um jeito sedutor que dizia "venha me pegar".

LUCA

Luca amava quão responsiva ela era sob seus comandos. Ele nunca trazia mulheres para casa e certamente se envolver em um BDSM leve era algo que raramente fazia. Mesmo assim, quis fazer isso desde o minuto em que ela dançou com ele no clube. Luca deslizou as mãos lentamente pelos lados da sua cintura, por baixo dos braços, levantando-os e colocando as palmas de sua mão contra a parede. Com a mesma precisão, desceu as mãos pelos braços, cintura, até que finalmente, alcançou seu traseiro.

— Samantha, você é tudo que eu sempre quis em uma mulher. Bonita, inteligente...

Ela soltou um pequeno gemido quando ele roçou sua dolorida ereção contra ela. Ele queria fodê-la nesse momento, mas não se atreveria. Não, planejava fazê-la implorar por misericórdia enquanto vagarosamente a levava várias vezes ao orgasmo.

Mesmo ainda estando completamente vestido, ela podia sentir a magnífica ereção contra seu bumbum. Ela o queria dentro dela agora, estava molhada por conta da intensa sensação entre suas pernas.

— Por favor, Luca.

As mãos dele deslizaram da bunda dela até chegarem embaixo de seus sensíveis seios. Moveu-se um pouco para fazer com que ele segurasse seus seios. Luca sorriu, sentindo o irresistível cheiro de seu desejo, mas queria estender a preliminar, provocá-la com prazer.

— Não, não, não, querida. Hoje não. Você não decide quando ou como o prazer acontece. Você queria brincar, então vamos brincar — sussurrou em seu ouvido. Calafrios percorreram a pele dela em resposta à sua respiração quente. — Hoje é sobre querer o que você não tem até que eu te dê. É sobre saborear cada carícia em sua pele. O prazer absoluto, saboreá-la enquanto você goza, gritando meu nome. Você quer que eu toque seus lindos seios? Diga-me, Samantha.

— Sim. Por favor, Luca, por favor, toque-os. Eu preciso... — Tendo dificuldades em manter as mãos na parede, ela jogou a cabeça para trás em frustração sexual e suspirou.

— Já que você pediu tão agradavelmente. — Luca deslizou as mãos pela deliciosa curvatura de sua pele, enquanto roçava a ereção em seu traseiro. — Tão firmes. Perfeitos. E seus pequenos mamilos, eles também demandam a minha atenção. Você quer que eu os belisque?

Samantha estava perdida na sensação. Ele a estava deixando doida de desejo. Podia sentir os bicos endurecendo, mas não podia fazer nada para aliviar a sensação. Conseguiu dar uma resposta curta.

— Sim, ah, sim.

— Uma *pet*[7] tão boa. — Ele torceu os bicos endurecidos e os soltou, e repetiu várias vezes até escutá-la gemer. — Isso? É isso que você quer? — Luca vagarosamente passou as pontas dos dedos indicadores pelos picos esticados.

— Hummmm... mais, Luca. Por favor — implorou.

Por mais que Luca amasse a deliciosa tortura, também precisava de mais. Pegou cada bico rosado entre os dedos e beliscou ainda mais forte.

Samantha gritou em uma elevada mistura de prazer e dor. Ela empurrou os quadris para trás, em direção à estrutura incrivelmente sensual e masculina de Luca. Desejava tocar os músculos que sabia ondular em seus braços, no firme abdome e nas fortes pernas.

— Você gosta de um pouco de dor junto com prazer? Interessante. — Luca não podia resistir a beijar seu pescoço e atrás de suas orelhas. — Que tal algumas palmadas para minha bela mulher? Diga, Samantha, isso é algo que você queira?

— Eu não sei. Eu nunca... — Ela estava envergonhada em admitir que estava excitada com a ideia da mão firme dele em suas nádegas, tão perto de seu centro.

Luca sacudiu a cabeça, sentindo o desejo dela. Então sua bruxinha queria um espancamento? Sorriu. Sem dar nenhum aviso a ela, ele foi para o lado, deixando sua mão esquerda deslizar em suas dobras quentes e úmidas, e então, em uma ordem alternada e sucessiva, ele deu quatro fortes tapas nos lados de sua bunda. Esfregou a pele inflamada com uma mão enquanto inseria um dedo nela com a outra.

— Ah, Luca, sim. — Samantha falou entre respirações irregulares. — Sei que não deveria querer isso, mas quero. Ah, meu Deus, por favor — ela estava implorando.

Luca a sentiu encharcar entre as pernas em resposta às suas mãos. Queria dar a ela tudo que precisava, mas estava tendo dificuldade em conter sua própria excitação. Gostaria muito de entrar nela e fodê-la até perder os sentidos. Decidindo proceder com o prazer, inseriu dois dedos e começou a entrar e sair dela, apoiando o queixo no seu ombro e sussurrando em seu ouvido. Ele amava vê-la perder o controle, entregando-se às suas mais obscuras fantasias.

— Ah, querida, você está tão deliciosa e molhada para mim. Eu vou te foder tão bem e forte. — Ofegando de prazer, virou a cabeça em direção a ele e prendeu seu olhar. — É isso mesmo, Samantha. Eu disse que vou te foder. Você gosta quando eu falo assim com você, não gosta? E você gos-

---

7   **Pet é um termo do mundo BDSM para indicar o submisso da relação.**

tou quando eu espanquei sua bunda. Você quer mais, Samantha? Vamos lá, me diga.

Ela respirou fundo rapidamente quando sentiu o dedão dele roçar em seu clitóris.

— Sim — disse entre dentes cerrados.

Ele sorriu para ela, olhando fundo em seus olhos.

— Fique pronta para se soltar, Samantha. Eu vou te espancar enquanto fodo com o dedo sua doce boceta. — A boca de Samantha abriu, sem ter certeza do que dizer para as palavras brutas. Ela nunca tinha sido uma pessoa que fala durante o sexo, ainda mais algo obsceno. Mas as palavras dele eram mais uma instrução do que um pensamento aleatório. Ela estava ciente que ele sabia que as palavras a deixavam ainda mais pronta.

— Sim, por favor — foi tudo que ela conseguiu dizer antes de sentir mais quatro palmadas em sua bunda e o dedão de Luca pressionando em seu sensível nervo. Escutou a si mesma gritando quando mergulhou no abismo. Em uma sensação de liberação, tremeu, seus punhos cerrados contra a parede.

Soltando-a, Luca a virou e a beijou eroticamente, agarrando a parte de trás de seu cabelo. Ela segurou a blusa dele e puxou-a sobre a cabeça. Eles se separaram somente por segundos enquanto a peça voava pelo quarto e então recapturaram os lábios um do outro em um ato desesperado de paixão. Samantha passou os dedos pelos planos musculosos das costas dele. Os dois lutavam para respirar: saboreando, sugando, querendo.

Luca segurou os pulsos dela e parou o beijo. Com um olhar flamejante nos olhos azul gelo de Samantha, ele ganhou controle suficiente para direcionar a noite deles.

— Samantha, de joelhos. Coloque-me na sua boca, — comandou quietamente.

Sedutoramente, ela sorriu e obedeceu. Ela o fez graciosamente, mas não sem antes roçar seus bicos rosados contra o peito dele, provocando-o. Pensando que isso seria muito gostoso, ela se sentou provocadoramente em seus calcanhares, empinando os seios. Devagar, abriu o cinto dele e o puxou pelos passadores, jogando—o para o lado. Depois de desabotoar, Samantha levou seu tempo para abaixar o zíper. Ele queria prolongar as coisas, então ela planejava demorar, fazendo-o implorar também. Com um puxão, removeu suas calças e boxers até ele estar gloriosamente pelado na frente dela. Como um deus grego, ficou parado sobre ela enquanto admirava os contornos de seu corpo.

Samantha languidamente deslizou as mãos pelas coxas e abdome até que suas mãos estavam acima da ereção dele. Com os lábios a meros centímetros de lá, passou a língua pela ponta lisa e molhada. Ele tinha um gosto deliciosamente salgado e masculino, ela precisava de mais. Impossibilitada de se segurar, Samantha lambeu sua pulsante ereção, segurando o firme saco em sua mão. Com a outra, apertou a bunda firme e muscular dele.

Em um único movimento, partiu os lábios, relaxou a garganta e colocou-o completamente na boca. Sugando, retraiu os lábios, soltando sua rígida ereção. Segurando a base dele, repetiu devagar, tirando e colocando novamente em seus lábios quentes.

Luca metia na boca de Samantha em ritmo com sua demanda. Gemeu em êxtase, percebendo que ela sabia exatamente o que estava fazendo, retribuindo o que fez com ela. Será que ela compreendia quanto poder exercia sobre ele? Luca não ligava no momento, prazer era tudo que podia sentir.

Sua carne inchada não podia aguentar muito mais sem explodir na boca de Samantha. Não, era muito cedo para isso. Depois de mais um doce beijo dela em seu membro, ele recuou, colocando-a de pé.

— Eu preciso de você agora, Samantha. Preciso estar dentro de você. Na cama — ordenou.

Samantha desfilou em direção à cama e caiu de costas, rindo. — Venha me pegar, vampiro. — Ela não faria isso fácil para ele.

Pegando o cordão do roupão dela, ele brincou com o laço, olhando para ela do outro lado do quarto.

— Hummmm, bruxa atrevida, é? Talvez você precise de um lembrete de quem está dirigindo o show hoje, querida.

Os olhos dela arregalaram quando o viu mexendo no cinto de veludo. O coração dela começou a acelerar em excitação e seu sexo ficou úmido em antecipação.

Luca andou confiantemente pelo quarto, absorvendo a visão de sua bela mulher ruiva, esparramada em sua cama. Inclinando-se, começou metodicamente a amarrar o cinto em volta de um de seus pulsos. Depois de apertar o nó, passou-o pela cabeceira da cama e prendeu o outro pulso, até que seus braços estavam firmemente presos sobre sua cabeça.

— Luca — protestou contra as amarras.

— Hoje, seu prazer é meu, Samantha. Se você realmente quiser se soltar, sua palavra de segurança é "chalé", senão, nós continuamos. Agora, o que você talvez não saiba, é que eu podia ouvir seu coração acelerar assim que você viu o cinto. E, já que eu não sinto cheiro de medo, sei que é porque você está excitada. Estou correto?

LUCA

Malditos sentidos de vampiro. Ela sorriu para ele.

— Sim, então o que você vai fazer comigo? — Mexeu os quadris na cama, esperando provocá-lo.

— Isso. — Ele passou o dedo pelo braço dela, descendo por seu lado.

Seu corpo todo arrepiou e ela começou a implorar:

— Por favor, Luca. Isso não é justo.

Ele riu.

— Isso não é sobre ser justo, Samantha. É sobre controle. Dominação. E sua submissão. — Com essas palavras, ele saiu do quarto, deixando-a amarrada à cama.

Ela imaginou o que ele estaria fazendo no outro cômodo, escutando um barulho, e se esforçou para ver o que ele tinha nas mãos quando voltou, literalmente, em segundos.

— Sem olhar, Samantha. De fato, acho que é melhor remover outro dos seus sentidos, você não concorda?

Ela simplesmente sorriu para ele, imaginando o que iria fazer e avidamente esperando seu ardente tormento.

Luca se sentou na cama com as pernas em volta de Samantha. Ele amava vê-la amarrada, aguardando seu prazer, desejando fazer tudo especial. Ele sorriu para ela, e levantou um lenço preto. Dando um beijo lento e passional nos lábios, prendeu o lenço em volta de seus olhos.

— Luca — Samantha sussurrou. Ela se sentia pegando fogo de desejo. Esse homem a estava empurrando para algo que nunca fez e ela amava cada segundo.

Samantha gritou em surpresa quando Luca passou um cubo de gelo em volta de sua auréola rosada. A sensação gelada foi imediatamente substituída pela quentura de seus lábios. Ele sugou o pequeno broto rosa até que endurecesse e doesse. Deu a mesma atenção para o outro mamilo e ela se sentiu flutuando com a ausência de visão. Os lábios, língua e dentes em seus bicos doloridos mandavam um raio de desejo para seu clitóris e ela se encontrou se remexendo, tentando fazer com que a tocasse mais abaixo.

Em minutos, os lábios dele abandonaram seus seios. Gemendo de prazer, sentiu as gloriosas mãos dele acariciando seus deleitáveis seios, enquanto desciam em direção ao seu abdome com a fria umidade. A superfície gelada circulava por segundos, para logo em seguida ser substituída por lábios quentes. Seus quadris se mexiam na direção dele, que queria seu calor gelado em seu sexo, dentro dela.

Movendo as mãos para os lados de sua cintura, Luca segurou o gelo quase derretido em seus dentes e o deslizou por suas dobras úmidas. Ele podia senti-la tremer sob seus lábios. Sem mais nada para segurar, Luca colocou sua fria língua no sexo dela, deixando encostar em seu clitóris. Ela tremeu sob seu beijo, mas ele a segurou firmemente pelos quadris.

— Luca, eu não aguento mais. É tão bom — ela gritou.

Ele não respondeu, enquanto continuava a lamber e sugar seu sexo sem parar. Quando dois dedos entraram nela sem aviso, ela gemeu alto, empurrando os quadris na direção da boca dele. Luca dobrou os dedos para cima e acariciou o sensível ponto dentro dela.

— Ah querida, sua boceta está tão molhada e doce para mim. — Ela mal podia registrar sua fala obscena, deslumbrada com o orgasmo que estava próximo. Luca podia senti-la apertar seus dedos. Ela estava tão perto. — Goze para mim, Samantha, agora — demandou, sugando forte em seu cerne rosa. Ele lambeu o creme doce dela, agradecido por tê-la com ele.

Samantha viu fogos de artifício ao explodir em milhões de pedaços. Era o orgasmo mais espetacular que experimentou em toda sua vida. Gritou o nome de Luca sem parar, tremendo enquanto ele tirava o lenço de seus olhos.

Ela estava ofegante, tentando respirar. Ele teve dificuldade para falar.

— Luca. Sensacional. Ah, meu Deus.

Sem dar tempo para ela se recuperar, Luca pegou as pernas dela por trás e puxou seu traseiro em direção a ele. Colocando os tornozelos dela em seus ombros e segurando suas coxas, seus olhos piscaram vermelho quando enfiou seu duro em seu brilhante sexo.

Grunhiu em êxtase, sua quentura como um punho apertado em volta de sua carne inchada. Ela era o paraíso absoluto, aceitando tudo dele dentro de seu calor. Eles prenderam o olhar enquanto ele continuava a possuir cada centímetro dela, metendo com um feroz furor.

Samantha levantou os quadris, querendo-o ainda mais fundo. Os olhos dele penetraram em sua alma. Naquele momento, ela soube. Ela amava Luca. Forçou-se a permanecer em silêncio, com medo de gritar as palavras.

Luca sacudiu os pensamentos dela, quando parou para soltar seus pulsos, tendo a atenção dela novamente.

— Samantha, minha magnífica e encantadora feiticeira, desta noite em diante, nós ficaremos juntos. Quando eu sentir o seu gosto hoje, você será minha. Eu serei seu. Você entende? Preciso ter a sua permissão. Não tem volta.

— Sim, eu sou sua — concordou. — Faça amor comigo, Luca.

Ele rapidamente a virou de bruços. Deslizando a mão sob sua barriga, puxou-a para cima até ela ficar de quatro. Passando as fortes mãos pelas

LUCA

135

costas dela, deslizou-as por sua coluna. Com uma mão na cintura, seus dedos desceram pelo traseiro dela. Pressionando o dedo dentro do sexo dela, ele passou os dedos molhados por seu botão franzido. Ele a sentiu tencionar, mas então ela se mexeu em direção a ele.

— Está tudo bem, *pet*, relaxe para mim. Quero explorar cada centímetro de seu amável corpo. Você já foi tocada aqui? — Ele perguntou ao passar os dedos sobre ela.

— Não — ela suspirou suavemente. Ela gostava da sensação dos dedos dele em seu ânus. Uma onda de excitação passou por ela, sabendo o que ele poderia fazer. — Mas quero experimentar... com você.

— Eu gostaria que você recebesse meu pau um dia, mas não hoje, querida. Eu acho que isso é algo que precisamos acostumá-la aos poucos. Vou deixar você pensar na sensação dos meus dedos lá por enquanto. Diga-me como se sente.

— Hum, é gostoso. Sei que não deveria, mas gosto. — Suspirou enquanto ele continuava a tocá-la em um lugar que ela nunca tinha sido tocada antes, devagar colocando um dedo em seu botão ao mesmo tempo em que sua ereção aveludada entrava em seu quente interior. Devagar, entrou nela. Não queria machucá-la. Por causa de seu tamanho, queria ir devagar e ter certeza que ela estava aproveitando.

— Você está tão molhada e apertada. Você está tão gostosa. Ah, deusa. Eu preciso te reivindicar como minha e temo não ter mais como esperar. — Em momentos, Luca juntou completamente seu corpo ao dela, que o cobria completamente. No que começaram a se mexer juntos, Luca gemeu. — Sim, é isso. Nós nos encaixamos tão bem juntos.

Guiada pelo desejo, Samantha pressionou seu traseiro nele. Ela impacientemente se mexia para a frente e para trás, guiando-o desesperadamente dentro de seu sexo.

— É tão bom, Luca, tão cheia, por favor, não pare. Preciso de você mais forte — exigiu.

Um instinto primitivo tomou conta de Luca quando começou a meter nela para saciar sua necessidade. Mantendo uma mão em seu traseiro, moveu a outra para esfregar sua pele rosada e macia. Ela estava tão perto, e ele a estava levando lá novamente. De novo e de novo, entrava com força enquanto ela implorava por mais.

— Sim, Luca, eu estou gozando, Luca, não pare! — gritou.

Luca sentiu o início do espasmo dela em volta de sua ereção. Suas presas alongaram, e ele segurou os cabelos dela em seu punho, expondo sua pele pálida e seu delicado pescoço. Em um glorioso momento final, Luca entrou nela uma última vez, ao mesmo tempo em que enfiava suas presas afiadas em sua pele doce e sedosa. Ele bebeu sua essência, pulsando fundo dentro dela.

Samantha foi tomada por uma onda de sensações tão intensas que mal podia respirar. Quando voltou do clímax de seu orgasmo, fortes agulhadas cortaram seu ombro. Ela tremeu incontrolavelmente quando outro clímax a tomou. Luca a segurou fortemente até que ambos caíram nos lençóis de exaustão.

Completamente extenuados, o casal satisfeito deitou-se na cama. Luca abraçou Samantha, deitando a cabeça dela em seu peito. A respiração dele desacelerou ao tirar o cabelo do rosto dela.

— Samantha. — Ele precisava dizer para ela.

— Hummmm — respondeu sonolenta. Levantou o queixo para olhar nos olhos dele.

— Eu te amo. — Ele sorriu para *sua* mulher. Luca não podia acreditar que depois de duzentos anos ele estava, sem sombra de dúvidas, amando uma mulher. Ele não iria mais viver sua vida sozinho, procurando por um propósito. Ela era dele. Aquela com quem passaria o resto de seus dias na terra. Aquela com quem planejava casar. Com quem queria formar uma família. *Samantha.*

— Luca — suspirou e então sorriu de orelha a orelha. — Eu também te amo. Eu nunca pensei... Quer dizer, eu estava tão preocupada em acertar minha vida, ter tudo de volta como era antes e agora...

— Agora? — Ele levantou a sobrancelha, questionando.

— Agora, não quero isso. Só quero você.

Samantha beijou seu peito liso enquanto beijava o topo de sua cabeça, abraçando-a. O coração de Luca inchou. Nunca queria que esse momento acabasse. Observando Samantha cair no sono, estava mais determinado do que nunca em pegar o amuleto e matar o vampiro que a estava ameaçando, o que quer que viesse antes. Podia sentir o sangue dela percorrer seu corpo. O vínculo tinha começado.

LUCA

CAPÍTULO ONZE

O aroma de café chegou ao seu nariz. Os olhos de Samantha se abriram e um imenso sorriso abriu em rosto, vendo Luca segurando um copo de café. Ele já estava vestido: uma camiseta preta mostrava o contorno de seu peito e seu jeans azul abraçava os quadris estreitos. Ela notou que ele estava usando botas pretas de couro de jacaré, que combinavam com sua personalidade elegante e letal.

— Vamos lá, dorminhoca. Está na hora de comer e pegar os caras malvados. É uma da tarde. Nós temos que ir.

Ela se sentou, puxando o lençol sobre os seios, e ele entregou o copo de café com leite. Colocou uma bandeja de café da manhã belamente decorada no meio da cama.

— Hummm... isso é maravilhoso. Você que fez? — perguntou.

— *Oui, Mademoiselle*. Eu vivo aqui em Nova Orleans a tempo suficiente para fazer um belo copo de café com chicória[8] e leite aquecido. Mas não fiz esse delicioso prato de ovos e bacon. A cozinheira de Kade que trouxe para cá. Mandy faz um belo café da manhã sulista. — Ele pegou um pedaço de bacon do prato e mordeu.

— Parece ótimo. Ei, o que você está fazendo roubando meu bacon? — brincou enquanto pegava um pedaço para si mesma. — Sabe, eu estava pensando. Qual é o negócio entre vampiros e comida? Quer dizer, já vi você comendo, mas sei que você precisa de sangue. — Ela passou suavemente os dedos pelas pequenas elevações em seu ombro, lembrando como ele a mordeu na noite anterior, e pegou o garfo.

— Bom, posso comer pequenas porções de comida, mas não tem nenhuma nutrição nisso. É como um conforto, nos lembra de nossa vida humana. Mas nós não precisamos disso. E alguns vampiros não comem mais nada de comida humana. — Ele sorriu um pouco. — Mas com certeza comem humanos. O fato é que nós precisamos de sangue humano para

---

8 Durante a guerra civil, que aconteceu no século XIX, diversos portos dos Estados Unidos ficaram bloqueados, o que dificultou o acesso ao café. Para fazê-lo render, os habitantes de cidades como Nova Orleans começaram a torrar e moer raízes de chicória e adicionar na bebida. Mesmo depois de a situação melhorar, o costume perdurou.

sobreviver, mas não todo dia e não muito. Pelo menos meia xícara mais ou menos a cada dois ou três dias nos mantém em forma. Se nós não tivermos isso, definhamos e morremos. Por exemplo, depois que nos atacaram no clã, os criminosos me deixaram faminto. Eu estava preso com prata, então não podia me mover, me comunicar.

O rosto de Luca endureceu, lembrando o que aconteceu com ele e o que Kade e Sydney tinham feito para salvá-lo. Hesitou. Não gostava da ideia contar para Samantha os detalhes de sua recuperação, mas não queria segredo entre eles.

— Escute, Samantha, falando no ataque, não quero que existam segredos entre a gente. Sei que nos conhecemos nas últimas semanas, mas você deve saber que quando aquilo aconteceu, quando fui atacado, não me recuperei logo. Kade e Dominique me deram sangue humano, de um doador, mas não foi o suficiente. — Luca virou o rosto para o outro lado.

Samantha colocou a mão no braço dele.

— Ei, está tudo bem. Eu sei como é acontecer algo que você não pode explicar. Não precisa me dizer. O que é importante é que você está aqui agora.

— Não, não é isso. É só a Sydney. Kade. — Ele não devia se sentir culpado. Mas era exatamente como se sentia. — Desculpa, eu não sei como explicar isso, mas o sangue de Sydney é especial. É porque ela é humana, mas não mais completamente. Ela está vinculada ao Kade.

— Como você fez comigo? — Corou, lembrando deles fazendo amor na noite anterior.

— Bom, sim e não. Você e eu, na noite passada, o vínculo começou. Quando fizemos amor e te mordi no mesmo momento do nosso clímax, o vínculo começou. Então, logo eu serei capaz de sentir onde você está, talvez sentir os seus pensamentos, mas não conseguirei lê-los completamente. Só que nós não estamos completamente vinculados. Isso só acontece quando eu te dou o meu sangue enquanto estivermos fazendo amor. Quando isso acontece, o humano é ligeiramente modificado. Então a Sydney, por exemplo, irá viver tanto quanto o Kade. Ela ficará imune a doenças e etc., mas não se transformará em um vampiro.

— Ok., — Samantha estava comendo o resto dos ovos com prazer, escutando atentamente.

— Ok. — Luca gargalhou com a atitude descontraída dela. Ela era tão valente e aberta ao desconhecido, bem imprevisível às vezes. — O que eu estou dizendo é que o sangue da Sydney é especial, mais poderoso. Então, quando nenhum outro sangue humano me reviveu, Kade deixou eu me

LUCA

139

alimentar na Sydney. — Silencio tomou conta do quarto.

Samantha pensou por um minuto antes de comentar. Lembrando como se sentiu quando Lucas a mordeu e o que Kat disse a ela sobre o que aconteceu no *Eden*, estava começando a juntar as peças do que ele estava tentando dizer para ela. Seu estômago se contraiu em ciúmes. O que exatamente ele estava tentando dizer?

— Então quando você diz me alimentar, você quer dizer "Eu bebi o sangue dela" ou você quer dizer "Eu bebi e fiz sexo com a Sydney"?

Sim, ela estava definitivamente juntando as peças.

Luca segurou a mão dela, precisando de contato com sua amada.

— Sim e não. Nós estávamos todos juntos na casa de Kade, no quarto de hóspedes. Se você está perguntando se eu tive relações sexuais com Sydney, a resposta é não. Mas se você está perguntando se eu me alimentei e isso foi uma experiência erótica? Sim. Eu não sei como dizer isso delicadamente. — Ele escolheu as palavras com cuidado. — Eu tive um clímax durante o encontro. Mas foi só uma vez e, se eles não tivessem feito isso, eu poderia ter morrido. O sangue de pessoas como a Sydney, humanos com vínculos, é raro. Tenho certeza de que Kade podia ter achado outra pessoa além de Sydney, mas isso teria levado mais tempo do que eu tinha. Além do mais, eles são meus amigos.

Samantha pesou as palavras dele. Ela imaginou exatamente o que os três tinham feito se não era sexo, mas parecia que eles tiveram algum tipo de *ménage* e todos eles gozaram. Samantha sabia que ele precisava do sangue, mesmo assim, o que fez com a Sydney?

— Sério? Um clímax? — Ela riu indignada. — Você quer dizer que gozou? Com eles dois lá?

— Eu realmente não quero entrar em detalhes da sessão toda, mas vamos só dizer que não houve penetração e não foi sexo oral. Mas sim, a ideia do que você está dizendo está correta. Eu me alimentei na Sydney. Eu a toquei e ela a mim. Eu gozei. — Luca rezou para ela não surtar e fugir novamente. Não era como se ele tivesse escolha. Teria morrido sem o sangue de Sydney e não teve nenhum controle durante o encontro de cura deles.

— Essa experiência é algo que você pretende repetir com eles? Quer dizer, eu posso ter experiência sexual, mas não sou aberta desse jeito. Tenho limites claros, Luca. E compartilhar é um deles. Não vou compartilhar você com outras mulheres se nós formos ter um relacionamento. Não é uma opção, Luca. — Ela se sentiu enjoada pensando que talvez ele tenha que beber o sangue de outras mulheres.

— Não, não, não. Samantha. Eu nunca pediria isso a você. Isso não é

140 **KYM GROSSO**

algo que eu queira. Só precisava ser honesto como você sobre como me curei, o que aconteceu. Não podem existir segredos entre nós, especialmente quando estaremos com Kade e Sydney. Acredite em mim, o que aconteceu com eles nunca mais acontecerá. E você tem que saber que eu também não compartilho. Nunca — disse entre dentes cerrados. Ele mataria o próximo homem que encostasse um dedo em sua mulher. — Eu quero você. Eu te amo. E, se você concordar, quero nosso vínculo completo.

Aliviada, Samantha pulou nua da cama e se sentou no colo de Luca. Ele apoiou a cabeça na cabeceira da cama, aproveitando a vista de sua bela mulher, colocando a mão em seus quadris.

— Luca, eu te amo. — Ainda era estranho dizer as palavras, mas Samantha não tinha como não dizer como se sentia. — O que quer que seja que você teve que fazer para ficar vivo, eu entendo. Estou grata que Kade e Sydney te salvaram. Ok, não estou muito feliz sobre vocês três juntos na cama, mas o que foi feito, já foi, e hoje você está aqui na cama comigo. Meu vampiro.

— Minha bruxa. — Luca esperou pacientemente Samantha pressionar os lábios contra os seus. Suas línguas dançaram, gentilmente saboreando e explorando. Samantha começou a se esfregar na ereção dele, impaciente para fazer amor novamente.

Luca interrompeu o beijo e jogou a cabeça para trás outra vez.

— Você está me tentando fortemente, querida, mas nós temos que ir encontrar um amuleto. Não podemos ficar na cama o dia todo.

— Droga. Eu detesto quando você está certo. — Samantha fez beicinho. — Ok. Vou entrar no banho, mas você vai ficar me devendo. — Ela piscou para ele, pulou da cama e foi para o banheiro.

Luca sorriu para si mesmo, pensando que aquela mulher seria a morte dele. E que morte doce seria!

Depois de se vestir em um short jeans e camiseta rosa, Samantha entrou na cozinha alegre. O celular dela vibrou enquanto amarrava o tênis. Ela olhou a mensagem.

— Luca! Alguém acessou o banco de dados do clã. Vou usar o seu *laptop* —gritou na escada.

Luca desceu os degraus correndo e se sentou ao lado de Samantha quando ela abriu o programa e digitou furiosamente.

— Ilsbeth entrou nessa manhã. Oba! Consegui. — Abriu a página do clã e digitou o ID e senha de Ilsbeth, apertou enter e esperou. — Ok, baby. Lá vamos nós. Entramos! Agora voamos ver o que podemos procurar. Parece que eles têm tudo categorizado. Nós temos bruxaria por país, por tipos modernos, Wicca, Stregheria... blá, blá, blá. Ok. Eu vejo feitiços, ingredientes, necromancia. Eca... Nunca vou fazer isso. Aqui está livro de sombras, demonologia, mágica cerimonial, cristalocação, xamanismo. Vamos lá, tem que ter alguma coisa aqui. — Ela continuou rolando a página, esperançosa de que teria uma categoria para o *Periapto Hematilly*. — Venha para a mamãe! Sim! Talismãs. Ele é um amuleto. Isso parece certo? — questionou Luca.

— Sim, deve ser isso. Um talismã geralmente é uma proteção contra o mal, mas considerando que nós não fazemos ideia do que ele faz, vamos tentar.

— Devem ter milhares dessas coisas, mas as irmãs merecem reconhecimento, elas têm cada uma delas detalhada: do que é feito, propósito, quem criou, como fazer um. Parece que alguns estão em branco. Elas devem estar no processo de criar o banco de dados. Ah, meu Deus, Luca. Aqui está o *Periapto Hematilly*. Eu não consigo ler isso. É latim? O que é isso? — A descrição estava escrita em uma língua estrangeira:

A potens pythonissam, Maria Voltaire, in septimodecimo saeculo ad certate pestilentia de lamia. Et facta periapt Hematite ex Graeco sanguinem. In actu periapt est proxime duo digitis per unum inch in figura lacrima gutta. Ita dominus periapt oportet esse in magica persuasione potest etiam actiones lamia voluerint. In ordine ad pythonissam ad eu in periapt, requirit gutta intentum lamia. Semel occurrit, in lamia erit sub veneficas imperium vsque mortem. Eam scriptor current location est ignotum.

Luca leu a descrição e traduziu.

— É latim. Basicamente diz que o *periapto* foi criado por uma bruxa poderosa. O nome dela era Maria Voltaire. Ela o fez no século dezessete para combater vampiros, provavelmente durante a histeria de massa sobre vampiros naquela época. Bom, aqui diz que o *periapto* é feito com o mineral hematita. A palavra, hematita é derivada da palavra grega para sangue. E depois ele é descrito: diz que o *periapto* tem aproximadamente duas polegadas por uma polegada e é no formato de gota. O dono do *periapto* deve ser uma bruxa, feiticeiro ou mago. Vamos lá, aqui está o xis da questão. O *periapto* pode controlar as ações de qualquer vampiro. Mas para a bruxa ativar a pedra, ela requer uma gota de sangue do vampiro, e então o vampiro estará sobre o controle da bruxa enquanto ela tiver o amuleto com ela. Diz que a atual localização é desconhecida. — Passando pelos cenários em sua mente, os olhos de Luca cerraram com raiva.

— Puta que pariu, agora nós sabemos por que todo mundo parece querer isso. Imagine se uma bruxa conseguisse o amuleto e o sangue de um vampiro. Como meu sangue, por exemplo. Porra. — Ele esmurrou o balcão, lembrando o que Kade e Sydney disseram para ele sobre as agulhas espalhadas pela igreja quando o encontraram. Talvez alguém tivesse pegado o sangue dele por uma razão diferente do que pensavam.

— O que tem de errado? — Samantha observava Luca andar de um lado para o outro, visivelmente agitado.

— O que tem de errado é que quando nós fomos atacados e eu fui abduzido, tinham agulhas espalhadas pelo chão. É fácil supor que alguém tem o meu sangue. Se a mesma pessoa que pegou o meu sangue pegar o *periapto*, eles podem me controlar, de acordo com o que eu acabei de ler — ele disse. — O que eu não consigo entender é por que outro vampiro iria querer isso? Como ele sabe sobre isso? De acordo com a anotação, somente uma bruxa pode usá-lo.— Ele passou as mãos pelo cabelo.

— Eu não sei, Luca. Mas nós vamos pegá-lo antes e então vamos nos livrar dele. Se não pudermos destruí-lo, iremos levá-lo para o mar e nos livraremos dele. Nós podemos fazer isso. — Ela não queria admitir para Luca, mas também estava com medo. Rezou para ter deixado uma pista sobre a localização do amuleto.

— Bom, graças a Deus você o pegou do Asgear. E agora que sabemos o que ele faz, também sabemos porque alguém quer isso. É melhor irmos descobrir o que está na *Maid of Orleans*. Espero que isso nos leve ao amuleto. Nós agora também precisamos descobrir quem pegou o meu sangue.

Luca estaria condenado antes de deixar alguém controlar suas ações. Sabia melhor do que ninguém que era uma máquina de matar letal quando precisava. E o vampiro que queria pegar o *periapto* também sabia. Talvez o vampiro estivesse trabalhando com uma bruxa? Não podia focar nos milhares de cenários agora. A única coisa importante era localizar o *Periapto Hematilly,* e ele esperava que a *Maid of Orleans* seria sua salvadora.

LUCA

CAPÍTULO DOZE

O sol da tarde refletia no lustroso metal dourado. Lá estava Joana D'Arc com sua armadura e cavalo em Orleans. Orgulhosamente exibida sobre uma larga base de pedra, ficava envolta por jardins e calçadas. Turistas estavam ocupados fazendo compras nos dois lados da rua, alheios a sua história ou potencial.

— Bom, não tenho certeza do que eu estava fazendo aqui. Fica a alguns quarteirões do clube. Não acho que possa ter escapado para a estátua no meu caminho para lá. Talvez eu tenha vindo aqui na minha saída do clube? — Samantha estimou.

— Talvez você tenha. E talvez Asgear morasse perto daqui e esse é o motivo que você veio nessa direção. Talvez você tenha vindo aqui antes de plantar a pista no clube? Tem um bando de vegetação em volta da estátua. Trouxe algumas ferramentas comigo. Elas estão no banco de trás. Vou pegar os cortadores e a pá de mão em caso nós precisemos deles. Sydney sabe que nós estaremos aqui hoje, então o departamento de polícia de Nova Orleans está esperando alguém cavando por aqui. — Luca saiu do carro, abriu o porta-malas e pegou sua caixa de ferramentas.

Samantha já estava fora do carro e do outro lado da rua na frente dele. *Devia ter usado calça jeans e não short*, pensou para si mesma. Arbustos e insetos. Maravilha. Entrando no mato, começou a procurar por algo, qualquer coisa que os guiasse para a localização do *periapto*.

— Eu não teria tido muito tempo. O que quer que tenha feito, teve que ser rápido. Asgear teria me visto correr para o outro lado da rua. Tem que ser dentro ou em volta dos arbustos, talvez perto dos canhões. — Passou pelos galhos, procurando perto da artilharia ornamental que ficava nas plantas.

Ao invés de pular direto no jardim, Luca o examinou por evidência de danos, como galhos quebrados ou folhas arrancadas. Quando foi para frente da estátua, notou que as plantas não estavam crescidas tão altas em um dos cantos. Olhando por sobre o aterro, puxou uma folha que tinha sido rasgada. Voltando o olhar para cima, silenciosamente agradeceu à santa. Com cuidado, entrou nos arbustos. Algo estava errado com o chão perto da barreira de concreto que ficava em volta do jardim. Luca bateu o pé no chão. *Oco?*

— Samantha, venha aqui. — Luca se ajoelhou e começou a empurrar para o lado terra e pedras até ver preto. Bateu com o punho na superfície dura. Metal. — O que é isso? Pode ser uma tampa de esgoto, mas não sei. Parece mais um tipo de porta.

Samantha andou em direção a ele, chegando ao lugar que Luca estava limpando. Algo pequeno quicou em seus pés, capturando seu olhar. Ela se ajoelhou e pegou o objeto. Uma pedra? Não, o metal escuro coberto de terra era perfeitamente redondo.

— Ei, Luca, olha isso aqui. — Esfregando o objeto, examinou seu prêmio. — O que é isso? Quase parece uma bola de golfe. — Ela o colocou na mão suja de Luca.

— Parece liso, mas olha a cor: acho que é feito de estanho. — Limpando a terra grudada, ele o segurou na luz do sol. — Tem uma inscrição. Algo que eu nunca vi antes. Talvez uma língua antiga? Possivelmente sânscrito. Mas o que isso faz? Acho que essa é a questão. — Ele rolou o pequeno globo em suas mãos e o guardou no bolo. Deu de ombros, continuando a limpar o chão. — Bem, o que quer que isso faça, acho que vamos descobrir em breve. Ah, o que temos aqui?

Luca retornou para sua tarefa original, completamente expondo a porta preta de metal que foi escondida no jardim. Passando os dedos por uma pequena fechadura circular, puxou. Poeira e ar fétido subiram. Ele tossiu.

Samantha se inclinou com cuidado, olhando o buraco sujo. Estava cheia de perguntas, nervosamente antecipando que teriam que descer ali.

— Que porra é essa? Tem uma escada aqui do lado. Onde ela vai? Espera, Nova Orleans não tem túneis, tem? Eles não têm altos lençóis freáticos? Até os cemitérios são construídos na superfície por causa disso. — Enquanto estava falando sobre a possibilidade de um túnel, ela se lembrou de uma prisão subterrânea que Asgear criou. — Mágica? Talvez ele tenha usado mágica para manter a água de fora, mas como é possível que ainda esteja aqui?

— Não tenho certeza. Não choveu nas duas últimas semanas. De qualquer jeito, não tem nexo se preocupar como isso chegou aqui. Aqui está uma lanterna. Pronta para entrar? — Levantou uma sobrancelha para ela, um canto de sua boca se ergueu em um leve sorriso. Tirou uma estaca e alguns outros itens de sua caixa de ferramentas e os colocou no bolso.

— Mais pronta do que nunca. Mas, eu juro, vou surtar se vir algum rato gigante lá. Escutei que vocês têm ratos do tamanho de gatos aqui. —

LUCA

Tremeu só de pensar em encontrar uma das pequenas bestas peludas.

— Querida, você sabe que está segura comigo. Além do mais — brincou —, o ratão-do-banhado[9] vive perto do pântano. Vamos lá, eu vou na frente.

Samantha seguiu Luca para dentro do túnel, xingando o dia em que decidiu ir para uma conferência de computadores na *The Big Easy*. *Merda. Túnel nojento. Excrementos e outros cheiros terríveis. Ratos. Possivelmente aranhas. Baratas. Eca. Quem liga para um vampiro tentando me matar por um amuleto quando eu posso ser comida por um bicho rastejante?*

No meio da escada, escutou um respingo. Samantha ligou a lanterna e viu Luca pisar em um líquido marrom não identificado, com alguns centímetros de profundidade. Ela travou.

— Luca, eu não sei se consigo fazer isso. O que tem na água?

— Não tenho certeza, mas você consegue. Venha, eu te carrego. Suba nas minhas contas — ordenou.

— Você tem certeza? — perguntou, ainda parada.

— Sim. Nós precisamos ir encontrar essa porra de amuleto. Ambas as nossas vidas estão na mira. Vamos lá, estou pronto para você.

Samantha soltou as mãos do degrau da escada e colocou os braços em volta do pescoço de Luca. Ela segurou firme e envolveu as pernas na cintura dele. As paredes do túnel pareciam relativamente modernas, mas ela sabia que Asgear provavelmente as segurava com magia. E agora que a mágica atrofiou, as paredes estavam vazando. Rezou que ficassem no lugar, incerta de sua segurança. Uns trezentos metros depois, o túnel virou abruptamente para a esquerda, e eles começaram uma longa jornada na escuridão. A lanterna mal iluminava longe o suficiente para Samantha ver onde estavam indo. Assumiu que Luca tinha visão noturna, porque ele parecia não ter o mínimo problema andando, mesmo quando a luz falhava.

Samantha olhou sobre o ombro, nada além de escuridão. Pavor a dominou quando escutou um barulho atrás dela.

— O que é isso? — sussurrou.

— Está tudo bem. É somente uma pequena criatura. Ele não vai te machucar. Você vai ficar bem. Nós provavelmente não temos muito mais para andar — ele persuadiu.

Ela revirou os olhos. O que era isso nos homens que eles não ligavam para pequenas feras com rabos? Depois de andarem por uns quinze minutos, eles finalmente chegaram em outra escada para cima.

---

9   É uma espécie de roedor, da família Echimyidae, que também pode ser conhecido como nútria, caxingui ou ratão-d'água.

— Uma escada, Luca observou. Parou ao lado dela para Samantha poder alcançá-la. — Parece que esse é o fim da estrada. Ok, vamos subir. Você consegue? Aqui, deixe-me chegar mais perto para você não cair.

— Está tranquilo, obrigada. — Samantha facilmente segurou o degrau de metal, e colocou os pés em um mais embaixo. Ela segurou firme, sabendo o que estava sob seus pés.

— Ok, me deixe passar. Vou subir primeiro. Parece que tem um tipo diferente de porta nesse aqui. Olhe para baixo e proteja seus olhos. Vou forçá-la para cima. Não suba até eu dizer que é seguro, está bem?

Samantha acenou com a cabeça, colocou a cabeça próxima ao ombro e as mãos sobre o rosto. Uma onda de luz do sol e poeira irradiou sobre eles quando Luca removeu facilmente a cobertura circular. Ele começou a subir e olhou sobre a borda.

Um pátio largo e espaçoso esperava por ele. Subindo, olhou em volta. Sem sentir nenhum humano ou sobrenatural, chamou Samantha.

— Você pode subir. Está tudo seguro. Estamos em um pátio. Bem cuidado, pelo que eu posso ver.

Um chafariz decorativo de três andares ficava no centro do pátio. Em volta dele, tinha vários vasos com não-me-toques, hibiscos, palmeiras e bananeiras. O pátio de tijolo vermelho contrastava com os vasos brancos de cerâmica.

— Aqui é bonito — Samantha comentou. — Eu amo o chafariz. Você acha que o Asgear morava aqui?

— Não sei. Ele pode ter alugado a propriedade. Mesmo assim, se pertencesse a ele, era com um nome falso. Não existe registro de nada sendo dele além do galpão. — Luca não estava iludido pelo jardim imaculado. Alguma coisa parecia estranha. — Samantha, tome cuidado. Fique perto. Nós vamos revistar o pátio, mas acho que o que estamos procurando não está aqui fora. Infelizmente, acho que vamos achar o que estamos procurando atrás daquela porta ali. — Ele apontou para a porta azul, que era a entrada da casa.

Depois de uma exploração sem sucesso, Luca e Samantha se aprontaram para entrar na casa. Quando ainda estavam do lado de fora, um sentimento de consternação tomou Samantha. Ela olhou para a casa e examinou o exterior por algum sinal de destruição. Apenas pela aparência, tinha uma fachada quente, acolhedora para todos. Olhando além da superfície, um senso ameaçador de mau presságio descia sobre eles. Ela podia não ser médium, mas sentia claramente algum tipo de maldição emanando da estrutura. Cada célula em seu corpo estava dizendo para ela ficar do lado

LUCA

147

de fora.

Qualquer coisa podia estar naquela casa. Uma armadilha? Um feitiço oculto? Era verdade que Asgear estava morto. Mas Samantha sabia com certeza que a mágica nem sempre morria com seu criador. Magia era uma energia viva que mudava, desvanecia e às vezes morria. Carregava em si o bem e o mal a que se destinava. Samantha sabia que isso a aguardava. Qual era o "isso" ainda não se sabia. Controlou os nervos, determinada a conquistar seus medos.

Luca virou a maçaneta com cuidado e entrou.

— Está destrancada.

Uma cozinha arrumada, localizada nos fundos da casa, era decorada com azulejos pretos e vermelhos com um conjunto de cozinha branco e cromado no estilo dos anos cinquenta. *Quieto. Frio.* Um corredor longo e fino ia em direção à entrada frontal. Exploravam a pequena casa e Samantha não teve como deixar de notar a falta de móveis e decoração. O corredor levava para uma sala onde havia somente uma TV de tela fina e uma poltrona que já viu melhores dias. O tecido marrom estava rasgado e pedaços de espuma saíam pelos rasgos. Paredes brancas davam lugar a persianas na cor creme. Mas não tinha nenhuma outra evidência de que alguém vivia na casa: nenhum resto de comida, pratos, copos, jornais.

— Quem quer que vivia aqui era um minimalista — Samantha conjecturou enquanto seguia Luca para o andar de cima.

— Sim, isso com certeza. Aqui tem menos móveis que um motel barato. Detesto perguntar isso, Samantha, mas você tem certeza que não se lembra de estar aqui? Asgear deve ter mantido-a aqui em algum momento para que deixasse essas pistas. — Luca virou em outro corredor.

— Eu não me lembro de ter estado aqui de jeito nenhum. Isso não parece certo. Não sinto isso ser certo. É como se uma presença maligna estive dentro de cada poro dessa casa. E não tem nenhum quarto aqui, além daquele ali. Olhe. — Ela apontou para uma única porta de madeira marrom. — É a única porta aqui em cima? Como pode ser? Isso é tão estranho. Entendo que o lugar é pequeno, mas eu pensei que teria mais do que um cômodo.

— Talvez alguém remodelou para juntar os quartos? — A porta de carvalho estava trancada com um largo cadeado de níquel. — Está trancada, mas não por muito tempo. Fique para trás, Samantha. Vamos ver o que está atrás da porta número um — brincou.

— O que?

— Sílvio Santos. Porta da esperança[10]? — Ele sorriu para ela. — OK, lá vamos nós.

Samantha ficou em pé com as costas apoiadas na parede, nervosamente observando Luca. Ela rezou para o *periapto* estar dentro desse quarto. Sentia-se ansiosa, como se estivesse vendo alguém abrir uma caixa surpresa, esperando a cobra gigante pular neles.

Luca pegou um pequeno clip de papel do bolso da calça jeans. Esticou o clip e o dobrou de um lado para o outro até partir ao meio. Moldando cada peça em um L, eles podiam ser usados para abrir o cadeado. Ele os mostrou e sorriu.

— Sempre preparado. Se fosse à noite, eu iria só quebrar o cadeado, mas o sol me deixa muito fraco para fazer isso com a mão. Aqui vamos nós.

— Por fraco, você quer dizer humano? Ainda bem que é um bom escoteiro — brincou.

Luca segurou o cadeado com as duas mãos, inseriu e aplicou pressão com um dos pedaços e mexeu a outra parte até escutar um estalo. Arrancando o cadeado com um único movimento, segurou a antiga fechadura de vidro e virou, escancarando a porta. Procurou por um interruptor de luz, mas não achou nenhum. Ligou a lanterna e direcionou-a para o espaço escuro. Colocando uma reconfortante mão no ombro de Samantha, tentou diminuir o medo dela.

— Está tudo bem. Nada vivo está aqui.

Samantha estava curiosa para ver o que estava ali dentro. Ela se pressionou contra as costas de Luca, olhando por trás dele. Um cômodo largo, escuro e retangular estava na frente deles. Suas paredes e teto estavam cobertos por um tecido aveludado. As tábuas de madeira foram pintadas vermelho-púrpura. Elaborados candelabros de parede enfeitavam a parede do fundo, pingos de cera derretida espalhados pelo chão. No outro lado do quarto, um anel de metal estava preso entre a parede e o teto. Junto do anel, estavam longas correntes e duas algemas de metal. Evidências de um prisioneiro estavam espalhadas pelo chão: roupas, um prato, copo, restos de pão velho. Na parede oposta à entrada, um círculo de madeira entalhada brilhava.

— Que porra é essa? — As palavras de Luca desapareceram quando viu todo o quarto, percebendo que foi usado para prender e manter um alguém. *Samantha*.

Samantha ligou a lanterna e correu para a pilha de roupas no canto, perto das correntes.

---

10 **Adaptação do programa americano de Monty Hall, "Let's Make a Deal".**

— Ah, meu Deus, Luca. Minhas roupas. Elas são minhas.

Ela começou a aceitar que esteve ali. Suas roupas removidas. Escravizada. Não queria chorar, mas lágrimas alfinetavam seus olhos. Mesmo não conseguindo lembrar o que aconteceu, sabia que algo foi feito com ela. Pegando o vestido imundo em suas mãos, caiu de joelhos e começou a soluçar.

— Eu estava aqui — ela sussurrou em meio ao choro. — Ah, meu Deus. O que ele fez comigo? Por quê?

Luca correu em direção a ela. Ajoelhando ao lado de Samantha, colocou os braços em volta dela, passando a mão para cima e para baixo em seu braço.

— Está tudo bem, ele não pode mais te machucar. Ele está morto. É somente um quarto vazio com memórias que são melhores esquecidas. Você está a salvo comigo e ficará bem. Vamos lá, deixe tudo ir embora. — Ele pegou o vestido das mãos dela e colocou-o novamente no chão brilhoso. Pondo Samantha de pé, Luca a abraçou amavelmente. — Você está bem agora. Lembra o motivo de estarmos aqui? — Ele beijou o topo da cabeça dela.

Esfregando as lágrimas dos olhos, Samantha soltou Luca.

— Desculpa. É tão difícil não lembrar. Parece um sonho. Um pesadelo. Vendo minhas roupas deixa tudo real. Espero que o filho da puta apodreça no inferno — disse, retomando sua compostura. — Ok, estou bem. Vamos lá.

— Aqui — disse apontando para o largo círculo. — Isso é entalhado com marcações antigas. E olhe aqui no centro. Um pequeno buraco. — Passou os dedos pela pequena depressão.

— Sim, um buraco que parece ser o lugar perfeito para a nossa pequena bola de golfe. Você está com ela?

— Aqui, segure minha lanterna. Coloque o feixe aqui. —Pegou a bola de estanho e segurou-a na frente da estrutura na parede. — Bem, parece que cabe, mas eu não tenho certeza de como ficaria ali. Não é fundo o suficiente para colocar a bola inteira.

Mesmo assim, quando Luca colocou a bola na depressão, teve um *click* audível. Samantha e Luca deram um passo para trás quando a bola abriu. Oito pedaços de metal perfuraram para fora da estrutura interna, segurando-a contra o entalhe. Como se estive segurando em pernas de aranha, Luca rodou a bola. Uma pequena quantidade de ar escapou quando a estrutura de madeira abriu, revelando o interior de cetim de um cofre.

Samantha começou a pular de excitação quando viu uma pedra lisa e

KYM GROSSO

vermelha guardada dentro de um pequeno frasco. O *Periapto Hematilly*. Ele não parecia tão espetacular quanto esperava. Uma única pedra, vermelho-tijolo e em forma de gota estava presa por um fio de sisal. Era exatamente como descrito, mas mesmo assim não parecia nada mágico só olhando. Despretensioso e, mesmo assim, as pessoas estavam dispostas a matar por ele.

Luca segurou a tão procurada gema por seu cordão, olhando o amuleto.

— Então é esse pequeno treco que está causando todo esse problema? Estou aliviado de ter isso, especialmente sabendo que tem algum doido por aí com o meu sangue — exclamou. — Você gostaria de fazer as honras?

Samantha felizmente pegou o *periapto* em suas mãos, ela não tinha nenhuma intenção de soltá-lo. Esfregando-o entre os dedos, sonhava sobre o dia em que seria livre novamente.

— Luca, sobre o seu sangue. Nós não podemos arriscar entregá-lo para o vampiro. E se ele decidir dá-lo para uma bruxa? É muito perigoso. Não, nós não podemos entregá-lo — insistiu.

Luca passou os dedos pelo cabelo, contemplando o dilema deles.

— Eu concordo. O vampiro que procura isso deve morrer. Depois disso, nós vamos destruí-lo para ninguém poder colocar a mão nesse terrível objeto. Mas saiba uma coisa, Samantha, se chegar ao ponto entre me salvar ou salvar você, o vampiro fica com o amuleto. Nós temos que mantê-lo a salvo. Kade e Sydney podem nos ajudar. — Ele começou a mandar uma mensagem para eles explicando o que aconteceu. — Vou chamar um carro e então nós podemos decidir como proceder daqui para frente. O vampiro disse que te encontraria e, acredite em mim, eu estarei esperando por ele.

Quando Luca foi abrir a porta da frente, Samantha viu um rosto olhando pela janela da cozinha.

— Luca, tem uma mulher lá fora. — Samantha apontou e começou a andar em direção à porta traseira, inexplicavelmente atraída para o lado de fora. Intelectualmente, ela sabia que não devia ir sozinha, mas suas pernas continuaram andando, uma na frente da outra, até que se encontrou na porta traseira.

— Samantha, não! — Luca gritou.

Mas Samantha não parou. Ela queria escutar Luca, realmente queria. Mas algo a puxava. O corpo de Samantha vibrava com mágica, cheio de poder. A mágica estava chamando-a para continuar. Ela estava atraída pela estranha como um pedaço de ferro sendo puxado para um imã. *Compelida*.

Samantha viu um pedaço de cabelo preto na chuva, Rowan estava em pé no pátio, braços abertos. O que ela estava fazendo aqui na casa de Asgear? Ela podia ter seguido ela e Luca? Como ela saberia? Samantha não podia entender o que estava acontecendo, não fazia sentido. Luca repetidamente chamava por ela e ela se esforçava para obedecê-lo, mas falhava. Não, isso não estava certo. Ela não devia ir. Mas a compulsão era muito forte. Ela lutou, desesperadamente tentando afastar a armadilha. Falhando, ela saiu no pátio, parando a meros metros da bruxa de cabelo preto.

Rowan gargalhou loucamente, assistindo a noviça tentando lutar contra seu comando. Sabia que Samantha provavelmente não fazia ideia de como parar a compulsão. Ela quase teve pena dela, mas não, a idiota ingrata recusou o treinamento de Ilsbeth. Ela era abençoada com magia, mas tinha negado tanto suas habilidades, quanto as graças do clã. Se Samantha tivesse continuado treinando com Ilsbeth, teria conseguido facilmente desviar o comando de Rowan. Em vez disso, submeteu-se sem poder fazer nada, como a incompetente que ela sempre foi. Nada de pena para ela, Samantha merecia ser dominada por causa de sua insolência. Rowan estava enojada com o nível de desrespeito que mostrou com ela e suas irmãs ao se negar a aprender o ofício.

Daria qualquer coisa para assistir Asgear se retrair enquanto sua marionete lutava. Ele sempre foi tão pomposo nos círculos mágicos, contando vantagem sobre seus novos feitiços e artefatos. Em um bar uma noite, ela aprendeu com outra bruxa que o astuto mago estava contando que tinha descoberto o *Periapto Hematilly* como parte de seu grande plano de dominar Nova Orleans. Agora que ele estava morto, Rowan daria a última risada.

Depois da história de Samantha voltar ao clã e procurar em seu velho quarto, Rowan tinha começado a suspeitar. Quando Ilsbeth contou a ela que Samantha estava procurando pelo *periapto*, ela estava agradecida pela conversa oportuna. Foi quando teve certeza de que podia pegá-lo com sucesso. A noviça ou sabia a localização do artefato ou, com a ajuda de Luca, iria com certeza achá-lo. Tudo que precisava fazer era esperar e observar, ela já tinha o sangue de um vampiro.

Gostava de ver Samantha tropeçando, sem ter certeza porque seu corpo não escutava seu cérebro. Chega de diversão. Era hora de pegar o amuleto para si mesma.

— Ah, Samantha. Eu vejo que você achou o *periapto*. Os rumores eram verdadeiros, ele estava aqui em Nova Orleans. Você vê, eu perdi tempo procurando, planejando o feitiço de localização correto e agora você me ajudou a encontrá-lo. — Ela riu.

— Rowan, sobre o que você está falando? Eu preciso disso. Tem um vampiro atrás de mim. Preciso entregar para ele — ela explicou.

Luca andou atrás dela devagar, não querendo fazer nenhum movimento brusco para Rowan não machucar Samantha. Ele segurava a estaca que trouxe firme em sua mão.

— Eu aposto que ele quer isso — disse com sarcasmo. — Aposto que todos os vampiros iriam querer o amuleto. Como o Luca? Vamos lá, não seja tímido, Luca. Eu te vejo aí atrás. Não faça nenhum movimento brusco, vampiro. — Ela voltou sua atenção para Samantha. — Você vê, minha amiga, nós todos temos poderes. Ilsbeth me contou que você é uma bruxa de elementos, mesmo que fraca. Quer ver o meu poder? Não, sério, você vai aproveitar o show. Eu sou uma bruxa telecinética, o que significa que eu posso fazer isso. — Ela levantou o braço com a palma em direção a Luca e Samantha, imobilizando-os com pouco esforço. Ela riu antes de continuar. — Agora, deixe-me ajudá-la com o amuleto. — Os olhos de Rowan piscaram prateados. — *Dare me in periapt nunc, pythonissam*[11]!

Samantha lutou contra seus próprios músculos quando sentiu sua mão abrir contra sua vontade.

— Não! — Samantha gritou quando o amuleto voou pelo pátio, indo parar aos pés de Rowan.

Rowan pegou o amuleto e retirou uma pequena ampola do bolso.

— Agora a verdadeira diversão começa. Você sabe o que está aqui, não sabe? — perguntou, sorrindo maldosamente.

Samantha sacudiu a cabeça.

— Não, por favor, não faça isso.

Luca continuou com sua tentativa inútil de quebrar o feitiço de Rowan, ele ainda não conseguia se mover mais do que uns centímetros. Precisava convencer a bruxa.

— Rowan, Ilsbeth vai te banir para sempre por suas ações. Você irá perder tudo que tem. Seu clã. Sua vida. Agora, nos dê o amuleto. Você pode tê-lo quando terminarmos — Luca prometeu.

— Ah! — Rowan gargalhou. — Certo, como se você fosse simplesmente devolvê-lo para mim. Já que você não quer adivinhar o que está na ampola, devo contar ou fazer uma surpresa? — Ela riu e sacudiu a mão. — Ok, ok, vou dar uma dica. Lembra-se de estar em uma igreja, acorrentado? Foi uma pena eles marcarem seu belo corpo com prata, mas simplesmente

---

11   Em latim, Dê-me o periapto agora, bruxa.

tinha que ser feito.

— Meu sangue — Luca disse com um rosnado.

— Bonito e inteligente. Vocês vampiros são tão rápidos e fortes. Bem difícil de capturar, sabe. A não ser que saiba quando um está vindo para a sua casa, é realmente difícil. Mas quando sabe que um está visitando, bem, acaba não sendo tão difícil... Só precisa de um pouco de prata. — Abrindo o topo da ampola, Rowan colocou uma gota de sangue na pedra vermelha. — Tão simples. Está feito. Você já sente? Vamos lá, Luca, sabe o que isso significa? Você agora é meu escravo, vampiro. Enquanto eu estiver na sua presença e tiver o *periapto*, você é meu.

— Nunca serei seu, bruxa. Não sinto nada — insistiu.

— Sério? — Ela sorriu malignamente, doida para brincar com seu novo brinquedo. — Vamos testar, então? Luca, escravo de Rowan, vampiro nascido de Kade, mate a Samantha!

Luca cambaleou quando o comando entrou em seu cérebro. A estaca caiu de sua mão e ele agarrou os dois lados da cabeça. Nunca em sua vida foi compelido a fazer o que outra pessoa tinha mandado, mas o desejo de colocar as mãos em volta do pescoço de Samantha cresceu fundo em sua barriga. Ele rosnou e jogou-a no chão. Samantha lutou contra ele, chutando, tentando escapar.

— Luca, não — implorou. — Não escute o que ela diz.

Luca lutou contra suas próprias mãos enquanto circulavam o pescoço de Samantha. Ele tentou lutar, puxando suas mãos para trás. Uma terrível convulsão tomou conta de seu corpo em resposta à desobediência. Ele escutou Rowan gargalhar à distância.

— Ah, o que é isso que você sente, Luca? Está correto, é uma agonia lancinante, não é? Acostume-se com isso, meu querido sugador de sangue. Você não tem mais livre arbítrio. Com certeza você vai lutar contra mim, mas com o tempo eu vou te quebrar. Continue ignorando meu comando, vampiro, e seu sofrimento não terá fim. Você talvez morra. E que pena isso seria, depois de todo meu trabalho pesado. Faça isso. Mate-a.

Com a ordem de Rowan, seus dedos subiram pelo pescoço dela e apertaram. Samantha esmurrava o peito de Luca com suas mãos, tentando desalojá-lo enquanto suas mãos circulavam sua garganta mais uma vez. Ele podia dizer pelos seus olhos que ele estava tentando lutar contra a ordem, sofrendo muito por recusar machucá-la. Mesmo assim, seus dedos apertavam mais e mais.

— Pegue a estaca, está bem ali, no chão. Mate-me, Samantha. Não a deixe fazer isso — Luca grunhiu.

Samantha sacudiu a cabeça, a estaca estava a centímetros de alcance.

— Não! Eu não posso, não consigo — protestou ao escutar um barulho vindo de trás. Ela perdeu Luca de vista e o aperto em seu pescoço sumiu. Samantha sugou ar várias vezes, tentando voltar a respirar. Empurrando nas palmas da mão, ela sentou e passou a mão pelos cabelos, tonta pela falta de oxigênio.

Ao levantar a cabeça, olhou diretamente nos olhos pretos do vampiro que encontrou no *Sangre Dulce*. Ele a tinha resgatado das mãos de Luca. Por um mero segundo, olhou para ela, presas aparentes. Ele tinha Luca em uma gravata, ameaçando quebrar seu pescoço. Luca lutava contra ele, negando se entregar.

Samantha gritou com o outro vampiro para soltar Luca.

— Não o machuque! Por favor! Eu te darei o que você quiser. Eu prometo — implorou. Samantha tropeçou ao tentar levantar. Apontando para Rowan, tentou conseguir a atenção do estranho. — Olhe ali! Rowan, aquela bruxa ali. Ela tem o *periapto*. Ele está sob o controle dela.

Luca rosnou para o outro vampiro. O aperto em sua traqueia alargou por um segundo, permitindo que saísse da gravata. Os dois magníficos vampiros começaram a rolar no chão, lutando pelo controle.

Rowan gargalhou loucamente.

— Ah, como eu amo ver gladiadores lutarem. É uma bela disputa. Mas nós precisamos ir embora. Luca, está pronto para vir com sua nova senhoria? Você realmente precisa de um treinamento melhor. Pedi para matar essa porcaria de bruxa e aqui está você brincando com um vampiro. Devo admitir que estou ansiosa para torná-lo meu escravo em todas as maneiras possíveis. Ah, sim, eu planejo te disciplinar pesado e por muito tempo, noite após noite — refletiu, olhando para Samantha.

— Não! — Samantha gritou e se jogou em direção a ela. Samantha jogou Rowan no chão, mas a bruxa era forte. Ela segurou Samantha pelo cabelo, puxando-a para baixo, recusando-se a entregar o amuleto.

— Devia ter trabalhado em seus poderes, garotinha. Talvez se tivesse, seria como eu. Mas não, você desperdiçou as lições de Ilsbeth. Então vou te dizer uma coisa, já que estou me sentindo generosa. Vou te ensinar um pequeno truque em transporte. — Rowan a segurou pelo cabelo e deu um tapa no rosto de Samantha. — Preste atenção!

— Vá se foder! — Samantha gritou e bateu nela de volta. — Dê-me o amuleto! — Ela chutou Rowan enquanto brigavam, mas não conseguia prendê-la no chão.

— Chega! — Rowan sacudiu a mão, emitindo uma onda de magia. O

LUCA

155

corpo de Samantha voou pelo pátio e bateu contra uma parede de tijolos, ficando inconsciente.

Rowan esperou por seu vampiro. Depois do trabalho que teve, não tinha a mínima intenção de ir embora sem ele. Entoando um feitiço, abriu um portal cinza rodopiante. Virou para os vampiros, que tinham parado de lutar momentaneamente para observar o vortéx.

— Venha, Luca. Você é meu. E virá comigo agora — ela ordenou.

Confuso, Luca começou a ir em direção à Samantha. Queria ficar e protegê-la. Mas, quando foi, uma dor lancinante percorreu seu corpo. Sabia que estava sendo forçado a ir com Rowan. Jogado em um espasmo agonizante, ele se dobrou, impossibilitado de ficar em pé. O *periapto* era sua única forma de sobrevivência. Se conseguisse pegá-lo e destruí-lo, então sua ligação com Rowan seria quebrada.

Ele olhou para o grande vampiro com quem lutou. Luca podia dizer que era muitos anos mais velho que ele, um grande guerreiro. Ele era um dos vampiros mais fortes do mundo e, mesmo assim, esse vampiro não venceu. Mais importante, o vampiro salvou Samantha da morte certeira que teria vindo por suas próprias mãos. Sentiu que o vampiro não os queria mortos, mas sabia que ele também desejava o *periapto*. *Poderia ele também querer destruí-lo?* Tinha que tomar uma decisão, ir com Rowan por vontade própria e destruir o amuleto, ou ficar e lutar contra a compulsão.

Tentou novamente ir em direção à Samantha, mas foi novamente cegado quando uma tortura terrível atingiu seus ossos. Caindo de quatro, voltou atrás, e a dor diminuiu. Com a visão embaçada, encarou o mal que fez isso com ele.

Rowan o chamou com o dedo, sem lhe dar nenhuma chance. Tropeçando em direção a ela, tentou um ataque. Com somente um movimento de seu pulso, ela o jogou na abertura do portal. Uma onda de energia inundou seus sentidos. Varrido para dentro, caiu com um estrondo em um piso duro de concreto. Luca chiou quando uma rede de prata cobriu seu corpo. O cheiro de sua própria pele queimando entrou em seu nariz enquanto rezava por misericórdia.

CAPÍTULO TREZE

Samantha sonhou que estava flutuando em uma nuvem, sorrindo para um arco-íris. Ao colocar os dedos nos raios, seus olhos se abriram e ela percebeu que estava dormindo. *Onde estou? Onde o Luca está?* Em uma onda de pânico, sentou de repente. Procurando pelo quarto, não reconheceu o ambiente. Um tema descolorido provocava seus olhos. O quarto era branco, com molduras de cor creme. A cama era branca e estava coberta com um edredom branco e travesseiros combinando. Uma grande cômoda branca e espelho, além de uma poltrona, contrastavam com o piso escuro de cerejeira. Mesmo não tendo cor, o quarto era decorado com bom gosto.

Envolta em silêncio, sentou de pernas cruzadas. Suspirou, aliviada que ainda estava vestida. Mas seus sapatos estavam no chão ao lado da cama. Considerando que não estava nua ou presa, concluiu que quem quer que a tenha pego não estava considerando machucá-la... ainda.

Lembrando-se do ataque de Luca, ela cuidadosamente tocou seu pescoço, grata por não ter morrido. Estava um pouco machucado, mas não doía muito. Começou a entrar em pânico novamente, pensando no que teria acontecido com ele, quando olhou para cima e viu o intimidante vampiro que a estava perseguindo apoiado no batente da porta. Friamente, ele se aproximou dela. Os olhos dela se arregalaram quando sistematicamente percorreu todos os possíveis cenários.

— Olá, Samantha. Eu sou o Léopold Devereoux — disse com um sotaque francês.

— Você! — Samantha foi para trás na cama, dobrando os joelhos em direção ao peito, circulando-os com os braços. Seu coração batia freneticamente. Ela olhou por uma saída, mas não viu nenhuma.

Léopold graciosamente andou em direção a ela e sentou na poltrona.

— Não tenha medo, *mon agneau*[12]. Não irei machucá-la — afirmou.

Ela estudou o imenso vampiro que a tinha ameaçado no clube. Lembrando a sensação do corpo dele contra o dela, sabia que ele era pelo menos tão alto quanto Luca. Na escuridão do *Sangre Dulce*, mal conseguiu ver suas feições, mas nunca esqueceria seus olhos pretos como a noite.

---

12 Em francês, signifca meu cordeiro.

Agora na luz, notou quão atraente ele era. Os duros contornos de sua face masculina acentuavam sua mandíbula quadrada. O cabelo castanho-escuro e ondulado estava arrumado em uma moderna barbatana de tubarão. Mesmo sua presença exalando poder, ele parecia novo, na casa dos trinta e poucos anos. Sensual. Mortal. Samantha imaginava se todo vampiro tinha uma sensualidade que mantinha todas as mulheres imaginando se ele a morderia. Enquanto ele era inegavelmente atraente, não sentia nada além de medo pelo vampiro em sua frente. Percebeu que o estava encarando e desviou o olhar em direção à parede.

Sentindo o medo dela, Léopold tentou confortar a bela bruxinha. Não queria assustá-la, mas precisava do amuleto. Ela não era nada mais do que um meio para um fim. Olhando sua pele pálida e lábios carnudos, entendeu a atração de Luca pela mortal.

— Sei que você não confia em mim. Dadas as minhas severas ações, suponho que você tem razão. Mas, *mademoiselle,* minhas intenções nessa tarde são honoráveis.

— Honoráveis? Você queimou meu chalé! — disse para ele. — Você poderia ter nos matado!

— Ah, sim, bem, aquilo foi somente uma distração para colocar o seu foco na tarefa certa. Você sabe, existiam rumores de que Asgear tinha o *periapto.* Depois da indiscrição dele com a mulher humana de Kade Issacson, procurei em suas propriedades, ou eu deveria dizer no que sobrou delas, mas nunca o encontrei. Mas achei você. — Ele sorriu maliciosamente. — Convencido da existência do amuleto, somente te dei o encorajamento necessário para encontrá-lo para mim. O que você fez bem espertamente, devo dizer.

Samantha o encarou com desprezo e sem acreditar.

— Você arriscou a minha vida e a do Luca por aquela porra de amuleto, e agora? Rowan está com ele. E Luca? Onde ele está? — gritou. Lágrimas encheram seus olhos.

— Esse é um problema. Rowan é uma bruxa ardilosa e sabe exatamente por que eu estava tão persistente em minha busca pelo *Periapto Hematilly.* Ela sabe que pode controlar vampiros. E agora, para o meu horror, está com Luca. Também terá qualquer outro vampiro que ela roube o sangue. O amuleto é muito perigoso para a nossa raça. Ela precisa ser encontrada. — Ele respirou fundo e soltou o ar. — Liguei para Kade hoje à noite e ele está ocupado por várias horas, algo relacionado com os lobos. Nós concordamos que o melhor seria eu levar Étienne, Xavier e você para tirar Luca das garras de Rowan.

— Eu? O que possivelmente eu posso fazer? Você viu o que ela fez comigo. — Samantha estava envergonhada com o que aconteceu. Rowan tinha chamado e ela atendeu como um cachorro. Não conseguia chamar seus poderes, ela travou.

Léopold se levantou, aproximando-se da cama e sentando ao lado de Samantha.

— Você é um mero bebê na floresta, Samantha. Mas tem o poder. Eu a vi nas montanhas no dia em que apagou o incêndio. Você precisa se concentrar dessa vez. Vou precisar da sua ajuda para salvar o Luca e recuperar o amuleto. E, claro, Rowan estará nos esperando. Ela quer muito manter o amuleto, para poder ficar com o Luca. Você quer que ela fique com o Luca? — provocou.

— Não — sussurrou, colocando a cabeça nas mãos. Ela esfregou o rosto e o olhou implorando. — Eu não posso perdê-lo. Nós temos um vínculo. O que eu quis dizer é que nós começamos o vínculo. Ele é meu. Eu sou dele. — A realidade da situação estava clareando e Samantha odiava que Rowan pegou Luca.

— Eu vou dizer que isso é um não. Então o que você precisa entender é que ele não é mais seu. Ele não pertence nem a si mesmo. Ela o está transformando em um escravo enquanto conversamos, em todos os sentidos da palavra. Ele não terá como lutar contra ela. O que ela mandá-lo fazer, ele fará. Enquanto o amuleto existir, ele é dela.

— Não, não pode ser. Ele nunca ficaria com outra pessoa. Quando ela mandou ele me atacar, ele estava lutando contra — protestou.

— Mas isso vai matá-lo se ele continuar a lutar... e ele eventualmente vai se entregar. Em mais alguns dias, não será nada mais que a casca de um homem — ele calmamente explicou.

— O que nós devemos fazer? Nós nem sabemos onde ele está. Ilsbeth... nós devíamos ligar para ela nos ajudar — sugeriu.

— Não. Isso não vai acontecer. Qualquer outra bruxa pode ficar tentada a pegar o amuleto. O *periapto* é algo que as bruxas querem em seu poder. Ele precisa ser destruído.

— Então por que me levar? — desafiou.

— Porque você o ama. E somente uma bruxa pode destruir o *Periapto Hematilly*. Ele precisa de você. Inferno, eu preciso de você — admitiu.

Por um segundo, Samantha pensou ver uma fagulha de emoção em seus olhos e, tão rápido quanto, foi embora.

Léopold continuou a falar.

— Então aqui está o que vai acontecer. Você vai se controlar e me

LUCA

159

encontrar no andar de baixo. Étienne e Xavier estão vindo para o meu apartamento e nós vamos para a casa da Rowan. Ela comprou uma casa e sabiamente ela registrou em outro nome, mas eu tenho certeza de que está lá. Ela nunca arriscaria levá-lo para o clã, porque, se levasse, sabe que a Ilsbeth iria ligar para Kade imediatamente. Pelo que nós sabemos, Ilsbeth não está sabendo do que Rowan fez, mas nós não vamos envolvê-la, de qualquer jeito. Não, tem que ser feito com nós quatro. Kade deve estar aqui pela manhã, se precisarmos nos livrar da bruxa.

— Nos livrar? Que porra isso significa?

— Significa que ela vai morrer, Samantha. Kade é o líder da região e é o correto que ele faça justiça se ela sobreviver à noite. — Léopold andou para o outro lado do quarto e abriu a porta para sair. — E, Samantha, você precisa saber que Rowan pode ter criado outros.

— Outros? — perguntou.

— Sim, outros. Outros escravos, vampiros. Possivelmente *shifters*. Nós não podemos ter certeza do que ela fez.

— E, afinal, quem é você? Por que Kade iria deixar você resgatar o Luca? — Ela não podia entender porque esse estranho ligava para o que acontecesse com Luca.

— Eu sou o criador do Kade — afirmou com autoridade. — Agora não vamos desperdiçar tempo. Nós temos um vampiro para salvar e um amuleto para destruir. Preciso de você pronta, mentalmente preparada para o que vamos enfrentar. Você precisa estar focada para chamar seu poder. Lembre-se do que você sentiu no chalé. Traga qualquer elemento que precisar, mas nos ajude a pegar o Luca. — Léopold fechou a portar, rezando para que a mulher de Luca entendesse o que eles encaravam.

Samantha não estava feliz de estar na casa de Léopold. Como Kade podia deixá-la com ele? Mal confiava em Kade e agora tinha que confiar em seu criador? Ela colocou as mãos no rosto em luto. Luca foi levado e a culpa era dela. Se tivesse resistido a Rowan, nunca teria perdido o amuleto. Se tivesse escutado Ilsbeth e tentado ainda mais aprender seu ofício, teria tido como lutar. Em vez disso, ela não foi nada mais do que uma marionete na mão de um mestre.

Enxugando as lágrimas, tentou controlar suas emoções. Talvez tenha sido inútil para Luca no pátio, mas não desistiria dele. Não podia deixar Rowan destruí-lo. Decidindo lutar até seu último suspiro, levantou da cama. Ela não era uma perdedora, era uma sobrevivente.

Samantha sabia em seu coração que Luca a amava com cada célula de seu ser. Ela não tinha certeza de que podia confiar em Léopold, mas ele disse que Xavier e Étienne iriam com eles. Luca confiou nesses vampiros no clube. Se ele podia confiar neles, ela também podia. Era tudo que tinha para continuar.

Abrindo a porta do banheiro, Samantha fez o que precisava e então se viu no espelho. Sua longa cabeleira vermelha estava arrepiada e saindo do elástico, seu rosto estava sujo de terra e um largo arranhão em sua sobrancelha direita era uma evidência de sua briga com Rowan.

— Merda — disse para si mesma, decidindo que estava um desastre.

Abriu a água quente e molhou uma toalha. Depois de gentilmente limpar o machucado, esfregou a toalha nos braços, em uma tentativa de se refrescar. Molhando os dedos, tentou pentear o cabelo com as mãos e o prendeu em uma única trança caindo por suas costas e presa com o elástico. Satisfeita que estava pronta para encarar Léopold, saiu do banheiro para o quarto. Seus delicados dedos seguraram a maçaneta.

Ela respirou fundo, era hora de pegar o Luca.

Quase inconsciente, Luca se contorcia contra as algemas de prata o queimando. Através de olhos embaçados, ele fez um balanço do ambiente pouco decorado. A espaçosa área tinha somente um sofá esfarrapado e um tapete empoeirado, que cobria parcialmente o chão de carvalho. Molduras antigas e detalhadas próximas ao teto davam pista disso ter sido um salão de baile no passado. Mas nenhuma janela dava pistas de sua localização, pois foram fechadas com tábuas.

Passos o alertaram para a esguia figura o observando da porta. Seu cabelo escuro e enrolado ficava sobre sua pele quase branca. Sua visão entrou em foco e ele pode ver que ela estava usando um espartilho vermelho e calcinha de renda combinando. Um roupão transparente, adornado com penas, mostrava seus atributos. Seus lábios cor de cereja começaram a mover quando andou em direção a ele. Um metal em suas mãos chamou sua atenção: uma tesoura.

— Luca, querido. Que bom que você finalmente acordou. — Ela ajoelhou ao lado dele, passando os dedos por seu peito. Puxando o material de sua blusa com uma mão, começou a cortar o material até o peito dele ficar desnudo para ela. Rasgou o tecido até Luca sentir a fria madeira do piso em sua pele.

— Rowan — Luca chiou. — Você ficou maluca. Você não pode me manter aqui.

— Ah, aí é onde você está enganado, meu vampiro. — Ela passou as unhas pelo peito dele até sentir o botão no alto de sua calça jeans. Ela desabotoou a calça e abriu o zíper. — Eu posso e vou te manter aqui. Você é meu novo brinquedo. E eu amo abrir presentes.

Ela sorriu maliciosamente e segurou a ponta das frias lâminas contra os lábios dele.

— Fique quieto agora, meu *pet*. Eu vou aproveitar cada minuto disso. — Luca sacudiu a cabeça em desgosto. Rowan riu enquanto passava a tesoura pelo peito dele e enfiou a lâmina dentro da calça jeans, deixando-a apoiada na virilha dele. — Não se preocupe, querido. Eu não tenho nenhuma intenção em danificar o produto. Tenho planos para você.

Ela colocou a mão fortemente no saco dele e começou a cortar a calça jeans. Em minutos, ela removeu o tecido. Luca estava esparramado no chão de madeira, pelado, a não ser por sua cueca boxer.

— Rowan, não faça isso. Ilsbeth vai te achar. Ela é a bruxa mais poderosa de Nova Orleans. Você é parte da irmandade dela.

— Ah! Ilsbeth! — debochou. — Todos esses anos, você e Kade tem ido ao clã para conselhos dela, sua ajuda. Usando-a como uma prostituta. Ela me deixa doente com a maneira como serve a todos vocês, vampiros. Mas ela nunca me encontrará. Claro que você não sabe, já que estava inconsciente, mas vou te contar um segredinho. — Sentou em cima dele, com uma perna de cada lado de seus quadris, prendendo-o com os braços ao lado de sua cabeça. Sedutoramente, ela se inclinou, esfregando os seios no peito dele. Passando a língua pelo pescoço dele, sussurrou em seu ouvido. — Nós não estamos em Nova Orleans.

— Você está louca? Você sabe muito bem que Ilsbeth ainda pode te encontrar.

— É o que você pensa. Mas você precisa aceitar que eu fiquei bem poderosa também. Mesmo que consiga me localizar, coloquei barreiras de proteção específicas para a Ilsbeth.

— Vou rasgar sua garganta e drenar você, bruxa. Libere-me agora e eu considerarei lhe dar misericórdia — Luca grunhiu, mostrando suas presas.

— Mas agora, querido Luca, você precisa aceitar o que aconteceu com você. Será muito mais fácil para todos nós se você simplesmente se submeter a mim. Eu sou a sua senhoria agora. E eu posso fazer o que quiser com a sua mente e esse seu belo corpo. — Rowan enfiou as unhas nos ombros dele e começou a roçar a pélvis contra ele.

Luca se sacudiu contra suas amarras e tentou tirá-la de cima dele.

— Vadia, será um dia frio no inverno antes que você fique comigo.

Você me enoja, sua vaca. Saia de cima de mim!

— Vamos lá, seja um bom garoto. Você está esquecendo que eu tenho o *periapto*. Posso manda-lo fazer qualquer coisa agora, você queira ou não. — Ela passou os dedos por um cordão de prata e segurou o amuleto, uma chave estava presa ao lado. Movendo seu corpo para cima, pressionou o centro de suas pernas contra a bochecha dele e abriu as algemas sobre a cabeça de Luca.

— Você ficará deitado quieto nesse chão, Luca. Você não vai levantar. Se você o fizer, sentirá uma dor terrível. Veja, não há outra escolha a não ser me obedecer. — Rowan acariciou o rosto dele e levantou para abrir as algemas em seus tornozelos

Livre de suas amarras, Luca se alongou, mas estava enfraquecido pela prata. Seus braços pareciam feitos de chumbo quando os colocou sobre o peito. Mas as queimaduras já estavam começando a curar. Luca sentiu seu poder começar a voltar quando as amarras em seus pés foram removidas. Lembrando-se da dor que sentiu no pátio, decidiu ficar deitado e formular um plano de fuga. Se conseguisse tirar o amuleto do pescoço dela, ele seria liberado de seu poder.

Rowan esfregou os tornozelos de Luca, maravilhada em o quão rápido ele curava. Parabenizou-se por ter escolhido um vampiro tão bom como seu escravo. Ela o teria em sua cama e como seu guerreiro, decidiu. Admirando seu corpo esguio e muscular, passou a mão pelas pernas dele.

— Ah, você é um espécime maravilhoso. Mal posso esperar para usar meu brinquedinho. — A ponta dos dedos dela deslizaram dentro da cueca dele.

Luca escutou um barulho no corredor. Rowan travou. Cinco lobos desgrenhados entraram no cômodo. Um lobo enorme e ameaçador avermelhado rosnou para os outros. Ganindo, os quatro lobos menores acovardaram e saíram correndo de lá. O de olhos cinzas se aproximou de Luca, cheirando seu cabelo e peito. Um alto uivo emanou pelo salão quando se transformou em um homem nu, agachado.

Rowan se levantou correndo e saiu de cima de Luca. Indo para trás do homem, colocou seus dedos ossudos no ombro dele.

— Sköll, por favor, me perdoe, eu estava só me divertindo com meu adorável prêmio enquanto você estava fora. Ele é bem satisfatório, não acha?

Sköll se esticou e pegou Rowan em seus braços fortes. Seus lábios barbudos esmagaram os de Rowan, e uma forte mão acariciava os seios dela. Soltando-a por um minuto, olhou para Luca.

LUCA

— Você fez bem, Rowan. Ele irá nos ajudar bastante em nossa causa.

— Sua mulher não é muito fiel, lobo. Ela estava prestes a tocar minhas partes. Às vezes somente um vampiro pode satisfazer uma mulher — Luca provocou. Ele estava lentamente ganhando sua força de novo, mas continuava a esperar no chão.

Sköll andou até Luca e ajoelhou ao lado dele, segurando seu rosto com dedos fortes.

— Você é bravo, para um homem que as bolas são propriedade de uma bruxa. Você, meu amigo, fará o que eu mando. A bruxa e eu somos parceiros de negócios, nada mais. Se ela quiser te foder quando terminarmos, pode ficar com você. Porra, talvez eu me junte a ela. — Sköll passou as mãos pelo peito de Luca, admirando o escravo. — Mas antes, nós vamos à guerra.

Enojado com o toque do lobo, Luca rebateu a mão dele.

— Guerra?

— Marcel vai pagar por recusar entregar aquela cadela para meu irmão. Agora, vou tomar sua matilha. E você vai me ajudar.

— Kat? Que porra faz você pensar isso? Além do mais, você nunca irá vencer. Marcel conhece aquela terra às cegas. Não tem a mínima chance que uma matilha de fora consiga tomá-la.

— Eu tenho alguém de dentro que vai ajudar, vampiro. E por lutar para mim, com esse amuleto — ele passou os dedos pela corrente de prata —, você não tem chance. Rowan vai te treinar muito bem para obedecê-la. Quando ela terminar, você estará obediente como uma pequena ovelha. Não só lutará por mim, mas irá lamber minhas bolas se ela mandar.

Sköll agarrou as bochechas de Luca em suas mãos e forçou seus lábios fechados contra os dele. Gargalhando, andou para o outro lado do salão em direção à Rowan.

Luca mostrou as presas para o lobo, enojado pelo pensamento.

— Mas é nunca, lobo. Nunca ajudarei você ou aquela vadia.

Ele assistiu Sköll abraçar Rowan rudemente. Ela se esfregou e ronronou contra ele como uma gata no cio e então arrancou suas roupas, definitivamente excitada pelo lobo. Caindo para o chão, rosnando e miando, eles começaram a fazer sexo. Luca assistia em horror e planejava seu ataque.

Suficientemente entretidos em seu acasalamento, Rowan e Sköll tinham exposto inadvertidamente sua vulnerabilidade. Luca esperou pacientemente pelo momento perfeito. Ele precisava arrancar o amuleto do pescoço de Rowan. Ela precisava disso nela para controlá-lo. Se pudesse tirar o amuleto de Rowan, mesmo que por um segundo, poderia escapar.

CAPÍTULO CATORZE

Quando Samantha entrou no vestíbulo, imediatamente reconheceu o extraordinariamente belo vampiro, Xavier. Sentiu-se aliviada em vê-lo, mesmo só tendo o encontrado uma vez antes em um clube mal iluminado. Com um corpo esculpido, músculos cor de café com leite saíam de sua camiseta justa. Calça jeans escura abraçava cada firme curva de seus glúteos e ele parecia um deus grego.

Ele sorriu para ela como se a estivesse esperando. Estendendo a mão, curvou-se.

— Xavier Daigre, ao seu serviço, *ma cher*. — Ele segurou a mão dela na dele, passando os lábios por ela. — Eu entendo que *mon ami* Luca foi capturado mais cedo.

— Eu sou Samantha — respondeu, notando seu charme do velho mundo. — Sei que nós não tivemos uma chance de conversar no clube, mas ele mencionou você e Etienne. Respondendo sua questão, sim, Rowan, do clã da Ilsbeth, pegou tanto Luca quanto o *Periapto Hematilly*. É um tipo de amuleto. Ele controla vampiros, mas só uma pessoa com mágica pode usá-lo e somente se tiver o sangue do vampiro que ela quer controlar. — Abaixou e sacudiu a cabeça. — É minha culpa que ela o tem. Eu devia ter resistido a ela. Ela tirou isso de mim. E então pegou Luca. Você devia tê-lo visto.

Xavier colocou uma firme mão no ombro dela.

— Nós vamos achá-lo, Samantha.

Étienne entrou e viu Xavier com as mãos na pequenina mulher que Luca apreciava. Mesmo não admitindo para eles, os dois sabiam que Luca estava encantado pela bruxa quando os assistiram dançar no *Sangre Dulce*.

— Olá, Samantha. — Etienne acenou com a cabeça. — Sou o Etienne. Nós nos conhecemos no clube, mas não fomos formalmente apresentados. Léopold nos contou o que aconteceu. Xavier está certo. Luca é bem velho e forte.

Samantha olhou para Etienne, que sentia ser um vampiro mais jovem. Seu cabelo loiro escuro estava preso na altura do pescoço. Como Xavier, ele era atraente e musculoso. Vestindo uma calça jeans escura e uma camiseta polo branca, ele era casualmente interessante e poderia estar num comercial da GAP. Samantha olhou em volta para ver se Léopold estava por perto antes de sussurrar para os dois.

— E ele? Léopold. Podemos confiar nele?

Xavier e Etienne se olharam silenciosamente. Xavier falou primeiro.

— Nós somos leais ao Kade. Ele nos mandou aqui porque tem um problema muito sério com a matilha do Marcel e precisa ajudar. Tudo que eu posso dizer é que Kade nunca deixaria Luca em uma situação dessas se não confiasse em Léopold. Luca é seu melhor amigo e confidente. Kade explicou o papel de Léopold e disse que ele é mais do que capaz de ajudá-lo. Já que Léopold é o criador de Kade, ele é muito mais poderoso e pode nos ajudar a resgatar nosso amigo.

Etienne acenou com a cabeça em concordância.

— É verdade, Samantha. Léopold sabe sobre o *Periapto Hematilly*. E ele será bem mais forte quando precisarmos do poder de outro vampiro, mas, no final, você é que precisa destruí-lo.

— Mas como?

— Quando a hora chegar, irei ajudá-la, Samantha. — Léopold entrou no cômodo. — Considere isso um "quando você precisar saber". — O canto de sua boca levantou em um breve sorriso.

Ele era tão arrogante, ela pensou. Vestido da cabeça aos pés em couro preto, apertou a mão de Étienne e Xavier e começou a discutir o plano deles de que veículo e rota usar para o local. Samantha tentou se concentrar nas palavras deles, mas se encontrou perdida em sua aura. Léopold emanava autoridade e comando. Energia reverberou pelo cômodo quando ele chegou. A magia de Samantha começou a vibrar em resposta, e ela esfregou as mãos nos braços numa tentativa de diminuir a sensação. Não estava somente incerta sobre sua magia, ela estava com medo. E se ela acidentalmente colocasse fogo no local?

Léopold parou de falar para observar a pequena mulher. Ela ficou quieta, perfeitamente ciente de sua vitalidade. Andou em direção a ela e colocou a mão no seu ombro. — Você está bem, *mon agneau*. Respire. Respire fundo. Você pode me sentir, sim?

— Me... me desculpe. É o seu poder. Minha pele. Eu sinto como se estivesse pegando fogo. Eu sou novata para minhas próprias habilidades. Por um minuto, pensei que ia incendiar alguma coisa. É como se eu não pudesse conter quando a magia aparece.

— Guarde isso para Rowan. Você vai precisar de cada gota de energia que tem. Está ok agora?

Ela acenou com a cabeça. Algo sobre o vampiro excitava seus nervos, mas sua mão a acalmava. Odiava ficar fora de controle e estava ansiosa para ter Luca de volta. Nunca foi uma pessoa violenta, mas sabia naquele momento que podia matar. Rowan estava destruindo sua vida. Luca era seu futuro e ela estava pronta para soltar sua fúria e salvar a todos.

Eles estavam no carro há uma hora. Mangues, campos e pântanos enfeitavam a paisagem no caminho. De noite, ela não podia ver muito, mas sentia que estavam no interior.

— Léopold, quão mais longe temos que ir? Como você sabe que eles estarão lá? — perguntou.

— A casa de Rowan é perto de Houma, nós estamos quase lá. Ela não tem outro lugar para ir. Ela herdou a casa anos atrás, de acordo com os registros. Mas o que planeja fazer com Luca é um grande mistério. Ilsbeth e as outras bruxas teriam tido a assistência dos vampiros se precisassem. Mas também, poder é um belo afrodisíaco — resumiu.

Agitada e confusa, Samantha encostou a cabeça na janela, olhando para a escuridão. Não ligava por qual motivo Rowan queria o *periapto*, só queria Luca. Seu estômago embrulhou quando os pneus do carro viraram em uma entrada ladeada de árvores cobertas de musgo. Um sentimento estranho tomou conta do corpo de Samantha. Uma névoa pesava na estrada de cascalho, os faróis passando pela pálida neblina.

Léopold, sentado no banco do passageiro, direcionou Xavier para estacionar fora do alcance da casa. O barulho do motor cortava o silêncio. Samantha respirou fundo, sabendo que a batalha estava para começar.

— Xavier, Etienne, vão pelos fundos. Samantha, nós vamos entrar juntos pela porta da frente. Agora todo mundo escute. Nós não podemos ter certeza de quem ou o que Rowan tem lá dentro. Ela pode ter barreiras. É até possível que tenha outro vampiro além do Luca. Não é provável, mas possível. — Ele olhou para ela. — Samantha, vou tentar pegar Rowan, mas, como ela demonstrou, seu dom de telecinésia é forte. Se ela me vir, pode me sacudir com uma mão. Você precisa ir contra ela com o seu dom do mesmo jeito. Chame os elementos. Não mostre misericórdia, pois ela fará o mesmo. Entendeu?

— Sim — mentiu. Samantha mordeu o lábio nervosamente. Não tinha certeza de que podia derrubar Rowan, mas morreria tentando.

Quando saíram do carro, uma brisa úmida passou fortemente por eles.

Relâmpagos piscaram distante. Em segundos, um trovão rugiu e Samantha reagiu colocando o braço em volta de Léopold. Ela mal conhecia o vampiro letal, mesmo assim estava agarrada nele. Ela revirou os olhos silenciosamente com vergonha, mas segurou firme. *Melhor o diabo que você conhece.*

Léopold sentiu o cheiro da trepidação de Samantha. Ele foi à guerra várias vezes em sua vida, aceitando que batalhas raramente aconteciam sem perdas. Mas uma coisa que nunca fez era sabiamente entrar em uma situação junto com uma frágil mulher mortal. Se tivesse alguma outra escolha, ele a teria deixado em casa. Mas sabia muito bem que precisava dela para se livrar do amuleto, já que somente uma bruxa podia destruir o objeto diabólico.

Se Luca não sobrevivesse ao ataque, iria tentar se envolver com ela, pensou para si mesmo. Sabia que não devia pensar sobre esse tipo de coisa na beira de um combate. Culpou a adrenalina correndo por suas veias. Cada sentido estava aumentado, incluindo sua necessidade de sexo. Apreciava a sensação do corpo dela grudado no dele e imaginava como seria fazê-la gozar.

Antes de subir a escada, Léopold empurrou Samantha atrás de uma árvore. As costas dela apertadas no tronco, a evidência da excitação dele contra a barriga dela.

— O que você está fazendo? — sussurrou alto, irritada com o estado dele.

— Paciência, minha querida Samantha. Eu estou escutando. — Sorriu, ciente do que estava em volta.

— Você consegue escutar alguma coisa? — Ela tentou ignorar o fato de que um vampiro grande a mantinha presa contra uma árvore, sem mencionar o quão inapropriado era a ereção em suas calças.

— Fazendo amor. — Um largo sorriso abriu em seu belo rosto. Ele se inclinou para cheirar o cabelo dela.

— O que? — Era óbvio que o homem estava com sexo na cabeça, mas Samantha não conseguia entender como ele podia falar sobre isso quando estavam prestes a atacar.

— Fazendo amor. Sexo. É isso que escuto. Alguém está fazendo isso. Uma hora perfeita para uma festa, não acha?

O estômago de Samantha embrulhou. Ela morreria se Rowan obrigou Luca fazer algo sexual contra sua vontade. Ela viu em primeira mão o poder que o amuleto tinha sobre Luca lá no pátio.

— Não se preocupe, minha doçura. Nós vamos entrar agora. Você está pronta? — perguntou.

— Mais pronta do que nunca. Vamos lá — respondeu.

Saindo de trás da árvore, Samantha observou a casa de Rowan. A casa que um dia foi magnífica estava dilapidada na frente deles. O telhado estava torto e a tinta descascava dos magníficos pilares gregos. Hera tinha quase tomado os lados da casa e estava subindo pela varanda.

Léopold colocou o dedo na frente do lábio, pedindo silêncio, e apontou para a escada. Devagar, subiram em direção à porta. Além das cigarras cantando, podia somente escutar seu próprio coração batendo na escuridão. Confiou que Léopold estava correto em relação ao sexo, mas, quando eles se aproximaram da porta, ela não escutou nada.

Silenciosamente, Léopold passou um dedo pela bochecha dela, chamando sua atenção. Estava na hora. Ele levantou um dedo. Na contagem de três, ia entrar. Um. Dois. Três.

LUCA

CAPÍTULO QUINZE

Luca observou enquanto Sköll levantou Rowan e a posicionou sobre o sofá. A imagem da bunda pálida de Rowan no ar, virada para ele, o enojava. Sköll rosnou e olhou para Luca para ter certeza que ele estava olhando enquanto ele metia nela por trás. Ela gritou de prazer e Sköll se perdeu em suas ações, ignorando sua audiência.

Luca respirou fundo e se preparou para atacar. *Remova o amuleto,* as palavras reverberavam em sua cabeça. Era sua única chance de quebrar o feitiço. Jogando para frente, uma dor agonizante subiu por sua coluna. Ele desobedeceu o comando de Rowan para ficar deitado no chão. Sua gritante desobediência foi respondida com um tormento avassalador. Mil facas invisíveis furavam sua pele, sua cabeça gritava por alívio. Respirando fundo, Luca seguiu em frente numa rápida propulsão.

Imerso na paixão, Sköll mal registrou o perigo antes de Luca cravar as presas em seu ombro. O sangue energizante do *shifter* escorreu na boca de Luca enquanto ele segurava Sköll. Passando a mão loucamente na direção do pescoço de Rowan, seus dedos acharam o *periapto* e deslizaram por baixo da corrente de prata. Um barulho soou quando ela arrebentou.

Luca viu o amuleto vermelho escorregar pelo chão. Instantaneamente, as facas fantasma sumiram. Virando-se para olhar quem estava atacando Sköll, Rowan olhou nos olhos de Luca com total entendimento de que o feitiço foi quebrado. Se recusando a retrair suas presas, ele mordeu Sköll ainda mais fundo. Enfurecido, o *shifter* sacudiu Luca, loucamente tentando deslocar seu atacante. Sköll começou a se transformar em lobo, derrubando Luca com sucesso no chão. Em segundos, o homem havia se transformado e Luca renovou seu ataque, dando à fera pouco tempo para assumir uma posição ofensiva. No meio da confusão, um alto barulho ocorreu, distraindo Luca. O vampiro do pátio passou pela barricada e sua bela Samantha corria direto para o meio de tudo.

Correndo pelo vestíbulo, Samantha seguiu Léopold quando ele empurrou seu caminho através de um par de portas de madeira trancadas. Na briga, ela podia jurar que tinha escutado cachorros rosnando, mas não virou para investigar o barulho. Samantha travou quando entrou. Rowan, nua, estava andando de quatro pelo chão. Luca, quase pelado, segurava a garganta de um lobo vermelho. Ele tentava morder a garganta de Luca, enquanto eles lutavam por domínio. Léopold, mostrando suas presas, virou para ela e rugiu. Ela abaixou e ele voou por sobre sua cabeça. Agachada, ela olhou para vê-lo lutando com dois lobos marrons. A batida de pés podia ser escutada vindo do corredor, mais lobos chegando.

Vendo o *periapto* no canto, Samantha correu pelo salão. Pelo canto do olho, viu Xavier arrancando o pelo de um lobo cinza. Sangue jorrou pelo cômodo. Focando no amuleto, as duas bruxas correram para chegar nele primeiro. Rowan, decidindo usar sua mágica, parou e atingiu Samantha, efetivamente batendo com a cabeça dela na parede. Ela cerrou os dentes, diminuindo a dor. Tocando a parte de trás da cabeça, sangue escorreu por seus dedos.

Rowan pegou o amuleto e zombou vitoriosa.

— Samantha idiota, você realmente pensou que poderia vir aqui e pegar o que é meu?

Samantha ficou de pé. Em vez de se sentir tonta, força e ódio corriam por seu corpo. Samantha fechou os olhos, concentrando no elemento que queria chamar. Ela teve o bastante de morte, luta, tortura. Era hora de tudo acabar e ela seria quem acabaria com isso. O cômodo começou a vibrar de leve no início. Os vampiros e lobos mal sentiram a vibração enquanto mordiam e lutavam. Em segundos, a casa começou a tremer completamente. Poeira caía do alto no que o teto ameaçava cair. Tábuas do chão estalavam e quebravam enquanto a fundação começava a se mover. Quando o salão começou a tremer violentamente, os vampiros e lobisomens se estabilizaram contra a onda de tremores.

Rowan tentou bombardear Samantha telecineticamente com mágica, mas foi impedida por sua palma refletiva. Rowan olhou em volta quando as tábuas sob seus pés começaram a abrir e quebrar. Gritando por socorro, ela caiu no espaço que abriu. Segurando nos lados do piso, seu tronco suportava o peso. O rosto de Rowan ficou completamente branco de medo, incerta de como Samantha estava causando os tremores.

Os olhos de Samantha abriram quando chamou os elementos.

— *Care dea aperuerit mihi thesaurum terrae. Hoc malum pythonissam in sinu. Quia non est de hoc mundo. Adhaerere. Tolle eam nunc!* — *Abra a terra.*

Rowan gritou o nome de Sköll quando a terra começou a abrir sob o comando de Samantha. Luca mordeu profundamente o ombro de Sköll, imobilizando-o. Sem poder fazer nada, ele assistiu sua amante, Rowan, sacudir os braços gritando, no que caía impotentemente no buraco.

LUCA

Samantha andou até lá e ajoelhou para olhar Rowan.

— Salve-me, irmã — Rowan implorou. — Eu juro para você. Vou compartilhar com você. Por favor, segure minha mão.

Samantha considerou seu pedido, mas sabia em seu coração que era o mal que estava falando.

— Querida irmã — ela caçoou. — Você não é minha irmã. De volta para a terra você vai. Que a deusa conceda paz a você. — Abrindo os dedos de Rowan, Samantha pegou o *periapto* e o colocou no bolso.

Rowan a xingou.

— Sua vadia. Isso nunca vai acabar. Outros irão querer o *periapto*. Eles sabem da sua existência. Eles te encontrarão! Isso não irá acabar!

— Isso é onde você está errada, Rowan. Isso! Acaba! Agora! — Samantha gritou.

Um abalo sísmico tremeu a casa inteira e a fissura ficou maior e mais funda. Samantha fechou os olhos e chamou novamente os elementos.

— *Lorem denedictionem, dea. Accipere, Rowan, soror Ilsbeth, in calore et munda eius malum.*

Rowan tentou se agarrar na terra solta em um esforço para se salvar quando as palavras de Samantha fizeram efeito. Um alto grito emanou de Rowan quando caiu no ardente centro da terra.

Samantha respirou fundo, fazendo a terra marrom se juntar novamente. Em segundos, a fenda aberta consolidou, deixando nada além de terra remexida no lugar. No que a exaustão tomou seu corpo e sua mente, ela caiu no chão e soluçou.

No que o tremor diminuiu, Sköll cortou o braço de Luca. Não mortalmente, mas o suficiente para Luca soltá-lo. Sköll se transformou em humano e correu na direção de Samantha.

— O que você fez, bruxa? Eu precisava da Rowan. Agora que você a pegou, eu vou pegá-la. — Ele circulou o braço em volta do pescoço de Samantha.

Xavier, Étienne e Léopold ficaram parados, reconhecendo a captura. Eles mataram todos os lobos, com exceção de um ou dois que voltaram para a floresta. Luca andou cuidadosamente na direção de Sköll.

— Não a machuque. Você precisa de mim para sua guerra. Leve-me — ordenou.

— Agora você quer vir por vontade própria? Hum... essa aqui cheira bem. — Sköll rosnou e lambeu a nuca de Samantha. Ela parecia uma boneca de pano em sua mão. — Ah, ela vai servir bem. Uma bruxa fértil que pode atender a todas as minhas necessidades. E ela tem o *periapto*. — Ele apertou o seio dela com a mão livre e riu. — Vá agora e ela vive. Eu vou achar outro vampiro para fazer o meu trabalho.

— Solte-a. Ela é minha, lobo. — Luca rosnou. Ele mostrou as presas pingando com o sangue de seu inimigo. Mataria o lobo por ter tocado em sua mulher. Mas resistiu à vontade de atacar, sabendo que Sköll podia facilmente quebrar o pescoço dela. Encurralado, Sköll estava ficando sem opções e isso o fazia particularmente mortal e imprevisível. Luca tinha certeza de que mataria Samantha só para provar seu ponto.

Samantha se sentia tonta enquanto o lobo mantinha o braço apertado em volta dela, pressionando sua traqueia. Ela mal sentia sua mão pegajosa a tocando. Toda a energia que gastou com Rowan a deixou fraca. Olhou para Luca em meio às lágrimas. Respirando rapidamente, tentou falar, mas não podia.

— Lobo, você está cometendo um erro. Estou te avisando, solte-a ou você irá morrer em minutos. A escolha é sua. — Luca rosnou para ele. Não tinha chance de ele levar Samantha viva.

Sköll gargalhou violentamente e mostrou seus caninos.

Samantha tremeu sob o toque dele e procurou uma maneira de escapar. Fechando os olhos, intensificou os pensamentos, rezando para ter energia suficiente para chamar um elemento. Impossibilitada de falar, silenciosamente entoou para si mesma:

— *Adducam ignis ad manus... Adducam ignis ad manus... Adducam ignis ad manus...* — *Traga fogo para as minhas mãos.*

De início, só sentiu um formigamento. Logo, o cheiro de carne e cabelo queimado entraram em suas narinas. Sköll gritou quando o calor queimou seu braço. Reagindo à dor escaldante, ele jogou Samantha para o lado. Palmas vermelhas estavam marcadas em sua pele borbulhante.

— Que porra você fez? — gritou para ela.

Léopold correu para pegar Samantha do chão enquanto Luca atacou Sköll. Circulando as mãos em volta da garganta do lobo, enfiou suas presas no ombro dele, arrancando e cuspindo carne crua no chão. Numa luta por domínio, os dois homens foram para o chão. Sköll prendeu Luca, dando um soco em seu rosto. De canto de olho, Luca viu Xavier e Étienne vindo para ajudar. Ele levantou a mão para eles.

— Fiquem para trás. Ele é meu.

A dor do soco só serviu para alimentar a ira do vampiro. Adrenalina apareceu. Com as suas mãos, colocou os dedos em volta do pescoço de Sköll, enfiando-os na traqueia dele. Sköll tossiu e vacilou quando ficou sem oxigênio. Luca colocou as pernas em volta da cintura do homem e o virou.

LUCA

173

Ele colocou as pernas de cada lado do peito de Sköll, que segurou seus pulsos, mas não podia derrubá-lo. Por um segundo, achou que Luca iria soltá-lo. Luca rapidamente segurou a parte de trás da cabeça de Sköll e seu queixo. Em um movimento fluído e acelerado, Luca empurrou para cima e para trás, girando o pescoço do lobo até escutar um alto barulho. Sem vida, a morte sangrou pelos olhos dele. Descartando sua presa, Luca rugiu em dominância e fúria selvagem. Levantando, procurou por Samantha no salão.

Como um animal feroz, Luca procurava por sua companheira. Ele era perigoso, primal. Léopold o observava cuidadosamente se aproximar dele. Segurar Samantha foi o único jeito que ele pode impedi-la de tentar entrar na confusão, o que teria sido um esforço desnecessário para evitar que Sköll matasse Luca. Ele não precisou de ajuda, aquela morte era dele e somente dele. Com cuidado, Léopold soltou os braços dela, mostrando suas palmas para Luca, indicando que não iria machucá-la. Léopold não tinha certeza se o enraivecido Luca entendia que ele era amigo, não inimigo, e não queria agitá-lo ainda mais.

No que Samantha se soltou, correu para os braços do seu vampiro.

— Luca — gritou.

Abraçando-a possessivamente, segurou o rosto dela e pressionou um beijo punitivo em seus lábios. Ela era sua mulher.

— Minha Samantha — disse, com os lábios contra os dela.

— Sim, eu sou sua. Está tudo bem agora — respondeu suavemente, tranquilizando-o.

— Acabou. — Luca não tinha certeza se estava tentando convencer Samantha ou a si mesmo. Ele somente ligava que ela estava a salvo.

— Luca, ah, meu Deus, você está bem? — Ela relutantemente se distanciou, inspecionando seu rosto e corpo, mas os hematomas e cortes já estavam começando a curar.

Ele riu, retraindo-se quando ela tocou um corte em seu rosto.

— Eu estou bem? Estou melhor que bem agora que você está nos meus braços.

— Mas ele te mordeu — protestou, continuando a inspecionar o seu corpo.

— Não se preocupe, querida. Tomei minha vacina contra raiva. Agora vamos lá, vamos cair fora daqui.

— Não tão rápido, Luca. Nós precisamos discutir sobre o *periapto*. — Léopold chegou perto para se apresentar. — *Mon ami*, eu sou o Léopold. Léopold Devereoux. Eu sou o criador do Kade e você é um descendente do meu sangue.

Luca ficou chocado. Kade nunca falou sobre o seu criador e Luca nunca tinha perguntou. Ele era leal somente ao Kade. Mesmo com as declarações de Léopold, não confiava totalmente no vampiro.

— Você manteve Samantha a salvo?

— *Oui.*

— Me desculpe se eu pareço ingrato, mas por que você a trouxe para cá? E onde está o Kade? — Luca perguntou.

— Ah, os lobos estão tendo problemas. Kade confiou a sua segurança a mim enquanto dava assistência a eles. Não sei os detalhes, mas suspeito que esses lobos mortos aqui tem algo a ver com o problema. — Olhou o cômodo, contando seis homens mortos. — Tem outros que escaparam. Eles planejavam te usar? — Levantou uma sobrancelha em questionamento a Luca.

— Sim, iam atacar a matilha do Marcel. Mas por que você traria Samantha? Ela localizou o amuleto. Isso não era o suficiente para você? — demandou.

— Nós precisamos dela. O *Periapto Hematilly* tem que ser destruído e somente uma bruxa pode fazer isso. E, além disso, nós precisávamos da ajuda dela para conter a Rowan. Como você pode ver, ela é mais do que capaz.

Luca relembrou a exibição de Samantha. O comando dela sobre os elementos era extraordinário.

— Você foi maravilhosa, minha bruxinha. — Ele a beijou novamente, a abraçando em seu peito desnudo.

— Nós temos que destruir o *periapto* agora — Léopold o informou. — Não podemos arriscar que caia em mãos erradas. O lobo estava certo de uma coisa. Outros podem saber da existência dele. A tentação é muito grande para uma bruxa que brinca com magia negra. Ter um escravo vampiro é um belo golpe. Ele pode ser usado em guerra, para machucar outros, e todo tipo de propósito. Você tem o amuleto, Samantha?

Samantha virou o suficiente para poder olhar para Léopold. O braço forte de Luca continuou firme em volta da barriga dela, que se apoiou nele.

— Sim, eu o tenho ele aqui. — Ela colocou a mão no bolso e levantou a pedra em forma de gota. Olhando o amuleto, afirmou seu compromisso com a destruição dele. — Então, como nós destruímos essa coisa?

LUCA

CAPÍTULO DEZESSEIS

De volta à casa de Léopold, Samantha aguardou em seu escritório para que os vampiros se juntassem a ela. Passou os dedos pelos volumes de livros antigos nas estantes que cobriam o cômodo inteiro do teto ao chão. Ele tinha uma bela biblioteca, organizada alfabeticamente. Imaginou como seria viver por tanto tempo. Você sentiria falta dos humanos que morreram enquanto ainda continuava jovem? Experimentaria milhares de diferentes atividades para manter o tédio longe? Seus pensamentos foram para Luca e como ele já viveu por séculos. *Séculos. Como será isso?*

Assistir a Luca matando Sköll a lembrou que ele era mais que um homem. Vampiro. Ele era imortal. Em contraste, ela era bem mortal. Se ela aprimorasse sua bruxaria, podia estender sua vida consideravelmente. Mas considerou o que Luca disse sobre Sydney. Se ela completasse o vínculo com Luca, então viveria tanto quanto ele.

Ela sabia no fundo de seu coração que o amava, mas a parte humana dela ainda queria coisas normais do dia a dia: um lar, uma família, filhos. Ela e Luca não discutiram o futuro. Ele iria querer filhos? Ela poderia ter filhos com um vampiro? Depois do que aconteceu hoje, ponderou que talvez não tivesse o direito de trazer uma criança para um mundo paranormal onde o mal ficava à espreita esperando por fraqueza. Tudo que sabia do mundo sobrenatural era caos e violência.

Ela mesma tinha matado naquela noite. Rowan morreu através de suas mãos. Samantha nunca caçou antes, quanto mais matado uma pessoa. Ainda não tinha certeza de como se sentia. Realisticamente, não teve escolha. Rowan a teria matado em um minuto, dada a chance. Mesmo assim, sentia ondas de culpa sabendo que tinha tirado uma vida. Confusa, jogou-se em um sofá de couro. Bem gasto, o tecido macio acariciava a pele dela. Fechou os olhos, rezando por perdão e também agradeceu às estrelas da sorte que sua mágica salvou a ela e a Luca de morte certeira.

Suspirando alto, ficou irritada e impaciente. A única coisa que queria era ir para casa, tomar um banho e dormir. *Casa?* Ela riu. Samantha realmente tinha começado a pensar na casa de Luca como dela. Imaginou se deveria começar a fazer planos para retornar para a Filadélfia. Tristan prometeu que a ajudaria a conseguir um novo emprego na comunidade paranormal. Será que deveria tentar começar uma nova vida tão longe de Luca?

Talvez ele fosse pedir para ela ficar. Ela realmente não estava satisfeita em manter um relacionamento de longa distância. Ele disse que a amava. Mas declarar amor não era o mesmo que compromisso. Não era pedir para uma pessoa se mudar para onde a outra vivia, nem para se mudar para a sua casa. Era um sentimento. Pessoas falavam a palavra "amor" o tempo inteiro, só para se engasgarem quando falavam em casamento. Ela sabia de várias amigas que achavam que estavam apaixonadas, que terminavam sendo jogadas de escanteio na semana seguinte. E ela também sabia de vários amigos homens, que, odiosamente, usavam a palavra "amor" só para levar uma mulher para a cama. As pessoas não eram sempre o que pareciam.

Mas, no fundo do seu coração, sabia que Luca era honrável. Ele não era um abusador ou o tipo de homem que precisava enganar mulheres para irem para a cama. Não, um homem como ele podia ter mulheres à sua escolha ao estalar dos dedos. Decidiu discutir seus planos para o futuro com Luca outra hora, considerando que ainda tinham trabalho para fazer.

Samantha tirou o amuleto de seu bolso e o rolou entre os dedos. Impacientemente cantarolando para si mesma, alívio a atingiu quando Luca abriu a porta. De banho tomado, ele estava usando uma calça de moletom e uma camiseta justa que Léopold emprestou para ele. Ela sorriu, admirando seu belo físico. Quase todos seus machucados estavam curados.

— Samantha — disse quando segurou as mãos dela. Ele a puxou para seus braços, aguardando Léopold começar.

— Vai demorar muito? Eu realmente quero ir para casa — disse cansadamente.

— Deve ser rápido, mas nós teremos que fazer uma pequena viagem para nos livrarmos dele. Léopold vai explicar.

O outro vampiro entrou no escritório, comandando a atenção. Ele deu a volta em sua mesa, abriu uma gaveta e pegou uma pequena bolsa de veludo preto. Trouxe uma tábua de mármore da cozinha e colocou-a em cima da mesa. Olhando para Samantha, explicou o que deveria ser feito.

— Samantha, como eu disse para você, somente uma bruxa pode esmagar em meras partículas esse amuleto em particular. Enquanto é essencialmente um mineral em seu cerne, ele é encantado. Precisa ser você a destruí-lo para dissipar a mágica. Quando isso tiver sido feito, você e Luca irão espalhar o pó para ele nunca poder ser reconstruído. Entendido?

— Sim, mas como nós vamos quebrá-lo? Um martelo? — brincou.

Léopold sorriu.

LUCA

177

— Você, minha querida, é muito mais forte do que qualquer ferramenta feita pelo homem. Esse amuleto é da terra. E para a terra ele deve retornar. Você deve manipulá-lo, quebrá-lo com a sua mente. Depois da sua demonstração mais cedo, isso deve ser brincadeira de criança.

— Eu vou tentar, mas não sei se consigo. Quer dizer, minha magia parece sair de mim quando eu fico chateada. Ainda não tenho muito controle — explicou.

— Você deve tentar. Agora — Léopold ordenou.

A tensão no cômodo ficou palpável. Xavier e Étienne entraram e permaneceram atrás de Luca e Samantha, que estavam em pé na frente da mesa de Léopold. Ele observou com grande intensidade enquanto Samantha colocava o amuleto na tábua de mármore. Fechando os olhos, tentou concentrar, mas não sentiu nenhuma vibração de magia. Pensamentos do amuleto em sua frente apareceram em sua mente, mas mesmo assim nada aconteceu.

Sem sentir nada mágico, Léopold alertou Luca silenciosamente com os olhos. Ele pretendia agitar a bruxa para a destruição. Luca sabia que isso poderia acontecer, mas mesmo assim odiava vê-la Samantha ser forçada.

— Samantha, nós vamos ter que tentar um modo diferente. Feche seus olhos e escute somente a minha voz — Léopold ordenou. Sua voz era macia como seda, mas tinha a uma força de ferro. — Visualize o amuleto. E Rowan. Ele pegou o Luca. Ela pegou o seu vampiro. Prendeu-o com prata. Tirou a roupa dele. Ela passou as mãos pelas pernas dele, sentiu seu peito, sentiu o corpo dele com as próprias mãos.

Os olhos dela abriram de repente e ela encarou Léopold. *Por que inferno ele está dizendo essas coisas horríveis?*

— Feche os olhos! Concentre-se! Você tem que destruir esse objeto — demandou. — Está certo, Samantha, ela tocou o seu companheiro. Como isso faz você se sentir? Você já está com raiva o suficiente? Pense no que ela fez com o Luca. Ela o queimou. O usou. Pense no que ela fez com você. Destruiu sua vida, rindo enquanto você procurava pelo amuleto. Pense no Sköll. Ele ajudou Rowan. Ia quebrar o seu pescoço... Sentiu os seus seios na frente do seu vampiro. Eu sinto a sua raiva, Samantha, agora foque nisso. Foque isso na sua magia.

Samantha deixou as palavras de Léopold alimentarem a fera raivosa dentro dela. Ele não fez nada além de repetir a verdade. Rowan tinha prendido Luca com prata, tocou intimamente algo que era dela. Sköll a tinha bolinado. Ela ainda podia sentir o cheiro de seu bafo contra o pescoço. E pelo que? Por um amuleto que fazia escravos. Um objeto diabólico que era usado para propagar o mal, guerras. Não, aquele terrível amuleto precisava ser aniquilado para ninguém poder usá-lo novamente. Fogo cresceu dentro da barriga de Samantha. O objeto começou a brilhar em uma intensa bola vermelha. Ela colocou as mãos sobre o amuleto, deixando a magia fluir enquanto as palavras destrutivas saiam de seus lábios.

— *Natus ex inferno, cineri moriemini. Frangere ut revertatur in pulverem terrae.* — Forçando o *periapto* em pó, ele pegou fogo e logo só sobrou uma pilha de cinzas.

Samantha abriu os olhos e sorriu. Os vampiros no cômodo a encaravam maravilhados e com medo.

— O quê? Me diga que ele não existe mais. Eu senti. Acabou, não acabou? — perguntou inocentemente.

Eles caíram na gargalhada com as palavras dela. Luca a abraçou, ela realmente não fazia ideia da total grandeza de suas habilidades. E também não percebia quão assustadora podia ser quando estava trabalhando sua magia.

Léopold colocou as cinzas na bolsa e a entregou para Luca.

— Agora vá. Os restos da pedra devem retornar para a terra, como deve ser. Xavier, Etienne. Devo vê-los novamente algum dia, talvez. — Acenou com a cabeça, dispensando os dois. — Luca, Samantha foi um prazer conhecê-los, mesmo que sob desagradáveis circunstâncias.

Pegando a mão de Samantha, Léopold a trouxe para ele. Luca tencionou, sem confiar no velho vampiro. Ele olhou nos olhos ferozes de Luca e continuou com cautela. Com um sorriso, virou para a mulher e olhou profundamente em seus olhos azuis.

— Minha querida bruxa, enquanto eu tenho certeza que você está feliz por ter Luca de volta, admito que teve uma pequena parte de mim que desejou que ele não voltasse. Porque eu teria tido mantido você como minha.

Gentilmente, ele se inclinou e beijou a testa dela.

— Eu tenho certeza de que o seu sangue é tão doce quanto você é bela, mas é ao Luca que você pertence. Novamente, peço desculpas por ter queimado o chalé. Algumas vezes precisamos de um pequeno incentivo para fazer nosso melhor trabalho.

A voz sensual dele a esquentou, mas ela endureceu com a confissão. Esse homem, suave e frio, acabou de admitir que a queria na frente de Luca. Samantha não sabia o que pensar de Léopold. Ele era sensual e atraente, mas poderoso. Intimidante. Protetor. E estranhamente cuidadoso. Aceitando seu desejo de se despedir dele, ela o abraçou rapidamente e retornou para os braços de Luca.

LUCA

— Léopold, obrigada por me ajudar a salvar Luca. Eu te perdoo pelo chalé. Mas, da próxima vez que precisar de ajuda, por favor, somente peça — brincou.

Luca e Samantha olharam um para o outro enquanto saíam do escritório. Ao olhar para Léopold uma última vez sobre o ombro, viu somente um escritório vazio. Mais uma vez, ele desapareceu.

CAPÍTULO DEZESSETE

As ondam batiam na lateral do barco enquanto o sol subia no horizonte. A água azul turquesa brilhava com os raios da manhã, enquanto os golfinhos dançavam celebrando a vida. Samantha suspirou aliviada, sabendo que estava finalmente a salvo. Ela estava ansiando uma nova, e possivelmente calma, vida. Ela silenciosamente pensava em como a sua tinha mudado. Antes, passava horas em um cubículo, sua única excitação causada por achar erros e quebrar códigos com seus colegas de trabalho.

Não era só que se sentia diferente, ela estava diferente. Não podia mais negar a magia dentro dela. Já que não trabalhava mais atrás de uma mesa, precisava achar uma nova vocação. Ou talvez a vocação a encontrou. Como uma bruxa recém-descoberta, ela resolveu fazer algo positivo com seus poderes. Enquanto queria ter melhor controle, sabia que ele viria com prática. Queria treinar com a Ilsbeth, mas sabia com certeza que não iria morar com o clã.

Não podia negar o que era mais do que não podia negar que Luca era um vampiro. Era hora de encarar a realidade. Teria que aceitar a oferta de Tristan ou se mudar para Nova Orleans. Dado que não conhecia nenhuma bruxa na Filadélfia, e ela tinha uma perfeita mentora esperando por ela em Nova Orleans, naquele momento decidiu ficar e aprender seu ofício. Tinha esperanças de que Luca ia pedir para ela ficar em sua casa, mas não iria pressioná-lo.

Não importa o que ele disse sobre amor e vínculo, ela sabia que homens nem sempre consideravam o que diziam no calor do momento. Desde que saíram da casa de Léopold, Luca parecia distante, quieto. Samantha estava completamente exausta e não o pressionou para falar. Agora não era a hora.

Olhou para o relógio no deck, percebendo que estavam no barco há pelo menos sete horas. O capitão de Léopold manobrou, descendo o Mississipi e depois no aberto Golfo do México. Minutos após entrar na embarcação, dormiu no momento que sua cabeça encostou no travesseiro. Depois de tomar um banho, subiu para o deck. O barco mexia devagar, no ritmo do oceano. Ela supunha que eles tinham ancorado. Olhando no oceano, imaginou onde Luca teria ido.

Quando acordou numa cama fria, sentiu falta do calor dele. Esperava que ele não estivesse tendo dúvidas sobre o relacionamento deles. Ela não era do tipo grudenta, mas estava insegura sobre o que tinham.

Amor. Samantha achou que sabia o que era amor antes de Luca. Mas descobriu que isso era só uma prévia do sentimento. Talvez paixão? Talvez só sua necessidade de estar próxima a um homem? De qualquer jeito, Luca tinha mostrado várias vezes para ela, através de suas ações, o que era amor verdadeiro. Ele mostrou o que era um homem de verdade.

Ele se preocupou o suficiente para voar para o outro lado do país e encontrá-la, salvá-la de sua própria idiotice. Deixou suas inibições para ganhar a confiança dela, nadando com ela no lago e compartilhando seu passado. Mostrado a ela o prazer de fazer amor com carinho e então empurrou os limites para explorar sua sexualidade. Abriu-se emocionalmente para ela sem medo e declarou seu amor. Ajudou-a a descobrir o que era o amuleto e lutou com sua vida para protegê-la. E mesmo o tendo visto ferozmente atacar um lobo e matá-lo, ela não tinha medo dele. Respeito por seu ato corajoso enchia seu coração. Capturado e torturado duas vezes nas últimas semanas, o homem parecia indestrutível e tinha um espírito inquebrável.

Colocando a mão no bolso do roupão, passou os dedos pela pequena bolsa que Léopold deu para ela. O velho vampiro era um enigma. Dominante e sensual, ela se sentia atraída por ele. Mortal como era, ela confiava nele como num irmão mais velho. Sabia que ele a queria, mas não tomava o que não era dele. E nem era do tipo dele ter uma mulher contra a vontade. Com seu tipo sombrio e beleza misteriosa, sabia que ele podia ter quem quisesse e que ele provavelmente teve centenas de mulheres pelos anos. Mesmo que tenha tentado fazer com que ela relaxasse, também sabia que ele podia ser frio e calculista, lembrando como ele tinha queimado o chalé para forçá-la a fazer sua vontade. Encorajamento, ele disse. Ela sorriu. Somente no mundo paranormal alguém poderia considerar incendiar um chalé como um "incentivo". Depois de assistir Rowan dominar Luca, ela estava certa que Léopold fez o que era necessário para proteger sua raça.

Luca falou rapidamente com o capitão, explicando que iriam fazer uma pequena parada e depois voltariam para Nova Orleans. Por mais que gostaria de fazer um cruzeiro pelo Caribe com a Samantha, o problema estava aumentando com os lobos. Mais cedo, tinha saído dos braços dela para ligar para Kade. Tanto ele quanto Sydney estavam na casa da matilha criando estratégias com Marcel. Aparentemente, Jax Chandler, o Alfa de Nova Iorque, não recebeu bem a mensagem de Marcel recusando acesso à Kat. Mesmo sendo típico em algumas matilhas que o Alfa escolhesse uma companheira, Tristan e Marcel, ambos sem ter uma, se recusavam a tomar alguém que não estava de acordo. Uma vez unidos, lobos raramente podiam se separar sem repercussões físicas. Os irmãos protegiam a irmã ferozmente. Mesmo tendo um lado selvagem, ela era profundamente leal às matilhas deles.

Desde que Luca resgatou Kat, ele tinha mantido contato com ela durante os anos. "Amizade colorida", mas amigos, de qualquer jeito. Estava preocupado com sua segurança, sabendo como era independente. Ela sumiu várias vezes, só para depois descobrirem que estava de férias com amigos em algum lugar do outro lado do mundo. Ela vivia a vida no limite, mas agora alguém a queria para ele. Alguém, um Alfa, como Jax, que não iria aceitar não como resposta.

Ele lamentava que os lobos na mansão de Rowan tinham escapado deles. Um interrogatório teria adquirido informações crítica sobre o verdadeiro propósito deles causarem uma guerra. Sköll insinuou que era por causa de Kat, mas podia ter sido para despistar. Não tinha nem certeza se Sköll conhecia Jax ou estava em sua matilha. Ele podia estar mentindo para proteger outro lobo.

Seus pensamentos foram para Samantha quando colocou a mão em uma caixa de gelo e localizou uma garrafa de champanhe. Ela era uma bruxinha fogosa e efetivamente um pouco assustadora, agora que viu seus poderes. Pequenina e bela, roubou seu coração. Revirou os olhos em descrédito e riu para si mesmo. Todos esses anos, ele tinha sido tão insistente em dizer que nunca amaria novamente, ainda mais uma humana. Quando refletia em seu jovem amor por Eliza, reconheceu que nunca amou alguém tão profundamente quanto amava Samantha.

Destemida em frente ao desconhecido, ela se mantinha firme. Era inteligente, maravilhando-o com seu conhecimento de quebra de códigos e como amava um desafio. Samantha também nunca recuava para Léopold. Quando foi capturado, ela tinha arriscado sua vida com o velho vampiro para poder achar Luca. Determinada. Inteligente. Bela. *Dele.*

Os pensamentos de Luca se desviaram para os dois fazendo amor e quão passionalmente ela abraçou a experiência. Ele amava assisti-la gozando, liberando-se de suas inibições. Ele cresceu e endureceu pensando em como ela o tinha tomado na boca, provocando-o infinitamente. Confiava nele, um vampiro, para levá-la a lugares onde nunca foi. Lembrando a visão dela amarrada em sua cama, docemente gemendo e tremendo de prazer, sorriu. Libidinosa e amável, ela trazia para ele um nível de felicidade que nunca conheceu em sua longa vida. Não podia imaginar como sua vida seria sem ela. Não era somente o vínculo. Era tudo sobre ela. Ele a amava mais do que sua própria vida. Ele a queria ali, construindo juntos uma vida. Para sempre.

Samantha abriu um largo sorriso em seu rosto quando sentiu os fortes braços de Luca circularem sua cintura e um beijo em sua orelha. Virou para ficar de frente para ele e sorriu. Deus, ela amava esse homem. A visão do belo macho roubou seu ar. Sem camisa, usava calças de pijama brancas com cordão na cintura e estava descalço. Sobre seu ombro, ela notou o champanhe e as taças que colocou na mesa de vidro.

— Hummmm... champanhe? Tão cedo pela manhã?

— Sim, querida. Isso é Nova Orleans — falou. — Pense nisso como mimosas sem o suco de laranja.

— Bom, quando você explica desse jeito, como uma garota pode recusar? — Ela deu um sorriso sedutor para ele.

— É com isso que eu estou contando. Mas, antes de brindarmos, vamos nos livrar do resto, certo? — sugeriu. — Você quer fazer as honras?

— Nada iria me fazer mais feliz. — Ela abriu o pacote cuidadosamente, e o virou de cabeça para baixo. Cinzas vermelhas, pretas e cinzas flutuaram para baixo, caindo gentilmente no mar.

Quando a pequena bolsa estava vazia, Luca levantou uma sobrancelha e mostrou um isqueiro.

— Só para ficarmos no lado seguro.

— Só para ficarmos no lado seguro — ela concordou e assistiu ele colocar fogo na bolsa.

Jogando o isqueiro para o lado, ele beliscou o fundo da bolsa e a segurou no ar para queimar. Devorada pelas chamas, ele a jogou nas ondas.

— Não posso dizer quão aliviada estou de ver aquilo ir embora. — Suspirou.

— Você e eu — concordou. — Agora, para algo bem importante, um brinde e uma proposta.

— Um brinde parece maravilhoso. Mas uma proposta? Parece crítico, mas também, eu amo um bom mistério.

— Ah, mas você é boa com quebra-cabeças. Primeiro, o brinde. — Ele segurou sua taça para ela. — Por achar mais do que o amuleto. Por achar você, Samantha... o amor da minha vida.

— E por achar você. Por nós — completou.

Batendo as taças e tomando um gole, Luca pegou a mão na dele e a levou para a cama no deck aberto. Ele a colocou no colo e a segurou.

Samantha encostou a bochecha no peito desnudo. O aroma masculino aumentou seu desejo. Ela queria fazer amor novamente com ele, sem parar. Sentindo que ele queria falar, ela resistiu à vontade de colocar a mão dentro das suas calças. Em vez disso, ela acariciou seu peito e brincou inocentemente com seu mamilo.

— Você está me fazendo perder minha linha de raciocínio, sua menina levada — ele grunhiu com o toque dela. Sua excitação cresceu, mas antes eles precisavam conversar.

— Samantha, olhe para mim. — Colocou um dedo embaixo do queixo dela, levantando a cabeça em sua direção.

— Sim — disse preguiçosamente.

— Eu te contei sobre a Eliza. Ela foi meu primeiro amor... antes de eu ser transformado. Eu era somente um jovem quando a conheci. Quando nós fomos atacados naquela noite e ela morreu, fiquei devastado, cheio de raiva. Jurei que nunca iria amar novamente. E, por todos esses anos, foi bem fácil de fazer. Na verdade, nunca conheci ninguém que poderia me fazer sentir. Claro, desejo é algo que vem e vai como o vento. Mas achar alguém, alguém como você: isso é raro. — Ele distraidamente esfregava sua palma com o dedão.

"O que eu estou tentando dizer, é que eu quero você comigo. Não somente agora, mas para sempre. Sei que pode parecer de repente, mas eu posso te dizer que eu tenho certeza dos meus sentimentos por você. Quero você como minha esposa. Quero uma família e um lar de verdade, não um museu cheio de antiguidades. Por favor. Fique aqui comigo — sussurrou quando suas palavras desapareceram.

Samantha o olhou por um minuto, surpresa com a sua proposta. Seu coração cresceu com a ideia de passar sua vida com o Luca. Ela colocou a mão na bochecha dele e olhou nos seus olhos.

— Sim, eu amaria ficar com você. Sei que não nos conhecemos há muito tempo, mas, nas últimas semanas, passei por mais coisas que a maioria das pessoas passa na vida inteira. E agora, não consigo imaginar a minha vida sem você. Acho que eu nem sabia o que era amor antes de co-

LUCA

nhecê-lo. Eu nunca soube o que era um homem me amar de volta. Só tem você. Eu sou sua.

Luca segurou suas mechas vermelhas em seus dedos e puxou os lábios rosados e macios dela para os seus. Beijou-a gentilmente, vagarosamente, deliberadamente. Saboreando a doçura de sua boca, sua língua achou a dela. Ela a abriu por vontade própria, intoxicada enquanto ele tentava levá-la ao êxtase.

O sangue de Samantha corria em antecipação ao toque dele. Ela o queria por completo agora, e não podia conter a necessidade de tirar a roupa dele e tomar o que era dela. Sensualmente soltando seus lábios, levantou-se do colo do vampiro e sentou-se com uma perna em cada lado dos quadris. Vagarosamente, soltou o cinto de seu roupão. Quando os painéis revelaram sua pele, ela sedutoramente tirou o tecido de seus ombros e o deixou cair no chão aos seus pés. Nua na sua frente, sorriu quando ele tentou alcançar seus quadris.

Luca se maravilhou em como a pele pálida brilhava. Ela era uma criatura magnífica. As mechas claras de seu cabelo refletiam os raios de sol e caíam sobre seus seios firmes e macios.

Colocando o cabelo para o lado, ela expôs seus mamilos enrijecidos. Corada de excitação, segurou as mãos dele em seus quadris, provocando-o e deixando-o louco de desejo.

— Luca, eu estou no controle essa manhã — ela ronronou. — Você vai me deixar cuidar de você?

— Querida, é melhor você fazer algo logo. Sabe, não consigo resistir por mais um minuto — disse, no limite de seu controle. Sua ereção dura como uma pedra precisava ser libertada.

— Como desejar. — Samanta ficou de joelhos agilmente, deixando suas unhas rasparem por seu peito, até o fino caminho de pelos que levavam para sua calça. Segurando os lados de seu pijama, puxou fortemente a calça até arrancá-las de seu corpo. Selvagemente, planejava tê-lo de todas as formas possíveis. Queria possuí-lo, ser possuída.

A respiração de Luca falhou quando seu pau foi solto. Samantha era bruta, devassa. Ele nunca a viu tão agressiva e amava cada minuto disso. Esticou os braços para trás, suportando seu peso na palma das mãos. Completamente nu para ela, aguardava pacientemente enquanto a via roçar um caminho com as unhas até o meio de suas pernas.

Excitada com a visão de sua extraordinária musculatura, Samantha ficou molhada, desejando tê-lo dentro dela. Olhando nos olhos dele, inclinou-se e, com atenção, lambeu a ponta de sua dura carne. Ela adorou o gosto dele. Ele chiou de prazer quando ela lambeu ao redor, dando lambidas longas e molhadas na cabeça. Colocando os dedos em volta dele, abriu os lábios e devorou o tamanho todo de sua ereção.

Luca achou que ia explodir, a língua quente e molhada fazia com seu pau sacudisse em ansiedade. Impossibilitado de se segurar por mais tempo, Luca sentou e enfiou as mãos nos cabelos da sua bruxa.

Ela implacavelmente o colocava e tirava de sua boca quente. Sentiu-o chegar perto do clímax e diminuiu o ritmo. Ainda acariciando sua dura ereção, levantou-o com uma mão e sentiu seus testículos. Abrindo a boca, sugou novamente enquanto os rolava um por vez, lambendo e atormentando.

Luca gemeu em voz alta pela intrusão. A mulher iria lhe deixar insano.

— Ah, porra, isso é tão bom, por favor — ele implorou para gozar.

Escutando seu pedido, ela riu e mais uma vez começou a sugar sua carne inchada. Suavemente girando a mão, ela aumentou a sensação dentro dele. Ele estava perto e empurrava os quadris para cima na direção de sua quentura úmida. Dentro e fora, a cabeça dela subia e descia, chupando cada vez mais forte.

— Samantha, eu vou gozar. — Ele não queria gozar em sua boca sem permissão.

Ignorando os apelos dele, ela o segurou firmemente e aumentou o ritmo.

— Hummm, goze para mim. — Ela continuou seu ataque, sugando-o fundo.

Luca gemeu quando perdeu o controle, enrijecendo ao explodir dentro dela.

Avidamente, ela tomou tudo dele, ordenhando toda sua essência até que ele caiu para trás na cama. Lambendo seus lábios inchados, subiu nele. Seu corpo nu sobre a barriga dele.

— Samantha — ofegou. — Você será a causa da minha morte, mulher. Meu Deus. Isso foi inacreditável. — Ela sorriu calmamente enquanto ele recuperava o fôlego.

— Cansado, vampiro? — desafiou.

— Nunca na sua vida, bruxa. É a minha vez de me deliciar! — Com velocidade sobrenatural, ele virou Samantha na cama.

Ela riu sem parar.

— Não é justo! Não é justo! — fingiu protestar.

Luca capturou um mamilo rosado e duro em sua boca e sugou.

— Hummm... é mais do que justo. Seu sabor é delicioso. Amo seus seios, tão macios e prontos para serem apertados. — Ele beliscou um firme pico enquanto lambia o outro. — Planejo beijar e venerar cada centímetro do seu amável corpo.

— Ah... sim. Isso é tão bom. Eu te amo tanto. Nunca me senti assim em toda a minha vida. Ninguém nunca... — Suas palavras diminuíram quando ela o sentiu beijando sua barriga. Seu sexo doído de desejo, aguardando a boca de Luca em seu centro. Desejava senti-lo nela, dentro dela.

Ao colocar a língua dentro do sexo dela, Samantha perdeu o controle dos pensamentos. Mordendo o próprio lábio, resistiu à necessidade de gritar, sabendo que o capitão estava em algum lugar do barco. Não gostava de sexo em público, mas quase esqueceu que não estavam completamente sozinhos. Agora era tarde para parar.

Ele partiu as dobras dela com os dedos e ela respirou fundo. Ramificações de magia percorriam seu corpo desnudo, ele lambeu em seu ponto mais sensível. Ela levantou os quadris na direção da boca dele, procurando o que precisava. Continuou a atormentá-la, lambendo, saboreando, mas sem ser direto em seu clitóris. Ela sentiu como se estivesse quase lá... quase. Mas ele precisava de mais.

— Por favor — ela implorou.

Luca riu um pouco quando ela enfiou os dedos no cabelo dele, tentando guiá-lo para onde queria. Ele planejava fazer amor com ela devagar. Sua doce essência era tão saborosa em seus lábios. Sentindo-a tremer, sabia quão perto ela estava de seu clímax. Sentindo isso, Luca parou e começou a beijá-la devagar em seu centro. Queria levá-la ao limite e descer novamente, de novo e de novo até que esteja madura de desejo. Provocando e atormentando.

— Luca, por favor, não pare. Eu preciso... eu preciso... — Não conseguia terminar, sentindo que estava numa montanha-russa de paixão, subindo e descendo.

— Hummmm... do que você precisa? Sabe quão deliciosa você é? Eu podia ficar aqui o dia inteiro — brincou e começou a criar um crescente de sensações novamente.

Ela sorriu, percebendo que ele a estava deixando doida de propósito.

— Luca, por favor... por favor, me lamba — implorou.

— Você quer dizer aqui? — Ele lambeu o clitóris dela e começou a aumentar a velocidade e a pressão com sua língua.

— Sim, aí. Ah, meu Deus! — Percebeu que estava começando a gritar. *Ah, bom. Que se foda o capitão.* Desistiu de se preocupar em ser vista ou ouvida.

KYM GROSSO

— Ou você quer dizer aqui? — Luca inseriu um dedo grosso e longo no sexo dela, rapidamente seguido por um segundo. Ele entrou e saiu do centro dela, passando sua língua de novo e de novo no clitóris.

— Sim! — gritou novamente. Samantha estava começando a tremer. Lutou para respirar, sua cabeça rolou para trás e seu corpo se contraiu como uma mola.

— Ou você quis dizer aqui? — Luca colocou os lábios em volta de pérola rosada e inchada, sugando. Ao mesmo tempo, estimulou o pedaço de pele dentro dela dobrando um pouco os dedos para cima. Amava escutá-la gritando de prazer, amava fazê-la se sentir bem. Era música para seus ouvidos. Sem parar, manteve a deliciosa e torturante invasão, trazendo-a para um delicioso estado de arrebatamento.

— Eu estou gozando! Sim! Luca! Luca! — O topo de um incrível clímax quebrou sobre ela. Samantha sentiu como se estivesse flutuando fora de seu corpo enquanto um apogeu de prazer percorria cada célula de seu ser. Segurou forte no cabelo dele, segurando-o contra ela. Tremendo sob seu toque, lutava para respirar.

Aproveitando o doce sabor de Samantha e os sons de seu clímax, Luca estava duro de excitação. Subiu sobre ela, colocando os braços ao lado de sua cabeça. A ponta de sua ereção pressionou contra sua entrada molhada. Barriga com barriga, ele regozijou na sensação da carne deles como uma. Sorriu quando ela abriu os olhos devagar.

Cada centímetro de sua pele estava hipersensível depois do maravilhoso orgasmo que Luca lhe deu. Sentindo seu peso sobre ela, olhou para ele com olhos semicerrados e sorriu de volta.

— Você gostou de me provocar? Porque eu com certeza gostei. Foi surreal.

Ela não podia acreditar quão incrível ele a fez se sentir. Ela passou anos incapaz de gozar durante uma relação sexual e ainda assim esse homem sabia exatamente o que fazer para seu corpo cantar. Era como se ele a conhecesse desde sempre.

— Eu te amo, Samantha — afirmou. — Você não tem ideia do que faz comigo.

— Eu amo escutar você dizer isso. Eu te amo. Quero ser sua esposa, ficar com você, para sempre. Acho que só quero continuar falando e escutando isso para ter certeza que é real.

— Ah, isso é real, com certeza. E isso também. — Luca abaixou a cabeça e a beijou passionalmente. Suas línguas dançaram juntas no que ele enfiou sua ereção aveludada no quente centro dela. Samantha estava

LUCA

189

escorregadia de desejo e pronta para recebê-lo por completo, em um só movimento.

Luca parou de beijar Samantha para poder olhar nos olhos dela enquanto a possuía. Ela era tão responsiva a cada um de seus movimentos, e ele parecia não se cansar dela. Devagar, ele entrou e saiu dela, aproveitando o firme aperto. Rolando de costas, ele a trouxe junto, para que ela ficasse no topo.

— Isso, baby. *Me cavalgue*, bem devagar — direcionou. Colocou as mãos na cintura dela, deixando que ditasse o ritmo.

Samantha não esteve por cima com frequência, mas era algo que desejava fazer. Mexendo-se sobre Luca, fechou os olhos e deixou a sensação tomar seu corpo. Arqueando os quadris, sua respiração falhou quando seu clitóris raspou no osso púbico dele. Ela pressionou para baixo para encontrar cada enfiada primal dele estimulando seu sensível botão.

Luca estava perdido no ritmo. Seu coração batia por aquela mulher. Ela era resplandecente e sensual, tão aberta para descobertas. Ele tomou seu tempo, provocantemente entrando nela sem parar. Segurou a bunda de Samantha, massageando, guiando. A visão de seus seios empinados a centímetros de seu rosto o provocava. Sua língua capturou um. Ela aceitou seu pedido silencioso, inclinando-se em direção a ele para que pudesse sugá-lo. Colocando-o entre os dentes, deu uma pequena mordida e então sugou novamente.

Samantha gemeu com a deliciosa dor, sua mordida vibrou em direção ao seu dolorido sexo. Podia sentir seu orgasmo evoluindo. Tão perto, mas ela precisava de mais dele. Como se ele pudesse ler seus pensamentos, seus dedos se aproximaram da fenda de seu traseiro. A sensação das mãos dele tão perto de seu ânus, onde ela tinha aprendido a experimentar, a excitava. Não podia explicar o desejo. Parecia um impulso primal dentro dela. Encorajando-o, ela se empurrou mais nas mãos dele.

Luca sentiu que ela desejava seu toque dentro dela. Levando a mão para a frente, ele passou o dedo indicador sobre suas dobras molhadas. Lubrificando sua mão, moveu de volta para trás. Passou o dedo úmido suavemente em seu botão. Sentiu-a tremer sob seu toque e mesmo assim ela empurrou novamente, procurando mais.

— É isso que você precisa? — Ele continuou a circular sua entrada. Ela sacudiu a cabeça, não querendo dar voz ao seu desejo. — Vamos lá, Samantha. Se solte. É ok se soltar. *Me diga* e eu te darei o que você precisa.

— Dentro de mim. Por favor — ofegou. O ritmo e a tensão aumentaram, e seu coração acelerou. Ela queria isso, precisava disso.

— Sim, tão bom. Eu amo como você se abre para mim — sussurrou. Devagar e gentilmente, colocou um dedo em seu desejo intocado. Sentindo-a apertar, ele a guiou. — Isso, baby. Deixe-me entrar. Relaxe, sinta-me e empurre um pouco. Ah, sim, você está me recebendo. — Ele sentiu seu dedo entrar completamente no buraco apertado dela. Seu cerne começou a tremer e apertar em volta do pau dele. Ela estava caindo no precipício.

Uma sensação eletrizante percorreu Samantha com a sombria invasão de Luca. Ela se sentia deliciosamente cheia. Assim que sentiu o dedo dele penetrá-la por trás, em conjunto com sua ereção, um orgasmo espetacular a tomou de surpresa. Remexendo-se sem parar, ela tremeu sobre ele, cavalgando seu glorioso clímax. Ele estava penetrando-a forte, o som de pele com pele soou em seus ouvidos. Seus sentidos nunca foram atacados tão abundantemente. Ela gritou loucamente o nome de Luca enquanto gozava.

— Sim, Luca, me foda, por favor — gritou.

Luca meteu nela sem parar, possuindo-a, tomando-a. Escutando seu nome, apreciou quão fácil ela se submetia ao auge da paixão. Assim que a preencheu, ela apertou sua ereção inchada, pulsando em volta dele.

Querendo aprofundar o vínculo deles, ele estendeu uma garra, cortando seu próprio pulso. Ele levantou o pulso para o lábio dela e ela instintivamente o capturou, sugando com vontade. Jogando em outro clímax, seu sangue poderoso enchia a boca de Samantha. Ela gozou rápido e forte, levando-o junto com ela. Perdendo totalmente o controle, Luca tremeu e jorrou sua quente semente fundo dentro dela.

Deitado parado embaixo de Samantha, o corpo de Luca celebrou o selvagem orgasmo simultâneo que tiveram. Seus corpos pareciam um quando caíram em um relaxado estado de euforia. Samantha rolou para o lado de Luca. Ele colocou um braço em volta dela, puxando-a para perto dele. Ela colocou a perna sobre a dele preguiçosamente e apoiou a palma da mão em seu peito. Uma sensação de calma recaiu sobre eles. Tendo satisfeito tanto suas partes físicas quanto emocionais, silenciosamente se tocavam e luxuriavam em seu recém-florescido amor.

Samantha sentiu imediatamente o sangue de Luca em suas veias. Ela amava tudo sobre ele e percebeu que após semanas de confusão, estava simplesmente em paz. Ela o amava mais do que jamais imaginou ser possível. Ele a ajudou a se transformar de uma mera mortal para uma bruxa e logo ela seria sua esposa.

Passando um dedo no peito dele, olhou nos seus olhos.

— Eu quero que você saiba que neste momento, eu nunca estive mais feliz em toda a minha vida. Essas últimas semanas foram transformadoras para mim. Eu me sentia horrível sobre o que aconteceu, sem saber. Estava assustada em ser uma bruxa... Na verdade, odiava ter sido transformada em uma bruxa. E talvez meus dons ainda me assustem um pouco — admitiu —, mas não ligo se nunca lembrar o que aconteceu comigo. Sei quem eu sou agora. Não tem nada além do futuro à nossa frente e eu mal posso esperar para me casar com você, iniciar a nossa vida.

Ele beijou o topo da cabeça dela.

— Eu também. É estranho. Tenho vivido há centenas de anos, mas, desde que eu te conheci, percebi que eu não estava realmente vivendo. Ou amando. Não ria, mas me sinto meio que renascido, por assim dizer. Preciso de você na minha casa, na minha cama. Você já está no meu coração.

Samantha e Luca ficaram deitados nos braços um do outro por mais de uma hora no deck, conversando e planejando o futuro em conjunto. Uma volta preguiçosa pelo lamacento Mississippi eventualmente os trouxe de volta para o porto. Os sons de músicos de rua tocando jazz na orla os recebeu de volta em casa.

CAPÍTULO DEZOITO

Duas semanas passaram desde que Luca pediu Samantha em casamento. Como se estivesse vivendo um sonho, eles tinham encontrado um ritmo confortável. Ela passava seus dias planejando e treinando com Ilsbeth. Ela quase esqueceu o caos e as tribulações com Asgear e o amuleto. Os lobos que escaparam nunca foram encontrados. Os problemas na matilha acalmaram temporariamente, Kade e Sydney retornaram para sua mansão.

Tê-los como vizinhos era ótima companhia para Samantha. Ela ainda não conhecia ninguém em Nova Orleans, com a exceção dos amigos de Luca e Ilsbeth. Ficou próxima de Sydney, feliz que tinha outra humana por perto para conversar. Sydney e ela almoçaram juntas algumas vezes, discutindo planos de casamento. Sydney e Kade planejavam fugir para casar, já que a humana não tinha família, enquanto ela e Luca ainda estavam decidindo o que fazer.

Ela ligou para sua irmã, Jess, e contado sobre o noivado. Jess estava super feliz, fazendo planos para visitá-la no próximo mês. Ela também explicou como se tornou uma bruxa e sobre o vampirismo de Luca. Sua irmã mais velha parecia ter aceitado tudo sem problemas, desejando ter sido ela transformada. Jess sempre foi mais aventureira do que ela. Samantha sentia como se tivesse tido toda a aventura que quisesse na vida e um pouco mais. Sexo passional com Luca era toda a excitação que precisava para se manter completamente contente.

Samantha não contou ainda para seus pais sobre seu amante vampiro e sua recém-adquirida magia. Seus pais eram bem reservados e ela achou melhor contar pessoalmente. Ao ligar para sua mãe, simplesmente contou que tinha se apaixonado por um homem maravilhoso, que estavam noivos e ela estava se mudando para Nova Orleans. Felizes por Samantha, eles a parabenizaram e disseram que estavam ansiosos para conhecê-lo. Ela riu quando desligou o telefone, pensando em como seria aquele encontro. *Oi, mãe e pai. Esse é o Luca, meu noivo. Ele é um vampiro. Aproveitando, sou uma bruxa agora. Sim, abandonei os computadores e agora posso criar fogo com as minhas mãos.*

Ela não tinha realmente abandonado as máquinas. Kade ofereceu um emprego para ela na divisão de tecnologia da *Issacson Securities*. Ela concordou em trabalhar meio período, dadas as suas novas responsabilidades e treinamento no clã. Xavier, *Diretor de Informações* e outro *geek*, seria seu novo chefe. Já tendo entregado sua carta de demissão no antigo emprego, contratou a empresa de mudança para embalar e levar suas coisas para seu novo lar.

Seu lar. O lar de Luca. O lar deles. De antemão, achou que seria estranho se mudar para a bela mansão no *Garden District*, já mobiliada. Ele insistiu para redecorarem o interior juntos. Queria desesperadamente não uma coleção de preciosas antiguidades, mas um espaço aquecido e amável. Uma casa que construiriam juntos com amor.

Às vezes, Samantha ficava impressionada com seu gentil gigante. Não existia dúvida de que Luca podia ser um homem dominador e impressionante, especialmente na cama. Mas toda hora ele mostrava a Samantha seu tenro coração, cuidando dela como nenhum outro tinha feito. Ela o amava de volta com cada parte de seu ser.

Naquela manhã, fez planos para um jantar com os amigos mais próximos de Luca e algumas irmãs do clã, para celebrar o noivado deles. Samantha inclusive convenceu uma relutante Dominique a estar presente, prometendo achar um doador humano disposto a cuidar de suas específicas necessidades nutritivas. Aceitando a demanda de Luca por paz, Dominique concordou com uma trégua, especialmente depois de saber do noivado deles e que elas seriam companheiras de trabalho. Samantha pediu desculpas pelo que fez, mesmo não tendo memórias de prendê-la com prata.

Mesmo Luca insistindo em contratar um buffet para o evento, Samantha planejava fazer alguns dos pratos. Ela sempre adorou cozinhar, mas nunca tinha tempo ou alguém para alimentar quando era solteira. Sabia que vampiros não comiam muito, mas planejava doar qualquer sobra para um abrigo local. Sua tia lhe deu a receita de seu pão caseiro e ela estava ocupada sovando a massa quando Luca chegou por trás dela e beijou seu pescoço.

— Olá, em casa mais cedo hoje? — perguntou, aproveitando a sensação do peito dele contra suas costas.

— É. Agora que as coisas estão sob controle novamente no escritório, posso trabalhar de casa como normalmente faço. Além do mais, pensei em ver se você precisava de alguma ajuda hoje — ofereceu. — Não posso te dizer o quão maravilhosamente estranho é ter uma mulher gostosa na minha cozinha, sovando massa com as mãos. Antigamente, eu achava que ficaria sozinho para sempre. E agora aqui estou, desejando ser essa massa.

— Você é fofo. Deixe-me lavar as mãos e verei o que posso fazer. Eu prefiro passar minhas mãos por todo o seu corpo do que amassar pão. —

Piscou. — Além do mais, não tem muito mais o que fazer para terminar tudo.

— Vou descer, tomar um banho e esperar por você. Não quero te interromper ou não vou poder provar aquela receita secreta que você está escondendo. Já te disse o quanto amo uma comida quentinha?

Seu duplo sentido não passou despercebido por ela.

— Bem, terei algo quentinho com o seu nome. Só me dê um minuto e eu desço para me juntar a você — prometeu.

Luca virou para olhar para ela e notou que as bochechas estavam pálidas demais.

— Ei, você está bem? Está branca como um fantasma. Queria que você deixasse o buffet fazer tudo. Vem descansar comigo antes da festa — pediu.

— Eu prometo que estou bem. Só um pouco cansada de nossa incansável vida sexual. Agora vá. Xô. Eu vou descer já. Prometo.

Relutantemente, Luca desceu, mas algo o incomodava no jeito que ela estava. A bruxa não parecia cansada, mas também ele ficou fora a manhã toda. Talvez tenha ficado no jardim mais cedo e o sol do final de verão a tenha pegado.

Samantha o observou indo para o andar de baixo. A verdade é que não estava se sentindo bem, mas o seu otimismo a mantinha em ação. Estava tão animada com a festa que não ia deixar uma pequena tontura estragá-la. Algumas vezes durante a manhã, teve que se sentar por causa da sensação. Ela não era normalmente alguém que sentia como se fosse desmaiar, mas culpou as sessões que estava tendo com a Ilsbeth.

Todo dia, Samantha passava várias horas treinando e testando seus poderes. Aprendeu a controlar melhor como chamar os elementos e não tinha mais medo de colocar fogo em algo por engano. Em vez de falar em línguas com pouco entendimento, começou a estudar Latim e outros idiomas estrangeiros usados em feitiço. Ilsbeth tinha dado a ela a responsabilidade de proteger a biblioteca digital e site do clã depois que foi capaz de quebrar sua segurança. Reorganizar o banco de dados deu a Samantha a oportunidade de aprender tudo de importante para ser uma irmã no clã. Comprometeu-se em aprender seu ofício e, na verdade, descobriu que se divertia toda vez que desenvolvia uma nova habilidade.

Passando óleo na massa uma última vez, cobriu a tigela e deixou o pão para crescer. Depois de lavar as mãos, secou-as e decidiu se juntar a Luca. Talvez ele estivesse certo. Talvez ela só precisasse de um cochilo antes da festa.

LUCA

Na metade da escada, sua visão começou a embaçar e uma onda de náusea a atingiu. Segurando o corrimão, ela se ajeitou. Mais alguns degraus e ela chegaria no sofá. Quando chegou no piso do andar de baixo, não podia mais ficar de pé. Um túnel preto fechou em sua volta e ela caiu no chão.

Luca tomou um banho quente e lento, esperando que Samantha fosse pegar leve. Sabia que ela estava feliz em celebrar o noivado deles, assim como ele. Mas estava preocupado que estivesse exagerando com todo o treinamento no clã e ainda insistindo que tinha que fazer pelo menos um prato para a festa. Ele ficaria feliz somente com champanhe, mas atendeu ao desejo dela de ter uma festa mais humana, que permitirá a ela conhecer os seus amigos. Era também uma oportunidade para fazer algo maravilhosamente normal, dados os horríveis eventos sobrenaturais que precederam o diade hoje.

Mas Luca estava preocupado que a pele já branca de Samantha estava ainda mais pálida. Mesmo com suas tentativas de esconder dele, podia sentir que estava indisposta. Não fazia sentido. Ele era muito cuidadoso na troca de sangue deles, garantindo que nunca bebia muito do sangue dela e ela sempre bebia do dele em retorno. Energizante e viril, seu sangue deveria deixá-la corada de vitalidade.

Decidindo surpreendê-la, acendeu as velas do quarto, colocou uma música suave, e deitou na cama, esperando sua presença. Quinze minutos passaram antes de ele perder a paciência. Irritado, sua preocupação apareceu novamente. *Mulher teimosa, ainda deve estar cozinhando quando não precisa. O que ela precisa é descansar.*

Colocando um roupão, saiu do quarto e viu Samantha deitada no chão. Ele sentiu surgir uma emoção que tinha há muito esquecido, terror. Ela caiu da escada? Estava viva? Respirou aliviado quando escutou seu coração batendo normalmente. Correndo em direção a ela, pegou-a nos braços.

— Samantha, querida. Vamos lá. Por favor, acorde — implorou.

Devagar, os olhos de Samantha abriram.

— Hum... o que aconteceu? Como eu cheguei aqui?

— Querida deusa, eu estou tão grato que você acordou. O que aconteceu? Você está com dor? Eu vou chamar um médico. — Sabia que existiam médicos que atendiam sobrenaturais. Kade chamou uma para vê-lo depois que ele foi sequestrado. Pegou seu telefone e procurou freneticamente em seus contatos pelo número.

— Não, Luca. Eu não preciso de um médico. Por favor, só ligue para a Ilsbeth, ela pode ver a minha aura. Acho que pode ser a magia. Algo está errado. Estou usando muita energia nos meus treinamentos. Eu te disse que era exaustivo. Só preciso fechar os olhos e descansar — insistiu.

Não tinha a mínima chance que ele iria deixar uma bruxa diagnosticar sua futura esposa. Claro, ligaria para ela, mas também ia ligar para a médica.

— Ok, fique aqui. Eu vou pegar o seu roupão e um copo de água. Não se mexa — ordenou.

Depois de ligar tanto para a médica quanto para a Ilsbeth, ligou também para Sydney e Kade pedindo para irem para lá. Esperaram na frente da casa pela médica. Em meia hora, Kade levou-a para o andar de baixo. Luca estava surpreso como a mulher era jovem, já que não se lembrava dela de quando esteve doente.

Ela estendeu a mão.

— Bom dia. Eu sou a Dra. Sweeney. Você acha que nós poderíamos mover a paciente para o quarto, para eu olhá-la de perto?

— Certamente. — Luca colocou Samantha dormindo em seus braços e a carregou para o quarto. Ele a deitou na cama e a cobriu com um lençol.

Ilsbeth colocou a cabeça dentro do quarto, tendo chegado atrasada.

— Posso ficar, Luca? — perguntou baixinho.

Luca olhou irritado para ela, culpando seu "treinamento" pelos problemas de Samantha.

— Entre, mas deixe a médica trabalhar — rosnou.

Luca e Ilsbeth observaram pacientemente enquanto a médica tirava sangue e pegava um pequeno kit de laboratório.

— Exatamente há quanto tempo ela tem estado tonta? — a médica perguntou.

— Essa é a primeira vez que ela desmaiou. Ela nunca me disse que estava se sentindo mal. Notei que ela estava pálida mais cedo, insisti para ela descansar. Logo antes de você chegar aqui, ela disse que estava exausta de seus treinos com a Ilsbeth — desdenhou. — Você tinha que trabalhar tão pesado com ela?

— Magia nunca faria isso, Luca. Pelo contrário, ela deveria estar ficando mais forte, mais saudável. Ela está tomando o seu sangue. Posso ver isso no brilho da aura dela. De fato, a aura dela está o mais saudável que eu já vi. Bem extraordinário na verdade. Está quase iridescente. É quase como se ela... — Ilsbeth sacudiu a cabeça não querendo falar sem o consentimento da médica. Não era seu lugar dizer para Luca o que ela suspeitava. Decidindo sair do quarto, deixou-o sozinho com a doutora para trabalharem.

LUCA

197

Samantha acordou vagarosamente, escutando vozes no quarto, surpresa ao se encontrar como um espécime sob vários pares de olhos.

— O que está acontecendo? — disse com uma pitada de irritação. — Ai, meu Deus. Você chamou a médica? Eu te disse que estava bem. Só preciso descansar. Você tirou meu sangue? — Ela olhou para o curativo no braço. Irritada com a atenção desnecessária, empurrou com as mãos e sentou na cama, para o desespero de Luca.

Dra. Sweeney sentou na beira da cama e segurou a mão de Samantha.

— Como você está se sentindo? Você pode, por favor, seguir meu dedo com os olhos? — pediu, colocando uma luz em suas pupilas. Desligando a luz, a médica olhou o resultado do exame de sangue. Enquanto a maioria enviava os exames para serem feitos em laboratórios, a mulher carregava um kit básico com ela, já que a maioria de seus pacientes era de natureza sobrenatural. Ela tinha um laboratório completo em seu consultório.

— Estou bem. Não acredito que o Luca ligou para você. Acho que meu noivo exagerou. Sério, eu só estou um pouco tonta. Isso é tão vergonhoso — Samantha disse, tentando convencer todo mundo que ela estava bem.

— Bom, é bom saber que vocês estão planejando casar-se — Dra. Sweeney comentou como quem não quer nada e começou a guardar suas coisas.

— Que porra isso significa? — Luca estava puto. A médica devia estar diagnosticando Samantha e está falando sobre casamento? Ele estava quase chamando Ilsbeth de volta para o quarto.

— O que eu deveria dizer é parabéns, você está grávida. — Ela sorriu e andou para a porta. — Claro, esse é um evento especial. É raro que um vampiro possa procriar, mas eu estou certa que, como bruxa, você sabia isso era uma possibilidade.

Samantha não poderia estar mais surpresa se a médica dissesse que ela estava indo para a lua. Não podia ser. Não, Sydney disse que vampiros não têm bebês, elas discutiram isso a sério durante um almoço. Ela queria filhos, mas isso não significava que podia realmente ocorrer. E quando Luca disse que os queria também, ela assumiu que falava em adotar, não criar um deles.

Luca tinha certeza que seu coração parou de bater. Um bebê. Ele não podia acreditar. Tinha perguntado para Ilsbeth semanas atrás, mas não pensou em controle de natalidade, considerando o quão raro era. Não teve como segurar o imenso sorriso que abriu em seu rosto. Pulou na cama com

Samantha, precisando ficar perto da mãe de seu filho.

Quando o choque diminuiu, Samantha colocou uma protetora mão em sua barriga.

— Um bebê? — sussurrou e sorriu para Luca.

— Um bebê — repetiu. — Minha preciosa Samantha, nós vamos ter uma criança. Eu te amo tanto. — Luca a abraçou na cama, sem ligar que Kade, Sydney e Ilsbeth entraram no quarto. Mesmo tendo espectadores, Samantha e Luca se beijaram gentilmente.

— Uma menina para ser exata — Ilsbeth falou. — Bebês nascidos entre vampiros e bruxas são meninas. E sua menininha irá trazer sua própria magia especial para esse mundo. Ela será bem especial, disso eu tenho certeza.

— Claro que ela será. Exatamente como sua mãe. Bela e mágica! — Luca não podia parar de sorrir. *Um bebê. Uma família. Um lar.*

Sydney e Kade se abraçaram, felizes por Luca e Samantha. Era inacreditável como a bruxinha o transformou. Antes frio e sério, ele agora estava realmente aproveitando a vida, exuberante em relação ao futuro.

— Ok, todo mundo, por mais que eu goste de compartilhar essa notícia maravilhosa, eu realmente preciso de um pouco de privacidade. É hora de me arrumar para a festa — Samantha falou como se não tivesse acabado de desmaiar.

— Não, não, não — Luca afirmou.

— Doutora? — Samantha olhou para ela, implorando com os olhos, esperando receber a resposta certa.

— Você está bem para a festa, mas precisa ficar sentada pelo resto da noite. Além disso, deve começar a tirar cochilos diários daqui para frente. Não espere até ficar tonta para deitar. Assim que ficar cansada, descanse. Enquanto a fadiga e a náusea são perfeitamente normais, você precisa pegar leve. Normalmente as mulheres não desmaiam, mas pode acontecer, como você acabou de descobrir. Sobre o seu treinamento, não mais do que uma hora por dia. Em um mês, você se sentirá bem melhor. Para sua sorte, sua gravidez será de somente seis meses. Um dos benefícios de ser sobrenatural — brincou. — Bom, espero vê-la no meu consultório na próxima semana, Samantha. Luca tem o meu número.

Depois de agradecer todo mundo pela ajuda, Luca e Samantha ficaram deitados quietos na cama. Ela se aconchegou nele, colocando o rosto em seu largo peito. Eles estavam ambos felizes por estarem tendo um bebê juntos, pois não pensaram que isso poderia acontecer. Despretensiosamente, Luca segurou a mão dela.

LUCA

199

— Samantha.

— Sim, futuro papai.

— Eu ia esperar por hoje à noite, te surpreender. Mas agora, com essa notícia... Eu estou tão feliz. Eu nunca pensei. Merda, eu estou parecendo incoerente. Ok, só feche os olhos.

Ela os fechou e adicionou.

— Eu não tenho certeza de que aguento mais alguma surpresa hoje.

— Acho que você vai gostar dessa. — Colocando o anel de noivado no dedo dela, ele sorriu. — Já que eu não estou bom com palavras no momento, vou simplesmente dizer: eu te amo.

Samantha abriu os olhos e olhou para o maravilhoso anel que ele a deu.

— Eu amo isso! Obrigada, é lindo.

A cabeça dele abaixou e ele capturou seus lábios. Procurando deliberadamente sua doçura, passou a língua pela dela. Eles se beijaram levemente, impossibilitados de parar de sorrir, completamente eufóricos de descobrirem que estavam esperando um filho.

Samantha riu.

— Você sabe que isso é uma loucura, não sabe? Um mês atrás, eu estava aqui para uma conferência, e agora eu sou uma bruxa que vai se casar com um vampiro. E nós vamos ter um bebê, que será uma bruxa.

Luca riu.

— Como você vai explicar isso para os seus pais?

— Acho que vamos ter que nos casar logo, né?

— O quanto antes, melhor. Mal posso esperar para ter pezinhos correndo por essa casa — disse, empolgado.

— Ei, falando em correr, Kat vai conseguir vir hoje à noite? Eu a convidei, mas ela não me ligou de volta. Deixei uma mensagem no telefone dela. Espero que tudo esteja bem. E Tristan, é uma pena que ele não pode vir. Ele me disse que está com alguma coisa acontecendo na matilha.

— Eu tenho certeza que Kat está bem e nós vamos celebrar com o Tristan quando ele vier para cá novamente no próximo mês. Não se preocupe, minha bruxinha. Hoje à noite é para comemorar e quero passar cada minuto exibindo a minha noiva e compartilhando nossas boas notícias.

Luca segurou Samantha quando ela caiu no sono. Ele se questionou por que Kat não respondeu ao convite, mas não queria Samantha se preocupando com os lobos hoje à noite. Pela manhã, ligaria para Tristan para contar sobre o bebê e ter certeza de que os dois estavam bem. Mesmo com os problemas dos lobos, ele agora tinha uma família para tomar conta, e não era sua responsabilidade monitorar o que acontecia com eles. Como solicitado, tinham levado Kat para Nova Orleans. Sabia que tanto Tristan quanto Marcel cuidariam dela. E pelo que Luca ouviu, a matilha deles ainda estava ativamente patrulhando a área procurando pelos dois lobos que escaparam. Imaginava que já teriam voltado para Nova Iorque.

Beijando o cabelo macio de Samantha, tocou sua barriga, sabendo que sua filha estava crescendo ali dentro. Paz. Em toda sua vida, ele nunca tinha sentido. Hoje, deitado ali com sua companheira, Luca finalmente encontrou paz dentro de seu mágico abraço.

LUCA

EPÍLOGO

Tristan queimava o asfalto da rodovia em sua Harley. Além de virar lobo, não existia nada como a liberdade de correr em seu cavalo de aço. Voltando de uma semana correndo com seus lobos, trouxe uma vibração de paz necessária para ele e sua matilha. Depois de ajudar com a confusão em Nova Orleans com Kade e Sydney e tentando manter Kat longe de problemas, seus próprios lobos precisavam de sua atenção.

Ele sorriu, lembrando-se das lobas que tentaram ganhar sua atenção durante as férias. Preferindo manter ciúmes e discussões no menor nível possível durante a corrida deles na selva, repeliu todos os avanços. Claro, dançou com algumas e flertou sem vergonha, em seu modo usual, mas decidiu ficar celibatário. Tristan queria manter sua cabeça clara e focada, e mulheres certamente tinham um modo de bagunçar os limites. Pelo menos, elas tomavam bastante tempo, o que era uma comodidade em se tratando de atividades da matilha. Ao invés de aproveitar, ele entregou de si mesmo, concentrando-se nas necessidades de todos os lobos.

Não era nenhum segredo que os anciões da matilha queriam que ele acasalasse, mas Tristan sabia que isso não iria acontecer tão cedo. Liderar o grupo era uma honra conquistada que ele apreciava fazer sozinho. Afinal de constas, não estava solitário, as mulheres eram sempre atraídas por ele como abelhas pelo mel. Todo mundo sabia que o Alfa aproveitava as oportunidades, contanto que compromisso não fosse requerido.

Tristan decidiu há um longo tempo, que não estava disposto a ficar com qualquer mulher só para acasalar. Sim, tiveram várias através dos anos que ele gostou bastante, mas nenhuma fêmea era a verdadeira companheira de seu lobo. O único relacionamento sério que Tristan teve nos últimos anos era sua amizade com Sydney. Enquanto ela era verdadeiramente uma fêmea Alfa, era humana e não lobo. Então, mesmo que fizessem amor ocasionalmente, e ele a tivesse convidado para morar junto, sabia que ela não era sua companheira.

Admitia para si mesmo que assistir seus bons amigos encontrarem amor atingiu um ponto sensível em seu coração. Kade e Luca estavam em paz e pareciam genuinamente felizes. Às vezes, isso o fazia imaginar se talvez estivesse faltando algo na vida. Mas não era como se ele fosse encontrar seu verdadeiro amor em sua própria matilha. Enquanto várias das lobas pareciam amáveis por fora, ele sabia que a maioria só queria seu status de Alfa. E as mulheres humanas que conhecia estavam mais interessadas em sua conta bancária.

Mesmo com as pressões de criar um par para procriação da matilha, o que aumentaria muito o número de filhotes nascidos em todos os lobos do grupo, Tristan não tinha a mínima intenção de ceder a um acasalamento arranjado. Não, tinha crescido vendo muitos pares de Alfas irrevogavelmente ligados por um acasalamento arranjado, odiando um ao outro, e mesmo assim presos juntos pela eternidade para o bem de seus lobos. Mesmo o costume arcaico ainda sendo praticado em algumas regiões, Tristan e seus irmãos há tempos começaram a maré de mudança do velho mundo para leis de matilha modernas. Como resultado, todos os irmãos Livingston viviam sem companheiras, mas estavam contentes e com sucesso liderando seus lobos. Aderindo à lei natural de seleção de companheiros, eram contra impor um acasalamento de Alfa artificial. A nova tradição criava força e felicidade nos membros. Tristan acreditava na lei, não seria forçado em um par nem forçaria outros de sua matilha a se submeterem a isso.

A confusão que o Alfa de Nova Iorque, Jax Chandler, tinha causado foi trazida por sua perversa crença de que o Alfa macho podia simplesmente escolher seu lobo como companheira, indiferente à concordância dela. Tristan tinha sempre acreditado que não somente sua mulher se submeteria a ele de vontade própria, como também o escolheria como seu companheiro. Então, quando Jax decidiu que queria Kat como sua companheira, de nenhum jeito Tristan deixaria aquele imbecil simplesmente levar sua irmã mais nova. Com o que Marcel falou para ele, as coisas tinham acalmado com o cara. Marcel tinha falado com ele ao telefone, explicando claramente que Kat não estava interessada em virar sua companheira. Jax estava claramente irritado com ela, mas disse para Marcel que recuaria se era isso que ela queria.

Mas Tristan não acreditava que Jax desistiria de Kat sem pelo menos um encontro cara a cara. Parecia muito fácil que com somente uma ligação de Marcel, Jax iria abandonar sua reivindicação. Depois que Marcel tinha contado que Luca foi atacado e tinha matado um Sköll, que dizia ser um lobo de Nova Iorque, como ele podia confiar que Jax iria desistir? Foi reportado que pelo menos sete lobos foram mortos e dois estavam desaparecidos. Nas duas últimas semanas, ninguém os tinha visto, mesmo com as buscas nas terras de Marcel. Ainda que Jax insistisse que Sköll e seus lobos não eram da sua matilha, Tristan e Marcel ainda não estavam convencidos.

Quando ele chegasse em casa, Tristan planejava ligar para Kat e falar para ela ficar em Nova Orleans por mais um dia, tirar mais alguns de folga antes de voltar para a Filadélfia. Tinham se passado somente algumas semanas desde o ataque ao Luca e queria ter certeza de que as coisas estavam boas e calmas em casa antes de retornar. Estando em Nova Orleans, seria mais difícil para Jax sequestrá-la, se não mantivesse sua promessa. Quando Tristan chegou na cidade, o trânsito de domingo já tinha reduzido. Pegando o caminho direto para o centro, decidiu que ia passar no *Eden*. Enquanto esteve fora, seu velho amigo e gerente, Zach, tinha ficado à frente do clube. Depois de uma rápida inspeção para ter certeza de que não existiam problemas, iria para casa e ligaria para parabenizar Luca. *O bastardo ia se casar também. Todos seus amigos estavam caindo como moscas.*

Sorriu, pensando na *petite sorcière*[13] que tinha capturado o coração do vampiro. *Ela era uma lição em perseverança*, pensou para si mesmo. Ela tinha ido ao inferno e voltado, e agora estava tendo grandes ganhos como uma bruxa de elementos. Antes de ele ter viajado com sua matilha, Luca tinha ligado e falado sobre Samantha como se ela literalmente andasse sobre a água. Tristan o tinha provocado sobre ter sido domado, mas ele honestamente estava feliz por seu velho amigo.

Virando a esquina, os pneus de Tristan pararam de repente no estacionamento. Carros de Polícia e caminhões de bombeiros piscavam suas luzes raivosas enquanto espectadores assistiam à confusão. Tristan pulou de sua moto e correu para a entrada. Fumaça cinza subia enquanto os bombeiros apagavam as últimas chamas. Zach levantou a mão, implorando para Tristan ir para trás.

— Que porra está acontecendo aqui? — Tristan pediu.

— Tive que resolver uma coisa. Só estive fora por trinta minutos, cara. Eu juro.

— Eu não ligo se você teve que sair. Vou perguntar somente mais uma vez, que porra aconteceu com o meu clube?

— A polícia disse que alguém invadiu e jogou um coquetel Molotov no salão principal perto do bar.

— Câmeras de segurança?

— Não sei, porque eles não me deixam entrar. Estou tentando falar para eles sobre as câmeras. Não sei a extensão dos estragos ainda. E Eve, ela ainda está lá dentro.

Eve era uma jiboia amarela de quatro metros, que ficava num viveiro

---

13 Pequena bruxa ou bruxinha, em francês.

atrás do bar. Ela não era exatamente carinhosa, mas Tristan a tinha criado desde bebê. Precisava entrar no prédio para ver se ela estava viva.

— Porra! — Enfureceu-se. Alguém colocou fogo no *Eden* de propósito. Não foi o suficiente para queimar o prédio inteiro, mas sim para mandar uma mensagem. Sentindo que o problema com o Alfa de Nova Iorque estava longe de acabar, pegou o telefone e ligou para o Marcel. Suas suspeitas foram confirmadas, Kat estava fugindo de dois lobos renegados. Seu carro tinha sido atacado e eles mataram seu motorista. Ela conseguiu escapar para os pântanos e os tinha levado a uma perseguição, escapando por pouco de uma captura. Marcel estava indo pegá-la e ia colocar uma armadilha para seus atacantes. Tristan xingou Jax Chandler enquanto desligava a ligação.

Ignorando os apelos de Zach para ficar do lado de fora do prédio, foi em frente. Por mais que quisesse interrogar Zach sobre testemunhas ou o que mais a polícia disse, precisava achar o tipo de evidência que somente um lobo podia identificar. Um cabelo. Uma unha. Fluído corporal. Um cheiro. Os criminosos talvez tenham deixado um identificador. Isso acabou de virar pessoal e ele prometeu ficar na ofensiva.

Bombeiros e polícias gritaram com ele quando entrou no prédio. Tristan andou com cuidado quando chegou ao salão principal, perto da pista de dança. A área inteira estava queimada, uma fina fuligem preta cobrindo todas as áreas do salão. Uma enxurrada de químicos dos extintores, junto com querosene, permeava a cena. Normalmente, o clube teria sido completamente limpo com cloro pela manhã, não deveria ter nenhum outro odor restando, a não ser o forte cheiro de cloro.

Espuma e água faziam andar escorregadio, mas ele estava agradecido de que agora não tinha mais fumaça. Chegando perto do viveiro de Eve, notou que alguém tinha quebrado o vidro. Ela estava desaparecida. Talvez um dos bombeiros ou policiais fez isso e a pegou? Era também possível que um dos criminosos tivesse feito isso e ela escapou sozinha. Tristan foi para trás do bar para inspecionar o local por evidências de sua cobra, mas não viu nenhuma trilha na espuma ou na fuligem. Alguém a carregou.

Cheirando o ar, Tristan levantou a tábua que tinha caído da parede. Embaixo, estava uma pequena poça de sangue. Ele molhou alguns dedos e os levou ao nariz. *Sangue de Fêmea.* O cheiro era inebriante, mas não conseguia dizer se era de uma *shifter,* bruxa ou vampira. Mas também não era exatamente humano. Se ela não era um lobo, então isso significava que Jax talvez não tivesse envolvido nessa façanha. Com nenhum outro cheiro identificável além do de Zach, ela definitivamente era uma pessoa de interesse. Ele ia revirar a cidade para achar a mulher que incendiou seu bar.

Tristan limpou o sangue em sua calça jeans e observou o salão, vendo a vasta destruição. Previu que teriam que derrubar toda a estrutura e reconstruir. Soltando um suspiro, decidiu achar o incendiário e colocar um ponto final nessa zona do Jax, especialmente dada a emboscada de sua irmã. Os dois eventos tinham que estar conectados.

Saindo do bar, Tristan escutou um grito meros segundos antes de registrar o horrível barulho de algo quebrando. Como em câmera lenta, cinzas flutuaram graciosamente do alto. Tristan só teve tempo de olhar para cima antes do pedaço queimado do teto cair em cima dele, esmagando-o nos escombros.

SOBRE A AUTORA

Kym Grosso é a autora best-seller do *New York Times* e do *USA Today* de uma série de romance erótico paranormal, *The Immortals of New Orleans*, e de uma série de suspense erótico, *Club Altura*. Além dos livros de romance, Kym escreveu e publicou vários artigos sobre autismo e é apaixonada pela sensibilização do autismo. Ela é também uma autora contribuinte do *Chicken Soup for the Soul: Raising Kids on the Spectrum*.

Em 2012, Kym publicou seu primeiro romance e hoje é autora em tempo integral. Vive no subúrbio da Pensilvânia e tem um desejo não tão secreto de se mudar para a praia no sul da Califórnia, onde pode escrever enquanto escuta o barulho do oceano.

Inscreva-se na *newsletter* de Kym para receber atualizações e notícias sobre novos lançamentos: http://www.kymgrosso.com/membres-only

Links de mídia social:

Website: http://www.KymGrosso.com
Facebook: http://www.facebook.com/KymGrossoBooks
Twitter: https://twitter.com/KymGrosso
Instagram: https://www.instagram.com/kymgrosso/
Pinterest: http://www.pinterest.com/kymgrosso/

A The Gift Box é uma editora brasileira, com publicações de autores nacionais e internacionais, que surgiu no mercado em janeiro de 2018. Nossos livros estão sempre entre os mais vendidos da Amazon e já receberam diversos destaques em blogs literários e na própria Amazon.

Somos uma empresa jovem, cheia de energia e paixão pela literatura de romance e queremos incentivar cada vez mais a leitura e o crescimento de nossos autores e parceiros.

Acompanhe a The Gift Box nas redes sociais para ficar por dentro de todas as novidades.

 www.thegiftboxbr.com

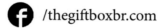 /thegiftboxbr.com

 @thegiftboxbr

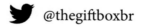 @thegiftboxbr

 bit.ly/TheGiftBoxEditora_Skoob

Impressão e acabamento